게는 이렇게나 넓다는 것을 처음으로 알았다.
장이라는 틀 속에 닫혀 있던 하늘은 하나에서
가지 모두 가증스러웠으니까.

오모리 후지노
FUJINO OMORI

일러스트 하이무라 키요타카
KIYOTAKA HAIMURA

캐릭터 원안 야스다 스즈히토
SUZUHITO YASUDA

김완 옮김

던전에서 만남을 추구하면 안 되는 걸까 외전

소드 오라토리아 6
Sword Oratoria

© Kiyotaka Haimura

CONTENTS

"너는 내 거야아~."

등 뒤에 나타난 거대한 그림자가
아이즈의 몸을 덮었다.

"변했구나, 티오네……"

아르가나 칼리프
【칼리 파밀리아】의 두령을 맡은 아마조네스.
바체의 언니.

바체 칼리프
아마조네스.
언니 아르가나와 함께 파벌 두령을 맡고 있다.

"라가 루지타…… 디 히류테."

"보고 싶어 미칠 지경이었느니라.
사랑하는 딸들아."

칼리
투쟁을 사랑하는 【칼리 파밀리아】의 주신.

던전에서 만남을 추구하면 안 되는 걸까 외전

소드 오라토리아 6

Sword Oratoria

오모리 후지노 지음 | **하이무라 키요타카** 일러스트
야스다 스즈히토 캐릭터 원안 | **김완** 옮김

커버 그림, 본문 일러스트 | **하이무라 키요타카**

한봄 밤의 꿈

시야가 흔들리고 있었다.

귀가 끊임없이 울렸다.

몸을 끊임없이 뒤흔드는 그 충격의 정체를 알아차린 순간, 우선 구역질이 났다.

격렬한 고함, 무수한 발이 울려대는 진동.

돌에 에워싸인 세계의 진동이 멀리서 전해지는 포효에 동조되었다. 조그만 창에 붙은 쇠창살, 그 너머로 보이는 푸른 하늘과 햇살이 멀게 느껴졌다. 차디찬 석조 감방과도 같은 커다란 방을 가득 메운 것은 곰팡이와 녹슨 쇠가 풍기는 언짢은 냄새뿐이었다.

실내 한구석에 놓인 두 자루의 만도가 진동에 떨린다. 마치 나갈 차례를 기다리듯.

장면이 바뀐다.

시야를 좁히는 가면의 감촉. 빛이 스며드는 지긋지긋한 게이트. 어둠을 벗어나면 한층 흉포하게 쩌렁쩌렁 울려 퍼지는 환성에 휩싸인다. 무수한 관중이 들끓는 투기장 이다.

반대쪽 게이트에서 나타난 적과 대치하고, 손에 들린 무기를 움켜쥐고, 달려오는 상대를 향해 자신도 달려나간다.

적은 계속 바뀐다. 굵은 침을 줄줄 흘리는 흰 늑대의 무리, 곤봉을 든 미노타우로스, 쇠사슬에 묶인 용, 혹은 동족 소녀. 한데 부딪쳐 울려 퍼지던 칼 소리가 그치면, 마지막 까지 서 있는 것은 언제나 변함없이 자신의 두 다리.

패자가 발밑에 쓰러져 승부가 정해진 순간, 불타는 태양과 함께 투기장은 폭발했다.

──제 위가! 제 위가! 제 위가!

코이네 공통어에 속하지 않는 어떤 단어의 연호가 자신의 몸에 쏟아진다.

객석을 가득 메운 동포들── 여전사들의 축복은 황혼의 하늘마저 흔들었다.

그곳에서 올려다본 하늘은 언제나, 어디까지나 붉었다.

장면이 바뀐다. 장면이 바뀐다.

얼굴만 흐릿하게 보이는 여신의 웃음.

자신을 몇 번이나 땅바닥에 패대기치고 내려다보던 한 여전사. 깔깔거리는 웃음.

환호와 노성, 끊이지 않는 열광.

그 속으로 사라지는 목 메인 비명, 사방으로 튀는 선혈.

찬란하게 빛나는 무기 표면에 비치는 것은 나날이 흐려져가는 자신의 눈.

같은 시간이 되풀이되는 빛바랜 세계.

문득 시선을 내려보면.

그곳에는 새빨갛게 물든 자신의 두 손이 있고──

그때 티오네는 눈을 떴다.

"……기분 끝장."

눈을 뜬 티오네는 자기 방의 천장을 올려다보며 중얼거렸다.

캄캄한 홈의 숙소. 아직 희뿌옇게 터오지도 않은 창밖은 어둠에 휩싸였다. 눈을 움직여보니 시계의 짧은 바늘은 숫자 4 위로 지나가려 했다.

"'원정'도 겨우 끝났는데……."

침대 위에서, 눈을 뜬 직후 특유의 권태감에 휩싸인 티오네는 드러누운 채 진저리를 치듯 미간에 주름을 지었다.

슈~웅.

그때 갑자기 옆에서 포물선을 그리며 베개가 날아왔다. 티오네는 이를 재빨리 받았다. 말없이 몸을 일으켜 옆을 보니 이불을 걷어찬 채 널브러진 자세로 곯아떨어진 룸메이트가 있다. 여동생 티오나다.

잠결에 베개를 던져놓고는 태평하게 새근새근 잠든 여동생의 모습에 배알이 뒤틀린 티오네는 그녀의 얼굴을 향해 베개를 힘차게 도로 던졌다. 그러나 제1급 모험자 아마조네스는 잠든 채로 베개를 철썩 튕겨냈다. 소리를 내며 바닥에 떨어지는 베개를 보며 티오네는 혀를 찼다.

"……얘는 그때하고 전혀 달라진 게 없고."

피를 나눈 친자매의 얼굴을 한참 바라본 후, 약간의 짜증과 선망을 내비치며 그렇게 중얼거린다.

"샤워나 하고 오자······."

긴 탄식에 이어 티오네는 침대에서 내려왔다. 갈아입을 옷을 들고, 속옷 바람이나 다름없는 차림으로 방을 나왔다.

"티오네~ 음냐아."

그로부터 몇 분 후.

언니와 똑같은 꿈을 꾼 여동생은 잠꼬대를 하며 몸을 뒤척였다.

1장

Quest Result
& Next Quest

Гэта казка іншага сям і.

Quest Вынік & Наступны Quest

【로키 파밀리아】의 홈 '황혼관'에 '원정'을 나갔던 모험자들이 귀환했다.

돌아오자마자 저마다 자기 방의 침대에 쓰러져 시체처럼 잠들어 하룻밤을 보낸 그들은 일출이라는 지상의 빛을 보고 흐뭇한 표정을 지었다. 그 어둡고 싸늘한 땅 밑바닥에서, 괴물의 포효가 끊어질 날이 없던 가혹한 던전에서 돌아왔다고.

자신의 방 창문 너머로 아침놀을 바라보던 엘프 소녀는 군청색 눈을 가늘게 떴다. 이른 아침부터 훈련을 하고자 안뜰로 나갔던 금발금안의 소녀는 맑은 공기와 바람 내음에 몸을 맡기는 바람에 한참 시간이 지난 후에야 검을 휘두르기 시작했다.

늦잠을 잔 사람이 속출하는 가운데, 아침식사 시간에는 모두가 오랜만에 맛보는 빵과 뜨거운 수프, 구운 고기와 계란을 배 속으로 쏟아 넣으며 입맛을 다셨다. 태양의 빛과 푸른 하늘, 신선한 음식. 평소에는 당연하게 생각하고 누렸던 지상의 은총이 메말랐던 그들의 몸을 치유해주었다.

귀환한 모험자들 덕에 저택은 순식간에 평소의 시끌벅적함을 되찾았다.

"암튼 마, 이것저것 일은 있었지만서도……. 우선【스테이터스】갱신부터 해야 쓰겠제!"

'원정' 귀환 다음 날이라 온 저택이 북적거리는 가운데,

로키의 선언 아래 단원들의 【스테이터스】 갱신이 시작되었다.

물자와 장비, 전리품 정리를 잔류팀 단원들이 어젯밤부터 이어나가는 가운데 원정팀은 로키의 방이 있는 중앙탑 최상층을 향해 장사진을 이루었다. 지난번 '원정'을 훨씬 웃도는 '모험'을 벌였으므로 어젯밤에 갱신을 마친 사람은 하나도 없었던 것이다. 아이즈마저 오늘로 미루고 하루 종일 쉬었을 정도였다.

서른 명 이상의 갱신작업은 당연히 힘겨운 작업이 되겠지만, 로키도 가슴이 두근거리는지 수많은 권속의 【스테이터스】를 기민하고도 효율적으로 처리해나갔다.

그리고

"Lv.6!! 아이즈 따라잡았다~!"

"아자아!!"

티오나나 베이트 같은 이들의 환성이 울려 퍼졌다.

【스테이터스】의 승화, 【랭크 업】이었다. 미답파영역에서 결전을 거치며 상위의 【엑세리아】를 충분히 습득해, Lv.5에서 Lv.6에 오른 것이다. 【랭크 업】이라는 말 그대로 그들의 【스테이터스】는 급격히 치솟고, 한계의 벽을 돌파해 더 높은 경지에 이를 가능성을 내포하게 된다.

로키에게 받은 갱신 용지를 두 손에 들고 티오나는 기뻐 날뛰었다. 웨어울프 베이트마저 보기 드물게 다른 단원들의 이목을 아랑곳 않고 환호성과 함께 웃었다.

"티오네는…… 물어볼 것도 없겠네."

"그렇지 뭐. 아키랑 나르비, 너희는?"

"우린 아직 갈 길이 멀었나봐요……."

티오나 일행과 마찬가지로 【랭크 업】을 이룬 티오네가 흐뭇한 기분을 내비치며 되묻자 캣 피플 아키와 휴먼 나르비는 어깨를 으쓱하거나 쓴웃음을 지어 대답했다. 고개를 푹 숙인 청년 단원 라울을 비롯해 【파밀리아】 제2군 모험자들은 모두 Lv.4에 머물렀다.

"봐봐, 아이즈! 어때, Lv.6!"

"응…… 축하해, 티오나."

"에헤헤! 이제 아이즈한테도 안 질 거다~! 아니야, 이대로 추월해버려야지!"

갱신을 마치고 중앙탑에서 안뜰까지 내려온 아이즈에게 흥분이 가시지 않은 티오나가 달려왔다. 아이즈가 살짝 웃음을 지어주자 천진난만한 아마조네스 소녀도 활짝 웃음을 짓는다. 폴짝. 여느 때처럼 뛰어올라 안긴다.

"아이즈는 어땠어? 혹시 Lv.7 된 거야?!"

"그건, 좀……."

무리일지도, 라고 중얼거리며 아이즈는 손에 든 용지로 시선을 떨구었다.

아이즈 발렌슈타인

레벨. 6

힘: I30→84 내구: I39→89 기교: I58→98 민첩: I57→93 마력: I45→101

수렵인: G 내성: G 검사: H 정유: I

'원정' 전의 【스테이터스】――소년이나 여신과 함께 맞닥뜨렸던 달밤의 습격 이후――와 비교해보면 숙련도의 총 상승치는 230 이상. 심층영역 '용의 웅덩이' 공략에 '더럽혀진 정령'과의 사투, 덤으로 【맹자】 오탈과의 교전까지. 이러한 것들을 돌이켜보면 아무리 Lv.6이라 해도 이만한 상승폭이 있다는 데에 수긍이 간다.

한계를 넘어 높은 경지에 이른 보람은 있었다고, 아이즈도 이때만큼은 안도에 가까운 기쁨을 느꼈다. 보여줘 보여줘 채근하는 티오나에게 종이를 내밀자 오오 감탄한다. 두 사람은 웃음을 나누었다.

――한편 다른 단원들보다 한 발 늦게 갱신을 받은 레피야는.

"레피야, 축하한데이! 니도 【랭크 업】 가능하겠네!"

윗도리를 벗고 매끄러운 등을 드러낸 그녀의 뒤에서 로키가 낭보라는 양 갈채를 보냈다.

"……네?"

그녀의 등에는 붉은색 비문을 방불케 하는 【히에로글리프】의 나열이 일정한 간격으로 너울지며 빛을 냈다.

생글생글 웃는 주신을 응시하기를 수십 초, 구르듯 달려가 힐문한다.

"래, 래, 【랭크 업】이라는 건, 제, 제가——."

"맞다. 니 Lv.4 될 수 있데이."

"마——만세에!"

레피야는 기쁨을 감추지 않고 환호성을 질렀다. 두 손에 든 옷으로 가슴을 가리고 있으면서도 펄펄 뛰고 싶은 기분이었다.

그랬다. 그도 그럴 것이 몇 번이나 죽을 뻔하지 않았던가.

목숨을 잃으리라 각오했던 적도 한두 번이 아니었다. Lv.3인 레피야가 제1급 모험자인 아이즈 일행조차 고전할 만한 심층영역을 누비며 분투했고, 살아 돌아온 것이다. 티오나 같은 선배들이 【랭크 업】하기에 충분한 상위의 【엑세리아】를 얻었다면, 자신의 【엑세리아】 또한 '위업'에 걸맞다는 평가를 받아 마땅하다.

레피야도 아이즈 일행에게 뒤지지 않을 만큼 자기 자신을 내던져 '모험'을 했으니까.

"새로운 '마법'이나 '스킬'이 나온 애들도 몇 명 있고……. 이번 '원정'은 충분히 보람이 있었데이. 마, 손해득실은 차치하고."

로키는 그렇게 중얼거렸지만 레피야는 들리지도 않는 듯 뺨을 붉히고 있었다.

가슴을 채우는 것은 성장했다는 실감, 아이즈 일행을 따라잡을 수 있었다는 기쁨. 그리고—— 토끼, 아니, 어떤 소년에 대한 대항심.

——해냈다고요. 어때요. 봤나요!

이런저런 의미에서 라이벌로 인정한 소년 벨 크라넬의 갈팡질팡하는 모습이 생생히 떠올라 레피야는 여봐란 듯이 가슴을 폈다. 마음속으로.

Lv.1에 '미노타우로스'를 단신으로 격파했으며, 심지어 Lv.2로 【랭크 업】. 급성장과 함께 '위업'을 거둔 소년을 보며 움츠러들기까지 했지만, 자신도 이에 못지않다고, 레피야도 이번만큼은 어디까지나 자랑스러워하기로 했다.

'하지만 방심하면 안 돼. 지금 나보다도 레벨이 낮은 그 사람은 쉴 새 없이 노력하고, 이상한 '마법'도 가졌는걸. 그러니까 난 그 사람보다도 더 노력해서, 차이를 벌려야 한다는 마음으로……!'

한껏 들떴다가 이번에는 갑자기 의욕을 드러낸 레피야의 등 너머로 타오르는 불꽃의 환영을 본 로키는 의아한 표정을 지었다.

"아, 맞데이. 레피야, 이건 내 제안인데…… 니 【랭크 업】 은 쫌만 참으면 안 되겠나?"

"네……네에?!"

한순간 움직임을 멈추었던 레피야는 당혹감에 소리를 질러버렸다. 주신의 제안이라는 것에 한 방 얻어맞은 듯한 느낌이었다.

무슨 말이냐고 눈을 돌리자, 로키는 우선 【스테이터스】

의 갱신 용지를 건네주었다.

레피야 비리디스

Lv.3

힘: I84→86 내구: H121→184 기교: G207→240 민첩: G252→271 마력: B723→797

마도: H 내성: I

새로이 취득한 '스킬'은 없었다. 지난 번 '원정'과 비교해 역시 【어빌리티】의 갱신치는 높았으며, 그중에서도 '내구'와 '마력'의 성장이 현저했다.

옷으로 가슴을 가린 채 한 손에 든 용지에서 고개를 들자 로키가 설명했다.

"잘 봤나? 그럼 순서대로 설명한데이……. 레피야, 니 Lv.3으로 【랭크 업】했을 때 '마력' 【어빌리티】 얼마였노?"

"어…… S, 였어요."

"그랬제? 지금 단계에서 【랭크 업】하는 것도, 쪼~끔 아깝지 않나 싶어서 말이제. 레피야 니도 리베리아 못지않게 마력 바보 아이가."

"마, 마력 바보……."

삐질삐질 땀을 흘리면서 레피야도 이해했다.

로키는 이런 말을 하려는 것이다. 아직 'Lv.3 레피야'에게는 성장의 여지가 있다고.

아이즈처럼 【스테이터스】의 능력 한계, '그릇'의 상한

까지는 이르지 않았다는 것이다.

"마, 평범한 파벌 같으면【랭크 업】할 수 있을 때 냅다 달려드는 기 당연하데이. 레벨이 올라가믄【어빌리티】상승 정도는 비교도 안 될 만큼 강해진다 안하나."

"그건, 그렇죠……."

"숫자 몇 십, 몇 백 정도 신경 써봤자 도리가 없데이. 만 땅 찍을라 카는 노력하고 시간을 생각해보면 걍 다음 단계로 착착 나가는 기 낫제. 캐도 마."

잠시 말을 끊고 로키는 침대 위에 앉았다.

"그렇게 놓친 찌끄레기 숫자들 때문에, 우리 파벌에선 목숨이 왔다 갔다 할지도 모른데이."

같은 레벨끼리 싸웠을 때 승패를 가늠하는 요소는 무엇인가.

단순히 말하자면 그것은【어빌리티】의 차이.

그리고 지난 단계의 레벨에서 함양했던【어빌리티】, 다시 말해 현재의 레벨에 반영된 잠채능력치.

물론 여기에 모험자들의 기술―― '기술과 허허실실'이니 '마법', '스킬'이 크게 관여하므로 수치의 우열만으로 승패를 결정지을 수는 없다. 그러나 어드밴티지가 되는 것 또한 분명한 사실이다.

더 파고들자면, 랭크가 하나 올라가면【어빌리티】의 수치 하나를 올리는 데에도 당연히 기존 Lv.이상의【엑세리아】가 필요하다.

"다행히 핀 같은 간부들이 있으면 경험 쌓는 데는 부족함이 없을 거 아이가. 이번처럼 '원정'만 따라다니면서 단련해도 쭉~쭉 오르제?"

"아, 아하하하……."

보통 파벌이 【랭크 업】을 우선시하는 이유도 바로 그 점이다.

위대한 선배들이 모인 【로키 파밀리아】와는 달리 다른 파벌은 미궁탐색에 항상 목숨을 건다. 그들에게는 【랭크 업】에 따른 전력증강이 급선무다. 그리 호락호락, 언제 어디서든 상위의 【엑세리아】를 얻을 수 있는 환경이 아니다.

로키의 심술궂은 미소에 레피야는 뻣뻣한 웃음으로 대답했다.

"마, 지금 상황은 그 폐해일지도 모른데이……. 캐도 레피야, 니 우리 【파밀리아】로 컨버전한 후로 【랭크 업】 기간도 짧아지지 않았나?"

"네, 상당히……."

레피야가 처음 【랭크 업】에 필요했던 기간은 3년. '학구'에 재학하던 11살 때였다.

'학구'에서 1년을 더 보낸 후 【로키 파밀리아】에 입단하고 1년 후에 Lv.3이 되었으며, 그로부터 2년 후, 다시 말해 오늘 Lv.4가 될 티켓을 손에 넣었다.

성장이 현저한 문제의 토끼가 이상할 뿐이지, 레피야도 충분한 급성장을 이루고 있었던 것이다.

핀 같은 간부진이나 아이즈의 힘을 빌려, 착실하게.

"몇 번씩 들어서 압박감 느낄지도 모르지만, 레피야 니는 리베리아의 뒤를 이었으면 좋겠다고, 내랑 간부들은 생각한데이. 암만 노력하고 시간이 걸려도 슈퍼 레피야보단 하이퍼 레피야가 돼줬으면 하는기라."

웃음을 짓는 로키를 보며 레피야는 조용한 표정을 지었다.

"Lv.2 마지막 【스테이터스】를 생각해보면 분명 아직 성장의 여지가 있을기라. '마력' 어빌리티 평가 B는 역시 쫌 아깝지 않나? ……마, 하다못해 A 후반 정도까지는."

"…………."

"물론 이건 우리 생각이데이. 결정은 레피야 니 좋을 대로 해라. 지금 당장 【랭크 업】하고 싶다 카면 내는 안 말린다. 니는 어케 하고 싶노?"

판단을 맡기는 로키에게 레피야는 잠시 입을 다물었다.

잠시 생각에 잠겼다가, 고개를 끄덕였다.

"알았어요. 지금 레벨에서 조금 더 노력할게요."

로키의 말대로 압박감은 있었다. 이제까지 같으면 주위의 기대에 불안을 느끼고, 한심할 정도로 겁을 먹었을지 모른다.

하지만 지금은 순수하게 그 기대에 호응하고 싶었다.

최강 마도사 리베리아의 후임. 자신이 경쟁하는 소년과 맞붙으려면, 아이즈를 비롯한 선배들에게 도움이 되려면 그만한 경지를 목표로 삼아야만 한다는 생각이 들었다. 지난번 '원정'에서 전에 없을 정도로 격렬한 싸움을 경험하면서 얻은 마음가짐이었다.

역시 변하기 시작한 거라고, 레피야는 스스로를 그렇게 인정할 수 있었다.

"고맙데이, 레피야. 핀이 가져온 정보를 들어보고, 한동안 '원정'은 삼갈 생각이라. 마, 주머니도 썰렁해졌다 안하나. 그때까지 우리 천천히 실력 키우자."

"네."

로키에게 웃음으로 대답하고 레피야는 고개를 틀어 자신의 등을, 대기 상태인 【스테이터스】를 보았다. 여전히 빛을 내는 【히에로글리프】는 언제든 주신의 손에 【랭크 업】이 가능하다는 사실을 알려주고 있었다.

로키의 손에 단단히 자물쇠가 채워져 【스테이터스】의 빛이 사라진 후, 옷을 입은 레피야는 방을 나갔다.

"이거야 원. 또 Lv.7은 보류인가?"

단원들의 【스테이터스】 갱신이 대충 끝난 후.

파벌 내에서도 마지막으로 갱신을 받은 수뇌진 속에서 가레스가 팔짱을 끼며 투덜거렸다.

"아직도 부족한 모양이야. 이렇게 되면 오탈한테 무슨 짓을 했던 거냐고 묻고 싶어지는걸."

"세계 최고위인 Lv.7은 아직도 두 사람뿐이란 말이

군······."

가레스 외에 로키의 방에는 쓴웃음을 짓는 핀, 한숨을 내쉬는 리베리아가 남아 있었다.

갱신 용지를 든 핀과 리베리아 또한 Lv.6 그대로였다. 중앙탑 아래쪽, 안뜰에 모여 저마다 【스테이터스】에 기뻐하거나 아쉬워하는 단원들을 창가에 서서 내려다보며, 수뇌진 또한 이때만큼은 답답함을 내비쳤다.

"니들은 이끌어주는 입장 아이가. 반대로 니들을 이끌어줄 사람은 엄꼬. 잘난 선배의 고민이란 거다. 분하지만 전에 있던 제우스랑 헤라네하곤 아직도 연륜이 다르단 거겠제."

그런 권속들을 둘러보며 로키도 머리 뒤에서 두 손을 깍지 끼었다.

상급 모험자가 '상층'에서 발버둥을 치는 것과 마찬가지다. Lv.6에게는 현재의 도달 층역에서 얻을 수 있는 【엑세리아】의 효율이 좋다고는 할 수 없다. 핀 일행의 뒤를 따라오는 아이즈 같은 모험자들도 언젠가는 부딪칠 벽이다.

이번에는 마지막 보스 '데미 스피리트'와 격전을 펼치기도 했지만, 그것도 【엑세리아】가 파티 내에서 분산된 탓에 큰 성장을 이루지는 못한 것 같다고 로키는 마무리를 지었다.

"그럼 시간도 촉박하이께 다음 이야기로 넘어가자. 평소대로 전리품 환전은 부탁한데이."

"응, 알고 있어. 사실 이번 '원정'은 손실이 엄청나거든. '마검', 뒤랑달, 결정타로 포이즌 베르미스의 특효약 사재 기까지……."

"드롭 아이템도 거의 【헤파이스토스 파밀리아】한테 보수 로 양도해야 하니 말일세……."

"아～ 가레스 그 말은 쫌 하지 마라?! 머리 아프데이!"

"밤에는 또 잔치를 열 생각인가?"

"당연하제! 원정 수고하셨심더 파티 아이가!!"

오늘의 예정에 대해 로키와 수뇌진은 확인을 이어나 갔다.

그것이 대충 끝났을 때, 핀이 생각났다는 듯 덧붙였다.

"한 가지 보고를 깜빡한 게 있는데…… '상층'에 나타난 미노타우로스 이야기야. 그거 아무래도 신 프레이야가 관 여했던 것 같아. 오탈이 우리 앞에 나타났어."

"……흐응?"

"조사해보면 아마 내막도 캘 수 있을 거야. 피해라 할 만 한 건 없었지만, 일단 아이즈랑 몇 명이 오탈하고 싸우기 도 했으니까……. 길드에 슬쩍 일러바칠까?"

"아～ 신회 때도 그 이야기 나왔제. 결국 유야무야됐으 니께…… 재탕해봤자 소용없데이. 무시하그라, 무시."

"그래도 되겠어?"

핀의 물음에 로키는 파닥파닥 손을 내저었다.

웬일로 당해놓고도 되받아치려 하지 않는 주신의 의향에 권속들이 흘끔흘끔 눈치를 보았다.

"내도 갈 데가 있으니께 해산한데이~."

로키는 그러거나 말거나 무시하고는 새침한 표정으로 방을 나갔다. 하지만——— 내심으로는 땀을 삐질삐질 흘리고 있었다.

로키는 프레이야와 밀약을 나누었기 때문이다. 정확하게는, 사사로운 사정 때문에 약점을 잡혔다.

프레이야의 행동에 간섭하지 못한다. 그리고 당연히 그런 일은 권속들에게 말할 수 없다. 주신의 위엄이 손상된다. 애초에 없는 것이나 다름없지만.

잽싸게 방을 나가버리는 로키의 뒷모습을 수뇌진이 어이없다는 표정으로 쳐다보았다.

"무언가 있었겠구먼…… 저쪽 여신하고."

"이번에도 술 때문이겠지. 나 원……."

"음~ 뭐, 빚으로 남겨둔 셈 치고 그만 넘어가주자."

자식은 신에게 거짓말을 할 수 없다.

마찬가지로 핀 일행에게도 로키의 거짓말은 통하지 않는다.

무언가 숨기는 것이 있다는 정도는 간파할 수 있을 만큼 그들은 오랜 시간을 함께 보냈던 것이다.

【스테이터스】 갱신을 마친 【로키 파밀리아】는 그대로 시내에 나갔다. 전리품 환전을 비롯한 '원정' 뒤처리를 위해서였다.

거의 모든 단원들이 홈을 나가 저마다 짐을 들고 도시 곳곳으로 흩어졌다.

"【로키 파밀리아】의 핀 디무나야. 미리 전달한 대로 '원정'에서 가져온 '마석' 환전을 부탁하고 싶은데."

"네~ 기다렸습니다아~! 이 미샤 플로트가 담당해드릴게요. 무사히 돌아오셔서 다행이에요~!"

"이번에는 심층영역에서 미확인 몬스터를 여럿 확인했어. 한정된 파벌 이외에는 의미가 없는 정보지만, 50계층 이후의 '원정'은 위험하다고 경고해줬으면 해. 단원들의 【랭크 업】도 포함해서 상세한 내용은 여기 보고서에 정리해뒀어."

"잘 받았습니다~. 어디보자……. 에에에에에에에에에에에에에에에에엑?! Lv.6이 세 분?!"

어떤 이는 대량의 '마석'을 전용 환전소로 운반하는 김에 던전에서 가져온 정보와 모험의 성과를 길드에 보고하고.

"저, 회장님……. 조금만 더 비싸게 사주시면 안되겠습니까?"

"뭐라고, 라울? 이것도 상당히 분발해서 쳐준 거라고. 이 몸의 매입가에 불만이 있단 거야?"

"아뇨, 그게…… 이번 '원정'은 적자가 심각해서 말입다……. 될 수 있는 대로 돈이."

"그 정도론 안 돼, 라울. 더 밀어붙여야지. ——부탁이에요, 회장님! 우리 힘들어요!"

'엥? 갑자기 웬 애교임까, 아키——?!'

"파룸 회장님, 부탁이에요~! 앞으로는 다른 상회보다도 애용해서 많~이많이 서비스해줄게요! 그치, 리네?"

"그, 그럼요, 나르비 씨! 단장님도, 그 유명한【브레이버】도! 회장님은 아주아주 통이 크시고, 존경할 만한 동포라고 하셨는걸요!! …………아마도, 그랬던 듯."

"어머나, 회장님. 향수 바꾸셨나요? 엘프인 저도 무의식 중에 넋을 잃을 만큼 우아한 향이……. 어쩐지 오늘 회장님, 굉장히 늠름해 보이는걸요."

"그, 그런가? 헤, 헤헤헤헤……. 못 말리겠구만. 자네들은 단골이니 조금 더 쳐주지!"

"""""고맙습니다~!"""""

"…………여자들은, 치사하지 말임다."

어떤 이들은 '드롭 아이템'이며 미궁의 광물, 채집물을

들고 상인이며 상업계【파밀리아】를 상대로 거래라는 이름
의 뜨거운 싸움에 몸을 던지고.

"츠바키, 나 왔네."

"오오오오오오! 기다렸다네, 가레스!! 자자, 어서! 어서!!"

"채근하지 말라고……. 자, 약속했던 '심층' 드롭 아이템
일세. 받게."

"오오, 이거야, 이거!! 포룡의 이빨에, 포룡의 비늘……!
흐하하하하! 어떤 무구로 만들어줄까……! 자자, 더 가져
오지 않으셨나? 어서 내놓으시게!"

"계약대로긴 하지만…… 어쩐지 영 아니꼽구먼."

어떤 이는 '원정'에 협조한 파벌에게 보수를 전하러 가고.

"어머나, 베이트 로가. 웬일이지? 네가 '원정' 뒤처리에
동참하다니."

"일손이 부족하다고 영감한테 끌려온 거야. 말 시키지
마. 그보다도 이거 그 대장장이 여자한테 전해."

"뭔데?"

"다시 만들어줬던 프로스빌트 대금. 부족하지만 나머지
도 금방 갚을 거라고 전해."

"후후. 너도 변함이 없구나."

어떤 이는 대장장이 신을 통해 무기 외상값을 변제하고.

"오오. 돌아왔나, 리베리아? 팔다리도 멀쩡히 붙었고, 기운도 있는 것 같구먼."

"덕분에. 그보다 레노아, 미안하다. 또 망가뜨렸네."

"히히히히히히히…… 저주해줄까?"

또 어떤 이는 '마보석'이 파손된 지팡이를 수리하러 나갔다.

"오랜만~ 아미드!"

"넌 좀 조용히 해. 남의 가게 안이잖아."

"아하하. 안녕하세요, 저희 돌아왔어요."

"다녀왔어…… 아미드."

"무사히 돌아오시니 기쁩니다. 티오나 씨, 티오네 씨, 레피야 씨…… 아이즈 씨."

그리고 소녀들은 친구가 기다리는 치료원으로 갔다.

빛나는 구슬과 약초의 엠블럼이 걸린【디안 케흐트 파밀리아】의 치료원. 오랜만에 방문한 시설은 오늘도 상급 모험자들로 붐볐다. 그 속에서 휴먼 소녀 아미드는 웃음을 지으며 아이즈 일행을 맞아주었다.

"'원정' 수고하셨습니다. 이상사태를 만나 18계층에서 체류하셨다는 말씀은 들었는데…… 별일 없으셨나요?"

"뭐, 이번에는 엄청나게 아수라장이었어⋯⋯. 그래도 아미드가 준 포션이랑 엘릭서 덕에 간신히 목숨 붙였지 뭐야. 물론 특효약 효과도 봤고."

"저도 매직 포션 덕에 살았어요! 고맙습니다!"

"저희도 포션이 여러분께 도움이 되었다면 그보다 기쁜 일은 없습니다."

감사 인사를 하는 티오네와 레피야에게 마음 착한 힐러는 은백색 장발을 찰랑이며 미소를 지었다. 정밀한 인형처럼 고운 얼굴이 아이즈 일행의 무사를 기뻐하듯 표정을 풀었다.

그때, 아미드는 무언가를 알아차린 것처럼 티오네를 바라보았다.

"티오네 씨⋯⋯ 어디 불편하신 데라도 있나요?"

"⋯⋯알아보겠어?"

"이래 봬도 힐러니까요."

헤아릴 수 없는 병자와 부상자를 진료한 경험을 통해 아미드는 미미한 안색의 변화를 간파한 모양이었다. 동료들조차 눈치채지 못하도록 행동했건만 일급 힐러에게는 통하지 않았다.

티오네는 뺨을 긁었다.

"아~ 딱히 대단한 건 아닌데⋯⋯ 꿈자리가 좀 뒤숭숭했거든. 푹 잠들 수 있는 약 같은 거 있어?"

"알겠습니다. 그러면 숙면 효과가 있는 알제리카 허브를 드리겠습니다."

"미안하지만 아이즈나 저 바보한테는 비밀로 부탁해."

카운터 너머로 고개를 내밀며 티오네는 작은 목소리로 아미드와 이야기를 나누고 그녀의 호의에 미소로 대답했다. 그런 두 사람에게 티오나가 무슨 일이냐고 물었지만 아미드는 드롭 아이템 거래라며 얼버무렸다. 그대로 자연스럽게 화제를 바꾸었다.

"여러분은, 오늘 하루는 역시 바쁘시겠지요?"

"응. 이제 【고브뉴 파밀리아】에 가서 우르가 정비도 맡겨야 해. 티오네도 갈 거지?"

"그래야지. 조르아스는 이제 예비도 없고……. 보충할 피르카도 주문해야 하고."

"아이즈 씨도 가시지요?"

"응. 나도 데스퍼러트 봐달라고 해야……."

'마석'이나 '드롭 아이템' 환전은 물론 무기나 방어구의 정비, 혹은 수리, 때로는 재구입까지. 매번 있는 일이지만 원정 후에는 해야 할 일이 산더미처럼 쌓인다.

카운터 너머로 치료약의 원료를 거래하는 한편 아미드에게 도구 보충을 부탁하면서 네 사람은 산적한 작업들을 떠올려보았다.

"그러고 보니 오늘은 로키도 같이 저택에서 나왔지? 뭔가 아는 거 있어?"

"볼일이 있다고만 하셨는데요……."

"뒤풀이 예약이라도 하러 간 거 아냐?"

문득 생각났다는 듯 티오네가 묻자, 레피야가 대답하고 티오나는 깔깔 웃었다. 그러고 보니 아이즈도 문을 나서자 마자 다른 방향으로 헤어졌던 주신의 모습이 떠올랐다.

'어쩐지 언짢은 표정이었던 것 같은데……?'

살짝 천장을 올려다보며, 아이즈는 고개를 갸웃했다.

"어라, 혼자 왔나?"

"아이쭈랑 다른 애들은 '원정' 뒤처리 땜에 바쁘다 안 하나."

문을 열고 들어선 로키를 기다렸던 것은 부유한 나라의 왕자님을 방불케 하는 남신과 그의 종자인 엘프 소녀였다.

번화가에 세워진 어떤 고급 주점.

차음성이 높은 방을 대절한 상태여서 밀담을 나누기에 는 제격이었다.

로키는 의자를 끌어내 디오니소스가 앉은 원탁의 맞은 편에 털썩 앉았다.

"그 여리여리한 자슥은 어케 됐노?"

"헤르메스라면 아직 돌아오지 않은 것 같아. 듣자하니 던전에 갔다는데……. 대신 권속들이 왔지."

디오니소스가 시선을 돌리자 벽 쪽에 선 시앙스로프 소 녀가 뻣뻣한 미소를 지으며 고개를 숙여 인사했다. 그녀 외에도 한 사람, 한숨을 쉬는 워타이거(호랑이 수인) 거한이 있었다.

"그 자슥, 18계층에서 우리 얼라들 있는 데로 왔다 카던데 무사하나? 던전에서 칵 디지뻔 거 아이가?"

"으음~ 저희의 '은혜'가 살아 있는 걸 보면 그럴 걱정은……. 게다가 죽여도 죽을 것 같지 않은 분이랄까……. 아하하 웃으면서 불쑥 돌아오실 거예요. 아스피 단장도 같이 있고."

로키의 말에 시앙스로프 소녀 루루네가 쭈뼛쭈뼛 대답했다. 이 자리에 끌려나온 꼴이 된 그녀는 여전히 헛웃음을 지으면서 주신에 대한 미묘한 신뢰를 내비쳤다.

'원정'을 마치고 돌아오는 길에 【로키 파밀리아】의 야영지에 헤르메스의 일행이 나타났다는 말은 이미 들었다. 제18계층 출발 당일, 다시 말해 어제, 어째서인지 따라오지 않은 채 세이프티 포인트에 남았다는 말도.

"로키도 왔으니 본론으로 들어가지."

로키와 디오니소스가 모인 것은 다른 이유가 아니라, 도시에서 암약하는 조직에 대한 대책을 세우기 위해서였다.

이블스의 잔당, 그리고 '극채색 몬스터'와 '괴인'으로 이루어진 지하세력. '도시의 파괴자', '에뉘오'라는 흑막을 언뜻 드러낸 그들과 대항하고자 그들은 동맹을 맺었다. 그들이 이블스의 잔당을 추적하는 동기는 다양했다. 어떤 이는 원수를 갚기 위해, 어떤 이는 빚을 받아내기 위해.

"뭐, 이야기할 것도 없이 할 일은 정해지지 않았나? '바벨' 이외에 존재하는 또 다른 던전의 출입구…… 그걸 찾는 기다."

로키를 비롯한 신들은 적 세력의 동향을 통해 한 가지 해답에 이르렀다.

그동안 유일하다고 믿었던 던전 출입구가, 사실은 더 있었다는 사실이다. 길드나 모험자들의 눈을 피해 식인꽃 몬스터를 지상으로 운반했던 샛길이 반드시 어딘가에 존재한다.

"그래, 물론이지. 다만 그 전에…… 로키, 네 아이들이 원정을 간 곳에서 뭔가 진전은 없었어? 극채색 몬스터가 출현하는 '심층'에 도달했겠지?"

디오니소스의 발언을 시작으로 모든 자들의 시선이 로키에게 집중되었다.

한동안 침묵을 관철하던 로키는 실눈을 슬쩍 뜨고 그들의 반응을 살피며 이야기를 시작했다.

"어둠으로 타락한 '정령'이 있었다카대. 심지어 핀이랑 울 얼라들이 당할 뻔했을 정도로 쎈 넘이. 그리고…… 적의 노림수는 그런 '정령'을 **지상에 소환하는** 거데이. 이기 우리의 결론이다."

괴인들이 시사했던 '그녀'라는 존재. 그 정체는 '더럽혀진 정령'이었다.

몬스터에게 먹히고도 살아남아 존재가 반전된 신의 사도.

사건의 중추에 존재했던 '보옥 태아'는 괴인과 마찬가지로 그 존재의 산물이었으며, 촉수에 해당하는 식인꽃 같은 것들이 모은 '마석'을 끊임없이 섭취해 정령의 분신 '데미 스피리트'로 진화했다.

그리고 적의 노림수는 '정령'의 지상소환.

강대한 '데미 스피리트'를 하늘 아래 강림시켜, 던전의 '뚜껑' 역할을 맡은 오라리오를 파괴하려는 것이다.

──『오라리오를 멸망시키는 것.』

제24계층 팬트리에서 백발귀 올리버스 액트가 했던 말이 그 자리에 있던 권속들의 뇌리에 되살아났다. 낯이 창백해진 루루네는 목을 꼴깍 울리고, 워타이거 청년도 눈을 크게 떴다. 피르비스는 감정이 겉으로 드러나지 않도록 열심히 억제하며 자신의 주신을 쳐다보았다.

로키 일행이 추측한 적의 시나리오를 듣고, 남신은 한손으로 얼굴을 가리며 조용히 숨을 토해냈다.

침묵을 거쳐 고개를 든 남신은 유리색 두 눈을 일그러뜨렸다.

"조속히 찾아내야만 하겠어……. 두 번째 출입구도, 이미 운반되었을 '보옥'의 행방도."

신의 목소리는 그 자리에 있던 이들의 귀가 무겁게 진동시켰다. 테이블 위에 놓인 진보라색 포도주가 천장의 마석등 빛을 반사해 요사스럽게 반짝였다.

권속들이 일제히 입을 다문 가운데, 로키만은 매너 없이 의자 등받이를 삐걱삐걱 울리며 말했다.

"니 말은 그렇게 함시로, 분명 우리 애들 화살받이로 세울 생각이제? 힘든 일은 전부 떠넘겨싸갖고."

"하하하, 협조는 할 거야. 다만 적재적소라는 게 있는 법이잖아?"

"이기, 어데 어물쩍 넘어갈라 카노."

로키의 비난 어린 눈빛에 디오니소스는 그때까지의 진지한 표정도 잊고 산뜻한 웃음을 지었다. 눈을 흘기는 여신에게 흰 치아를 반짝 빛낸다.

위장이 시큰거리는 신의와 신의의 충돌에 "나 집에 갈래~" 하며 울상을 짓는 루루네. 그런 시앙스르프 동료가 같이 와달라고 애원하는 바람에 이 자리에 말려든 워타이거 청년은 다시 한숨을 쉬었다. 눈을 감은 피르비스는 주신의 곁에 선 채 잠자코 추이를 지켜볼 뿐이었다.

"……마, 됐다. 이미 올라탄 배 아이가. 암튼 어데서부터 찾을 생각이고? 결국 샅샅이 뒤져봐야 할 텐데, 수상쩍은 데는 거진 다 찾아——."

"어~ 그게 말인데요~……."

그때 로키의 말을 가로막듯 루루네가 쭈뼛쭈뼛 손을 들었다.

"사실은 저희 주신님이 여행에서 돌아오시면서, 로키 님과 디오니소스 님께 해주셨으면 하는 일이 있다고…… 그 뭐냐, 메시지를."

루루네의 말에 따르면, 만약 대화를 나누는 자리에 동참

하지 못하는 일이 생긴다면 자기 말을 전하라는 헤르메스의 부탁을 받았다는 것이었다. 그 말에 로키가 눈살을 찡그렸다. 또 성가신 일이 아닐까 경계하고 있으려니 디오니소스가 웃음을 지었다.

"그 이야기는 나도 들었어. 로키네에게도 그리 나쁜 이야기는 아닐 것 같아. 기분전환도 될지 모르고."

"?"

의아한 표정을 보내는 로키에게, 디오니소스는 짐짓 진지한 표정을 지었다.

"마음에 걸리는 정보도 있었거든. 도시 수색은 우리에게 맡기고 로키는 다른 일을 맡아줬으면 해."

🔥

그날 밤.

어둠이 하늘을 뒤덮으려 할 무렵, 평소와는 다른 소란이 도시를 구석구석까지 석권했다. '원정'에서 귀환한 【로키 파밀리아】의 '위업'── 베이트, 티오나, 티오네의 Lv.6 돌입이 널리 알려진 것이다.

길드의 공식 발표를 기다릴 것도 없이 오락을 좋아하는 신들의 입을 타고 음속으로 온 도시 안에 전해진 이 화제는 순식간에 오라리오를 들끓게 만들었다.

이르기를, 【맹자】가 있는 【프레이야 파밀리아】와 완전히 같은 수준에 섰다.

이르기를, 그 정도가 아니라 숫제 추월해버렸다.

이르기를, 【로키 파밀리아】야말로 현재 미궁도시의 최전선이다.

곳곳의 주점에서 오라리오의 쌍벽 중 어느 쪽이 도시 최강인가 하는 뜨거운 논쟁이 벌어졌다. 용감한 제1급 모험자들의 위업을 칭송하는 음유시인들의 노래가 악기의 선율과 함께 대로를 가득 메웠다. 물론 신들은 괴성과 웃음소리를 내며 난리판을 주도했다. 질투와 선망, 혹은 '언젠가 나도……' 하는 꿈과 야망을 품은 모험자들의 반향까지도 불러 일으켰다. 흥분한 데미휴먼 아이들은 누더기로 만든 망토며 냄비 투구를 쓰고 모험자 놀이를 하며 골목길을 누볐다.

제우스와 헤라가 실각한 후로 오랫동안 이루지 못했던 제59계층 진출 소식과도 맞물려 도시 어디를 둘러봐도 들을 수 있는 【로키 파밀리아】의 명성. 사람들의 입에서 입으로 전해질 차세대 영웅의 자리를 마음껏 누렸으며, 도시의 머리 위에 펼쳐진 별들 또한 축복의 빛을 드리워주었다.

【로키 파밀리아】의 위대한 모험자들에게 신과 모험자, 민중은 크게 열광했다.

"그라믄 '원정' 수고했데이—— 건배!"

그리고 당사자들은 어떤가 하면.

술을 좋아하는 주신의 주도 아래 단골 주점에서 뒤풀이

를 벌이고 있었다.

서쪽 메인 스트리트에 지어진 주점 '풍요의 여주인'.

수많은 손님들로 붐비는 세련된 가게 내부. 나란히 늘어
선 수많은 테이블 위에 술잔이 놓이고, 호쾌한 소리를 내
며 서로 부딪친다. 아이즈도 작은 동물 같은 몸짓으로 살
그머니 잔을 들어 감귤색 주스를 홀짝였다.

"과음해서 고삐 놓치지는 마라, 베이트."

"안 그래."

"레피야! 나 그 고기 먹어도 돼?!"

"괘, 괜찮지만요……. 티오나 씨, 벌써 다섯 접시……."

"얼마든지 나올 테니까 넌 좀 진정해. 아, 이거 더 주세요."

"아뿔싸. 여기서 날아갈 돈을 계산에 안 넣었구먼, 핀."

"뭐 어때. 축하 파티 자리만큼은 시원시원하게 가자고.
여차하면 로키의 쌈짓돈으로 어떻게 해달라고 하지 뭐."

"핀?! 니 말 다했나?! 마 그래도 오케이다!! 얘들아, 내
가 쏠팅게 허리띠 풀어라!"

"와아―!"

주의를 주는 리베리아에, 지난번에 혼쭐이 났는지 떨떠
름한 표정을 짓는 베이트, 여느 때보다도 식욕이 왕성한
티오나와 티오네, 그런 그녀들을 보며 전율하는 레피야,
그 광경을 곁눈질하며 커다란 술잔을 기울이는 가레스, 그
와 웃음을 나누는 핀. 여기에 이미 불콰하게 취한 로키가
호탕하게 호령하자 라울을 비롯한 다른 단원들 사이에서

도 힘찬 목소리가 솟아났다.

주신의 선언대로 추가 주문은 끊이질 않고, 거품이 터지는 맥주며 이 주점이 자랑하는 과일주, 나아가서는 커다란 나무 술통까지. 테이블 위를 장식하는 야채와 치즈를 곁들인 계란 요리며 생선구이, 두꺼운 스테이크까지 티오나가 끊임없이 입맛을 다실 온갖 음식을 미인 점원들이 잇달아 가져왔다. 캣 피플 점원은 너무 바빠 빙글빙글 도는 눈으로 우냐아 비명을 질러댔다.

원정 귀환을 축하할 때마다 벌어지는 【로키 파밀리아】의 연회는 주위의 손님들도 주목했다. 여러 가지 화제도 맞물려 여느 때보다도 호기심 어린 시선을 조심스레 보낸다.

아름다운 꽃에 이끌리는 벌처럼 자신을 쳐다보는 다른 이들의 눈길을 느끼면서도, 아이즈는 별로 표정을 바꾸지 않은 채 마음속으로 연회의 분위기를 즐기고 있었다.

"아이즈 씨, 뭔가 음식 좀 가져다 드릴까요?"

"괜찮아, 레피야…… 고마워."

"……저기, 아이즈 씨? 뭔가 마음에 걸리는 거라도, 있으세요?"

"?"

"그냥 좀, 넋을 놓고 계시는 것 같아서요…… 아, 제 착각이라면 죄송해요!"

레피야에게 지적을 받아 살짝 놀랐다. 실제로 그녀는 다른 생각을 하고 있었기 때문이다.

가게 안쪽에서 "시르, 류가 돌아왔다냥!" "류?!" "이 멍청한 딸내미가! 일은 내팽개치고 어딜 쏘다니는 거야!!" 하는 종업원들과 여주인의 소란이 들려오는 가운데, 아이즈는 바로 얼마 전에 들은 소년들의 정보를 다시 떠올리고 있었다.

뒤풀이가 열리기 전, 환전과 무기 정비를 마친 아이즈는 파벌 외부의 얼마 안 되는 지인들에게 원정 귀환을 보고하며 돌아다녔다. 그리고 휴대용 식량을 나눠준 루루네에게 인사를 하고자 찾아갔을 때, 마침 그녀의 주신 일행이 돌아왔다는 말을 들은 것이다. 동시에 벨 일행에 대한 이야기도.

어째서인지 후속부대와 동반하지 않고 제18계층에 남았던 소년을 걱정했는데, 그 말에 안도감이 들었다. 다만 도중에 여러 가지 일이 있었는지, 바벨을 지나 나타난 그의 모습은 만신창이였다고 한다.

'내일은 인사하러 가볼까……. 아, 하지만 홈이 어딘지 모르네…….'

동료들의 시끌벅적한 목소리를 들으며, 어째서인지 자세한 위치 정보를 알 수 없는 【헤스티아 파밀리아】의 본거지에 대해 끙끙 고민하고 있으려니.

"맞다, 내일은 도시 밖으로 나갈기라~."

알딸딸하게 취한 로키가 갑자기 그런 소리를 했다.

"무슨 소리인가, 갑작스럽게……."

수상쩍다는 표정으로 눈썹을 구부린 리베리아가 【파밀리아】의 목소리를 대변했다. 변덕스러운 주신의 말에 다른 단원들도 쓴웃음이나 어이없다는 표정으로 대답했다. 그런 권속들을 보며 로키는 붉어진 얼굴로 씨익 웃었다.

"원정도 끝났응께, 휴가도 겸해서 위안 여행이데이!"

"와, 여행?! 재미있겠다—!"

"그 말을 믿냐, 멍청아."

"뭐라고오~?!"

티오나는 노성을 터뜨렸지만, 아이즈를 비롯한 다른 단원들도 베이트의 말마따나 로키의 이야기를 곧이곧대로 받아들이지 않았다. 로키의 계획 없는 발언이 어제오늘 일은 아니라지만, 대개는 휘둘리지 않을 수 없는 무언가가 일어난다.

이번에는 무슨 꿍꿍이냐고 단원들이 자연스레 경계하는 가운데, 핀만은 신의를 깨달은 것처럼 웃음을 지었다.

"대체 어디로 가려고, 로키?"

"음— 자세한 이야기는 홈에 돌아간 다음에 하겠지만서도~."

그렇게 전제를 깐 후, 로키는 입가를 틀어 올렸다.

"도시 바로 바깥쪽…… 멜렌이데이."

2장

항구도시
멜렌

Гэта казка іншага сям'і,

Порт вуліца нямераных

멜렌은 오라리오의 남서쪽에 위치한 항구도시다.

오라리오와의 거리는 3K(킬로르). 지척이라 해도 과언이 아니다. 거대한 기수호(汽水湖)── 롤로그 호수의 호반을 따라 번성한 이 도시는 사실상 오라리오의 바다 쪽 현관이었다.

바다와 이어진 기수호에는 매일같이 헤아릴 수도 없는 이국의 배가 입항해서는 대량의 짐을 내린다. 대부분이 오라리오의 수입품이다. 도시 교역소에 들어가기 전의 교역품이 이곳 멜렌에 모이는 것이다. 많은 물건을 실어 나를 수 있는 것이 해로의 특징이며, 오라리오 측의 수출품도 예외가 아니다. 오라리오가 세계에 자랑하는 마석제품도 외국의 물건과 자리를 바꾸듯 멜렌에서 해양으로 쏟아져 나가는 것이다.

이처럼 멜렌은 오라리오에 있어 해양 진출의 요충지였다.

"우와아~ 오랜만이다아~!"

거대한 물굽이와 항구로 이어지는 시내의 대로.

완만한 내리막길을 그리는 길 한복판에서 티오나의 흥분한 목소리가 터졌다.

아이즈를 비롯한 【로키 파밀리아】는 어젯밤 로키가 예고한 대로 오라리오를 떠나 항구도시를 찾아왔다. 티오나처럼 소리를 지르지는 않지만 아이즈 또한 왕래가 많은 인파 너머, 시야 끝에 펼쳐진 광대한 기수호와 수많은 배가 정박한 항구에 감탄하고 있었다.

"정말 몇 년 만인지."

"던전에 내려가게 된 후로는 한 번도 안 왔으니까~!"

항구도시의 경치에 미소를 짓는 티오네에게 티오나가 웃으며 대답했다.

교역품과 마찬가지로 이 항구도시를 통해 오라리오에 발을 들이는 사람은 많았다. 대륙 출신인 사람들은 북방이며 동방의 육로를 통해 미궁도시의 문으로 들어서는 반면, 극동 같은 섬나라나 해양국가 사람들은 일단 멜렌으로 온다. 티오나나 티오네도 여기에 속했다.

주위의 경관에 눈길을 빼앗긴 사람은 아이즈를 제외하면 몇 명 되지 않았다. 지금 있는 단원들은 대부분 티오나와 티오네처럼 반가워하는 표정이었다.

"이 도도배스 엄청 크다아~! 도시에서도 팔지만 이렇게 큰 건 처음 봤어!"

"비늘도 몬스터처럼 발달했네요……."

가게에 놓인 거대 물고기를 보고 티오나의 흥분은 가실 줄을 몰랐다. 1M을 가뿐히 넘는 몸집을 가진 도도배스였다. 레피야의 말대로 우툴두툴하고 단단한 비늘을 가져 이따금 몬스터로 오해를 사는 어류였다. 이렇게까지 진화했던 과정은 어디까지나 몬스터에게서 몸을 지키기 위해서라고 한다. 도도배스 외에도 새우며 게 등 아직 살아 있는 해산물이 팔리고 있었다. 항구도시에서나 볼 수 있는 신선한 바다 진미다.

석조 건물이 늘어선 대로는 이국에서 온 사람들, 상인, 어부들 덕에 온통 활기가 넘쳤다.

길가에 융단을 펼쳐놓고 진귀한 공예품을 파는 노점, 물고기나 소라 등 갓 따온 해산물을 늘어놓은 천막, 이것도 거래라는 양 열심히 에누리를 하는 목소리. 이곳 대로 하나만 놓고 보자면 이국의 시장 '바자르'처럼 여겨지기도 하지만, 어부를 비롯해 피부가 볕에 그을린 수많은 이들, 그리고 곳곳에서 풍기는 바다 냄새는 이곳이 바다의 도시임을 알려주었다.

"레피야도 바다를 통해 오라리오에 왔지?"

"네, 맞아요. 학생 시절에는 친구들하고 같이 곧잘 여기서 산책을 했어요."

"그럼 음식 맛있는 가게 혹시 알아?! 나중에 데려가줘~!"

레피야는 티오나에게 안겨 당황했지만 그녀도 마음이 들뜬 눈치였다. 다른 단원들도 마찬가지다. 소녀 단원들을 중심으로 하나같이 뺨을 상기시킨 채, 걸어가면서도 자꾸만 다른 곳으로 눈길을 주었다.

그런 가운데 아이즈는 자신의 가슴에 손을 대고 있었다.

'이 호수는 기억이 없어. 이런 도시도……'

몬스터와의 싸움으로 하루하루를 지새우던 기억은 적에게서 뒤집어쓴 피로 녹이 슬어, 이 항구도시를 찾아왔는지 어떤지도 확실하지 않았다. 계속 던전에만, 오라리오에만 있었던 기분마저 들었다.

'……하지만, 이 냄새는 아는 것 같아.'

그러나 독특한 바다 냄새는 아이즈의 기억 밑바닥을 간질였다.

습기를 머금은 이 바람은 거대한 시벽에 에워싸인 오라리오에는 미치지 못하는 바닷바람이다.

담수와 해수가 뒤섞인 기수호의 냄새는 바다의 것보다도 훨씬 얌전해서 아이즈를 부드럽게 감싸주었다. 금발을 쓰다듬는 바람 냄새에 아이즈는 눈을 가늘게 떴다.

"왜 그러지, 아이즈? 기뻐하는 눈치다만, 너도 흥분한 건가?"

"……리베리아는, 이 도시에 온 적이 있어?"

다른 사람들은 알아차릴 수 없었던 【검희】의 표정을 간파한 하이엘프에게 아이즈가 되물었다.

그녀의 질문에 리베리아는 고개를 들며 말했다.

"어디보자. 오라리오에 들어오기 전에 한 번, 그 후로는 손으로 꼽을 정도로군. 숲에서 살던 엘프들 중에는 이 바다 냄새를 싫어하는 자도 많은 듯하지만…… 나는 좋아한다. 그 답답한 엘프의 향토에는 없는, 이 푸른 경치를 직접 보았을 때는 그야말로 감동했지."

멀리 기수호의 출구 끝에 희미하게 드러난 바다를 바라보며 리베리아는 미소를 지었다.

핀이 파룸의 재흥을 바라듯, 리베리아가 엘프의 향토를 뛰쳐나왔던 것은 아직 보지 못한 세계를 직접 보기 위해서라고 들은 적이 있다.

핀 일행과 만난 리베리아는,

『악마 같은 계약을 들이대더군.』

훗날 그렇게 회고할 만큼 강제로 로키의 【파밀리아】에 들어오게 되었으며, 그것은 그야말로 매도와 욕설이 끊이지 않는 하루하루였다고 한다. 애초에 그녀는 여행을 하고 싶었을 뿐 오라리오에 올 마음은 털끝만치도 없었다나.

그런 리베리아도 오라리오에 오는 도중 보았던 세계의 여러 가지 모습에 몇 번이나 마음이 흔들렸다고 한다. 새로운 발견과 '미지'를 추구하던 탐구심은 어느 사이엔가 모험자의 소질에 눈을 뜨는 계기를 주어, 그녀도 이제는 완전히 미궁도시의 일원이 되었다. 하지만 언젠가 오라리오를 나가 다시 세계를 보며 돌아다니고 싶다고, 리베리아는 그런 사실을 털어놓기도 했다.

아이즈는 문득 그녀가 사라졌을 때 자신은 어떻게 하고 있을까를 생각해보았다.

있을 수 없는 일임은 잘 알지만, 리베리아의 뒤를 따라가는 한 가지 미래를 상상해버리는 바람에…… 어머니의 품을 떠나지 못하는 어린아이 같아 조금 부끄러워졌다.

"자자, 다들 두리번거리지 말고 싸게싸게 걸어야 쓰겠다! 바다가, 아니, 호수가 내를 부른데이—!!"

"뭐라는 거야, 저건……."

일행 가운데에서도 제일 신이 나 선두를 걷는 로키를 보며 티오네가 고개를 가로저었다.

콧노래와 함께 대로를 나아가는 주신의 등을 보며, 아이즈는 이곳에 오게 된 경위—— 어젯밤의 사건을 회상했다.

"던전의 또 다른 출입구를 찾을라 카는데, 우선 멜렌부터 뒤져야 쓰겠데이."

연회가 끝나고 저택으로 돌아와, 로키는 대식당에 전원을 모아놓고 그렇게 말했다.

"멜렌이라면 바로 근처에 있는 항구도시 말하는 거지? 왜 도시 안에서 안 찾고 밖으로 나가?"

단원들이 저마다 테이블에 앉아 있는 가운데 아이즈의 자리 옆에서 티오나가 질문했다. 그런 그녀와는 달리 일부 단원들은 이해했다는 표정이었다.

"티오나, 수생 몬스터가 어떻게 지상에 진출했는지 알아?"

웃음을 지은 핀의 물음에 티오나는 턱에 손가락을 가져다댔다.

"어, 그건…… '바벨'에서 나와서?"

"물고기가 어떻게 땅 위로 다니니, 바보 티오나."

죽이 착착 맞는 아마조네스 자매의 만담에 이어 리베리아가 설명했다.

"던전의 출입구는 '바벨'의 바로 아래에 뚫린 '구멍'뿐……이라고 하지만, 엄밀히 말하자면 **그렇지 않았다.** 수생 몬스터가 지나간 경로, 물가까지 이어지는 출구가 이곳 오라리오 밖에 존재하지."

"그게 바로, 멜렌……."

리베리아의 설명을 받아 아이즈가 답을 말했다.

"도시의 코앞에 있는 롤로그 호수에 던전 '하층'과 이어지는 구멍이 있었던 걸세. 그곳에서 물고기형 몬스터들이 지상으로 진출했지. 구멍의 존재를 알아차린 건 신들이 강림한 후였다고 들었네."

"와~ 몰랐다."

가레스의 보충설명에 티오나는 태평하게 말했다. 그 말에 티오네가 다시 어이없다는 표정을 짓는다.

"호수 밑바닥의 구멍은 15년 전 제우스와 헤라의 파벌이【포세이돈 파밀리아】의 도움을 받아 완벽하게 막아버렸어. 던전의 몬스터가 나타나는 일은 이제 절대로 있을 수 없게 되었다……고 생각했지만 말이지."

하지만 여기서 '바벨' 이외의 던전 출입구가 존재할 가능성이 드러났다. 레비스를 비롯한 괴인이며 이블스의 잔당들이 암약하고 있기 때문이다.

막혀버린 호수 밑바닥의 구멍이 부활해, 다른 곳도 아닌 기수호를 통해 식인꽃을 비롯한 극채색 몬스터가 실려 나왔는지도 모른다…… 그런 가능성을 지울 수 없었다.

여기까지 말을 잇던 핀은 푸른 눈으로 흘끔 로키를 보았다.

한쪽 눈을 감으며 리베리아가 말을 흐렸다.

"확실히, 조사해볼 필요가 없는 건 아니겠지만……."

"난 절대 아닐 것 같은데? 24계층에서 그 자식들 봤던 걸로 따지면."

베이트까지도 그 의견에 동조했다.

옆자리에서 시선을 나눈 아이즈와 레피야도 베이트가 말하는 제24계층 팬트리의 사건을 떠올리고 있었다.

이블스의 잔당들은 수많은 식인꽃을 검은색 우리에 가둬놓고 있었다. 그곳에서 '하층'까지 올라가, 던전의 물가로 옮겨 풀어놓는 것이 불가능하지는 않겠지만…….

"마, 니들이 무슨 이야기 할라카는지는 내도 안다. 근데 디오니소스 말로는 멜렌 근해에 이제까지 본 적이 없었던 몬스터를 목격했다는 사람이 있다 안하나. ……징그러븐 뱀 같이 길~쭉한 황록색 몬스터라카대."

디오니소스가 제공했다는 정보에 일동의 낯빛이 바뀌었다.

징그러운 뱀, 긴 몸에 황록색……. 식인꽃 몬스터는 그러한 기호에 맞아떨어진다.

단원들의 시선을 받으며 핀이 입을 열었다.

"수상한 정보가 나온 이상 조사해볼 수밖에. 거기 단서가 있을지도 모르고."

단장의 목소리는 만장일치로 지지를 받았다.

【로키 파밀리아】는 조사를 위해 항구도시 멜렌으로 가기로 결정했다.

그때 티오네가 손을 들고 말했다.

"하지만 단장님, 도시 밖으로 나가려면 길드의 허가가 필요하지 않나요? 엄청 귀찮은 그거. 적어도 내일 당장은 무리일 것 같은데요."

오라리오——이 경우에는 길드——는 제1급 모험자를 비롯한 도시 전력의 유출을 무엇보다도 두려워한다. 일부의 특례를 제외하면 도시를 마음대로 드나들 수 있는 자는 전무하며, 【파밀리아】가 외출 허가를 얻으려 하면 번잡한 수속이 필요하다. 오래 걸릴 때는 며칠씩 걸리기도 한다.

길드가 발행하는 허가증 입수에 벌써부터 진저리를 치며 티오네가 턱을 괴고 있으려니,

"안심하그라. 길드 허가는 내 벌써 받아났데이."

로키는 대수롭지도 않다는 듯 말했다.

"……거짓말이지?"

"진짜다 진짜. 신청 서류 써다가 우라노스한테 직접 주라꼬 내사 마 창구에서 한참 떼를 썼구마. '식인꽃에 대해 조사해줄팅게 방해하지 말그라'라고 암호로 써났더니 허가가 똑 떨어지데."

턱을 괸 팔에서 주름 얼굴을 미끄러뜨리는 티오네를 보며 로키가 크하하하 웃었다.

방해하면 쓸데없는 의심을 살 거라 생각했는지, 혹은 식인꽃에 관한 사건 해결에 【로키 파밀리아】를 이용할 심산이었는지, 아무튼 길드의 주인은 도시문 통행을 승낙했다

고 한다.

관리기관의 인장이 찍힌 두루마리를 팔랑팔랑 흔드는 로키를 보며, 핀도 이때만큼은 쓴웃음을 머금었다.

"오늘 같이 홈에서 나갔던 게 허가증을 받기 위해서였구나……."

"그, 그렇다 쳐도 행동이 엄청나게 빠른걸요……."

"……수상해?"

"수상하지……."

같은 테이블에 앉은 티오나, 레피야, 아이즈, 티오네는 불길한 예감을 받았다.

주신의 종잡을 수 없는 행동에 단련이 된 다른 단원들도 경계를 보이는 가운데, 로키는 만면의 미소를 머금었다.

"그런고로 핀이랑 남자들은 도시에 남는데이."

"뭐야?!"

"내랑 아이쭈랑—— 여자들은 방해꾼 없이 멜렌에서 자고 훌쩍 올팅게!"

베이트를 필두로 으르렁거리는 목소리를 내는 남성 단원들에게는 아랑곳 않고 로키는 신이 나서 주워섬겨댔다.

"야! 그게 무슨 소리야?! 설명을 제대로 해!!"

"멜렌에 가는 건 결정이라 캤지만, 도시를 완전히 비울 수도 없는 거 아이가. 무슨 일 생기면 우야노? 길드에도 보험으로【파밀리아】절반 정도는 남겨놓기로 약속했고 마."

"왜 여자들만 데려가냐고 묻는 거야, 난!!"

"맞다, 핀. 그리고 디오니소스네도 잘 감시해야 한데이. 귀찮은 일만 떠넘기니께 가끔은 약점도 콱 잡아놔야 쓰지 않겠나. 살금살금 돌아다니는 헤르메스 같은 건 내는 신용도 안 한다."

"무시하지 마아아아아아아아아아아아아아아아!!"

제멋대로 이야기를 진행시키는 로키에게 베이트의 분노가 폭발하고, 라울을 비롯한 단원들이 필사적으로 뜯어말렸다. 핀과 가레스는 탄식하고, 여성 단원들은 고개를 설레설레 저었다.

아이즈와 레피야가 애매한 표정으로 서로를 마주 보는 가운데, 주신의 독재로 여성 단원들만의 멜렌 조사가 결정되고 말았던 것이었다.

"정말 우리끼리 와버렸고 말이지……. 아앙~ 단장님~."

"아하하하……."

북적거리는 멜렌의 대로에서 흘러나온 티오네의 푸념에 레피야가 헛웃음을 지었다. 그녀의 말대로 항구도시에 온 【로키 파밀리아】는 여성 구성원들뿐이었다.

미목수려한 엘프에 캣 피플, 가련한 휴먼. 여자를 밝히는 주신이 스카우트한 자랑스러운 모험자들은 주위의 주목을 받았다. 특히 여신 못지않은 미모를 가진 아이즈나 리베리아에게는 남성들의 시선이 집중되었다.

"어데 보자, 항구에 있을 것 같긴 한데……."

목적지도 말해주지 않고 시내를 쑥쑥 나아가는 로키는 권속들의 힘을 빌리지도 않은 채 대형 백팩을 짊어지고 있었다.

수상쩍다는 권속들의 시선을 받으면서, 마침내 붐비는 도로를 벗어나 항구로 발을 들였다.

"우와……! 역시 박력이 있네요!"

가까이서 본 항구의 모습에 레피야가 환호했다. 머리에 수건을 감은, 그야말로 선원 같은 사람들이 일을 하며 돌아다니는 항구는 넓고 북적거렸으며, 무수한 배가 정박하고 있었다.

푸른 하늘 아래 새하얀 돛이 바람에 흔들렸다. 부두에 닻을 내린 크고 작은 다양한 범선은 헤아릴 수 없을 정도였다. 그중에서도 고개를 들고 올려다봐야 할 정도로 큰 상선은 그야말로 압권이라 많은 단원들이 눈길을 빼앗기고 말았다. 아이즈도 그 중 한 사람이었다.

"아이즈, 넋 놓고 쳐다보게 되지?"

"……응. 굉장해."

지금 막 출항해 떠나가는 대형 선박에 아이즈의 시선이 빨려 들어갔다. 머리 뒤에서 깍지를 낀 티오나의 웃음을 받으며 주위를 둘러본다.

기수호의 형상을 따라 곡선을 그리는 항구는 오라리오 못지않게 북적거렸다. 다부진 선원들이 배에서 화물을 내리고, 짐칸에 나무통이며 나무상자를 실은 마차가 어딘가로 달려간다. 여객선으로 보이는 배에서는 화려하게 옷을 빼입은 엘프며 여행자로 보이는 수인에 이르기까지 수많은 데미휴먼들이 갑판에서 나무 트랩을 통해 내려오고 있었다.

항구 너머로 펼쳐진 롤로그 호수는 장관이었다. 거대한 기수호는 맞은편 기슭이 보이지 않았으며 흰 구름 아래 뿌옇게 보이는 수평선은 그야말로 해원(海源) 그 자체였다. 내리쬐이는 햇빛을 반사해 레피야의 눈과 같은 아름다운 군청색으로 빛났다.

바다 냄새를 날라다주는 항구의 바람, 곳곳에서 울리는 물새 소리. 모험자들과는 분위기가 다른 선원들의 구령 소리와도 맞물려, 눈을 감고 있어도 물과 뭍의 경계가 느껴졌다. 던전의 발견이나 '미지'와의 조우와는 다른, 한편으로는 마음이 푸근해지는 광경에 아이즈는 말을 잊고 있었다.

"애들아, 저쪽이데이~!"

주신의 목소리에 이끌려, 아이즈 일행은 선착장을 따라 남하했다.

높다랗게 쌓인 나무통과 화물 옆을 지나기를 한동안, 로키는 마침내 원하던 것을 발견했는지 시선 너머의 인물, 아니, 신물에게 소리를 질렀다.

"야나~ 뇨르드!"

"응? 어라, 로키!"

로키의 목소리에 돌아본 것은 잘생긴 남신이었다.

그저 뒤통수에서 한데 모아 묶어놓기만 한 머리카락은 갈색. 얼굴에 지은 미소에서는 온화한 성격이 드러났지만 한편으로는 강인한 얼굴이기도 했다. 키는 베이트와 견줄 정도로 장신이었으며 벗어젖힌 상반신은 다부지다. 오라 리오에서는 좀처럼 보기 힘든 체격 좋은 남신이었다. 어망을 어깨에 걸머지고 옮기는 모습과도 맞물려, 처음 만난 아이즈 일행은 '바다 사나이'라는 인상을 품었다.

"전에 만난 게 어제처럼 느껴지는데 몇 년, 아니, 십 몇 년 만이지?"

"우리 잣대론 몇 년이라 캐도 눈 깜빡할 새 아이가. 쫌만 만나는 데 농땡이 부리면 이 모양이데이. 아이다, 내 가끔은 얼굴 비칠까 생각했데이? 진짜데이?"

"거짓말."

그렇게 말하며 웃은 남신 뇨르드의 피부는 태양 아래에서 땀을 흘리면서도 희었다. 조금도 볕에 그을리지 않은 모습은 불변인 신의 편린을 엿보여주었다. 특히 무릎까지밖에 안 오는 바지를 걸친 두 다리는 매일 파도에 씻겨나가기라도 한 것처럼 늘씬했다.

어망을 내리고 로키와 친근하게 이야기를 나누는 모습에서는 면식이 있는 정도가 아니라 상당히 오래 된 사이임이 느껴졌다.

"리베리아도 잘 지낸 모양이구나. 너희 평판은 시벽 너머로도 매일같이 들려오지."

"너무 치켜세우지 마라, 뇨르드. 명성이란 대개 과장되기 마련이니."

뇨르드는 리베리아에게도 티 없는 미소를 지으며 말을 걸어주었다. 슬쩍 웃으며 대꾸하는 하이엘프를 보며 레피야가 쭈뼛쭈뼛 물었다.

"리베리아 님, 저 분을 아시나요?"

"오라리오에 들어오기 전에 이래저래 신세를 졌지. 로키는 천계에서 교우가 있었다지만, 오라리오에 해산물을 제공하는 【뇨르드 파밀리아】의 이름은 너희도 들어본 적이 있었을 것이다."

"우와." "듣고 보니."

티오나와 티오네가 중얼거리고, 아이즈도 이해했다는 표정을 지었다.

교역항(交易港)으로 번영한 한편, 어업이 융성한 것도 멜렌의 특징이라 항구의 4분의 1은 어항(漁港)이다. 이를 운영하고 관리하는 것이 【뇨르드 파밀리아】였다.

【뇨르드 파밀리아】의 파벌 형태는 바닷가 도시에 많은 어업계 【파밀리아】. 눈앞의 롤로그 호수는 물론이고, 호수와 이어진 대해까지도 나가 조업한다. 뇨르드의 권속들이 잡아오는 수많은 어패류는 조금 전에 본 멜렌의 시장만이 아니라 오라리오에도 유통되어 신선한 바다 진미를 제공해주는 것이다. 대농장을 경영하는 【데메테르 파밀리아】와

Kiyotaka Haimura

함께 미궁도시의 식량사정에 깊이 관여하는 파벌 중 하나다.

"그런데 무슨 일이야? 느닷없이 이렇게 떼로 몰려들어선. 핀이나 가레스는 없는 것 같은데. 게다가 네가 짊어진 그건⋯⋯."

주위에서 일하는 어부 단원들에게 에워싸이며 뇨르드는 로키의 백팩에 의아한 시선을 보냈다. 로키는 씨익 웃었다.

"실은 말이제, 멀 좀 알아볼 겸 위안 여행 중이다. '한숨 돌려야 해서' 뇨르드 니가 쫌 갈쳐줬으면 하는 기 있데이."

"뭘 묻고 싶은데?"

"니는 당연히 이 근처 지리에는 빠삭하제? 그래서 말인데⋯⋯."

얼굴을 가까이 가져가 작은 목소리를 나누는 두 신. 아이즈 일행의 시선 너머에서는 "숨은 명당 말이데이, 명당.", "아무도 모르는!", "이 세상의 낙원 같은 곳⋯⋯!"과 같은 말이 띄엄띄엄 들려왔다.

역설하는 그녀를 보고 무언가 눈치를 챘는지, 아이즈 일행과 로키의 짐을 번갈아 바라보던 뇨르드는 조용한 표정을 지으며 가만히 무언가를 귀띔했다. 흠흠 고개를 끄덕이던 로키의 얼굴에 만면의 미소가 퍼졌다.

"고맙데이, 뇨르드! 내 나중에 재미난 이야기 많이 들려주꾸마!"

"이봐, 로키. 나도 따라가면——."

"니는 일 없다."

뇨르드의 청을 잽싸게 잘라버린 로키는 그대로 몸을 돌려선 권속들에게 외쳤다.

"알고 싶은 건 알았데이! 다들 가자~!"

하늘 높은 줄 모르고 치솟는 주신의 텐션과 함께, 아이즈 일행의 불길한 예감도 최고조에 달하려 했다.

뇨르드의 정보에 따라 멜렌 어항에서 더욱 남하해 도시를 벗어난 곳.

높은 나무, 그리고 거대한 바위에 가려진 곳에 그것이 있었다.

"굉장해~! 새하얗다~!!"

"항구 아니면 바위너설뿐이라고 생각했더니, 이런 백사장도 있었구나……."

"예뻐……."

시야에 펼쳐진 새하얀 모래사장을 보며 티오나와 티오네, 아이즈가 경탄을 드러냈다.

호반을 따라 형성된 하구였다. 나무와 커다란 암석에 에워싸인 일대의 면적은 충분히 넓었다. 좌우에는 깎아지른 절벽이 우뚝 섰다. 물론 아이즈 일행 이외에는 아무도 없어 그야말로 숨은 명당이었다.

잔물결이 조용한 소리를 내며 모래사장에 밀려들었다. 개인용 해안을 방불케 하는 광경에 레피야나 다른 단원들도 웃음을 지었다.

"그러면 아이쭈, 그리고 얘들아── 이걸 입그라!!"

그런 아름다운 광경을 신의 소음이 방해했다. 때는 왔다는 양 로키는 기묘한 포즈를 잡으며 포효하더니, 백팩의 내용물을 쏟아냈다.

──예로부터 하계에 강림한 신들은 온갖 문화와 발명을 인류에게 전해주었다.

그 발명 중에서도 속칭 '삼종신기'라 불리는 것이 존재한다.

삼종이라고는 해도 여기에 꼽히는 문물은 종족이나 문화권에 따라 다양하다. 수인이 아닌데도 수인이 될 수 있는 짐승귀 카추샤, 신축성이 뛰어나 모험자 업계에까지 보급된 레깅스, 그 외에도 블루머, 스타킹, 세일러복…… 기존의 관념을 뒤집어버리는 신들의 발명은 종종 어떤 것이 '신기'인가 하는 논쟁을 불렀으며, 때로는 피로 피를 씻는 다툼으로까지 발전했다. 신에게 감흥을 받아 눈을 떠버린 일부 구도자들의 뜨거운 논쟁은 아직도 그칠 줄을 모른다.

그러나 만인이 인정하는 보편적인 신기가 하나 존재한다.

'수영복'이었다.

"멜렌에 온 진짜 이유는 이거였죠⋯⋯?"

주신의 강제 명령으로 그 얼마 안 되는 천을 입어야 했던 캣 피플 아키는 가슴과 홀랑 드러난 배꼽을 두 팔로 가리며 새빨개진 얼굴로 신음했다.

허리에서 뻗어나간 가느다란 꼬리를 꼬물락거리는 그녀와 마찬가지로, 옷을 다 갈아입고 바위 뒤에서 나타난 단원들은 조금이라도 자신의 몸을 감추고자 했다. 부끄러워하는 소녀들의 아름다운 몸은 이미 가슴이나 둔부를 제외하고는 태양 아래 드러난 상태였다.

"18계층에서 물놀이는 몇 번이나 했지만⋯⋯."

"이 수영복을 입고 있으면, 어쩐지 오히려 창피해⋯⋯."

레피야와 휴먼 소녀 리네는 몇 번이나 몸을 떨었다.

소위 투피스라 불리는 수영복이 많았다. 속옷이나 다를 바 없는 천의 면적은 반대로 소녀들의 수치심을 자극했다. 아직도 성장 중인 레피야의 가슴이 톱에서 착실하게 계곡을 드러내고, 짧은 스커트가 달린 보텀은 소소한 둔부에 부드럽게 파고들었다.

"인원수대로 준비한 수영복을, 여기까지 계속 혼자서 짊어지고 온 거였군요⋯⋯!"

긴 귀 끝까지 새빨갛게 물들인 것은 원피스 형태의 수영복을 입은 아리시아였다. 성숙한 몸을 가진 엘프 미녀는 시선 너머에서 콧김을 씩씩거리는 주신을 노려보았다.

"우우워~! 우후워~?! 최고데이!! 태양 아래 반짝이는 눈부신 팔다리, 여기가 낙원이가?!"

여자를 밝히는 여신의 흥분은 절정 한복판에 있었다.

호수를 조사하기 위해서라는 그럴듯한 이유로 단원들을 설득했지만 흑심이 뻔히 보였다. 부끄러워하는, 혹은 엄청나게 싫어하는 권속들을 핏발 선 눈으로 응시하며 불끈 쥔 주먹을 하늘로 치켜든다.

"어라, 리베리아는?! 우리 귀여운 리베리아 어데 있노?!"

"저쪽 바위 뒤에서 수영복 든 채 굳어버리셨어요……."

"뭐~? 내는 리베리아 수영복 차림이 보고 싶다 안하나! 이렇게 되면 내가 직접 갈아입혀주꾸마!!"

"──거기 서요!!" "멈춰!" "리베리아 님께는 손가락 하나 댈 수 없다아!!"

바위 뒤로 뛰어들려는 로키를 엘프 단원들이 온 힘을 다해 막았다. 아리시아를 선두로 주신을 모래사장에 짓눌러버린다. 꾸와악~?! 하고 로키는 고함을 질렀지만 밀착한 핑크색 살결에 이내 으헤헤 웃음을 지었다. 한 발 늦게 나선 레피야는 그 광경에 땀을 삐질삐질 흘렸다.

한편 리베리아는 레피야의 말대로 두 손에 든 민망한 수영복을 보며 시간의 흐름이 멈춘 석상이 되어버렸다.

'……레피야 말대로…… 차, 창피해…….'

그리고 아이즈는.

수영복을 걸친 자신의 몸을 내려다보며 뺨을 발그레 물들이고 있었다.

하얀 투피스 수영복. 다른 사람들과 다른 점은 하반신에 긴 파레오를 감았다는 것이다.

로키에게 강요당해 착용하는 배틀클로스도 처음에는 매우 거부감이 들었지만, 이 수영복은 그보다도 더 창피했다. 설령 이곳에 【파밀리아】 이외의 사람이 없다 해도.

남성진이 없어서 다행이라고, 아이즈는 고스란히 드러난 두 팔을 문지르며 생각했다.

"아, 아이즈 씨?! 아이즈 씨의, 수영복 차림……?!"

"우와~." "역시 예뻐." "좋겠다~." "부러워요~."

뒤늦게 옷을 다 갈아입은 아이즈의 모습에 레피야를 비롯한 여러 단원들이 경탄했다. 고운 살결이나 발가락 끝까지 가느다란 다리, 모양 좋은 두 개의 언덕에 감탄의 한숨을 몰아쉬며 레피야만이 아니라 다른 동료들까지도 멋대로 품평을 해댔다.

어째서인지 똑같이 수영복 차림이 된 마음속의 어린 아이즈까지 눈이 빙글빙글 돌아갈 지경이었다.

뺨의 홍조가 한층 짙어진 아이즈는, 평소에는 별로 신경도 쓰지 않던 소녀들의 선망이라는 이름의 시선에 자꾸만 고개가 숙여졌다.

"티오나랑 티오네는…… 부끄러워할 리가 없겠구나."

"응? 딱히? 닳는 것도 아니고."

"평소에 입는 거랑 다르지도 않잖아~."

캣 피플 아키에게 흘끔 시선을 받은 티오네와 티오나

는 아무렇지도 않다는 태도였다.

자매가 세트로 입은 푸른색 수영복은 티오나의 말대로 평소의 의상과 노출도에서 별로 다를 바가 없었다. 언뜻 날개옷처럼 속이 비쳐 보이는 것이 아닐까 싶을 정도로 얇다. 두 사람은 풍만한 가슴이나 나긋나긋한 허벅지 같은 갈색 몸을 아무 부끄러움도 없이 드러내고 있었다.

이내 리베리아를 포기한 로키가 멤버들 앞에서 고함을 질렀다.

"그러면 다들, 일단 일은 잊어버리고 마음껏 놀그라!! 해수욕이 아이라 호수욕!! 싸우는 소녀들의 짧은 휴식—!! 물론 노출사고도 있데이이이이이이이이이이이이이이!!"

"""""없거든?!"""""

주신의 흑심에 소녀들은 얼굴을 붉히며 일제히 되받아쳤다.

뭐가 어쨌든, 위안이라는 명목 아래 소녀들의 호수욕이 시작되었다.

"바다 정도는 아니지만 좀 짭짤하네~!"

"티오나 씨, 벌써 뛰어들었어요?!"

"그런 소리 하지 말고 레피야도 가자!"

"으아, 아아아!"

누구보다도 먼저 달려나간 티오나가 수면에 뛰어든다. 강아지처럼 붕붕 얼굴을 흔들어 이마에 달라붙은 앞머리를 기분 좋게 턴다. 천진난만한 소녀의 그 모습에 자극을 받았는지 비교적 어린 소녀 단원들도 활짝 웃으며 하얀 백사장에 발자국을 남기며 사양 않고 호수로 들어갔다.

여름의 발소리는 아직도 먼 한봄. 물은 비교적 차가운 편이었지만 가혹한 던전에서 단련된 모험자들에게는 사소한 일이었다. 여울에서 함께 놀고, 물싸움을 하고. 하구는 눈 깜짝할 사이에 웃음소리로 가득 찼다.

흔들리는 가슴, 잘록 구부러지는 허리, 파고드는 수영복을 고치는 몸짓.

완전히 신이 난 소녀들이 호수욕을 만끽하는 광경을 보며 로키의 희열도 최고조에 이르렀다.

"하아, 눈복 터졌데이~. 바다는 아이라 캐도 수영복에 귀여븐 여자애들……. 크흐흐, 최고의 조합 아이가~."

"정말, 아저씨 같아……."

침을 흘리는 주신의 모습에 못 말리겠다는 듯 고개를 설레설레 흔든 티오네는 문득 머리 위를 올려다보았다.

"가본 적은 없지만 남국도 이런 느낌일까?"

그런 중얼거림이 푸른 하늘로 빨려 들어간다.

눈부신 햇살이 소녀들만의 해변에 내리쬐였다.

"…………."

그런 가운데, 아이즈는 혼자 백사장 구석에서 무료하게 서 있었다.

그것은 고고한 【검희】의 자태라기보다는, 밀려드는 파도에 어쩔 줄 몰라 하는 어린아이의 모습에 가까웠다.

"아이즈 씨! 저희랑 놀지 않으실래요?"

혼자 있던 아이즈를 본 레피야가 신이 난 표정으로 그녀를 불렀다.

"…………어, 음."

물에 젖은 그녀를 앞에 두고 아이즈는 다른 방향으로 흘끔 시선을 돌렸다. 여울에서 떨어진 그곳에서는 단원들이 고개만 수면에 내밀고 떠 있었으며, 더 깊은 곳에서는 티오나가 기분 좋게 헤엄을 쳤다.

수심은 깊을 것 같다.

"……나, 나는…… 사양, 할까나……."

"?"

어딘가 평소보다 안절부절 못하는 아이즈의 모습에 레피야가 고개를 갸웃하고 있으려니.

"뭐고, 아이쭈? 니 혹시 아직도 맥주병 몬 고쳤나?"

그녀를 발견한 로키가 멋지게 핵심을 짚었다.

"엑."

"…………."

"아, 아이즈 씨…… 수영 못하세요?!"

──어떡해.

아이즈는 더할 나위 없이 갈팡질팡했다. 금색 눈동자는 좌로 우로 바쁘게 돌아갔다. 그리고 그 반응이 모든 것을 말해주었다.

경악한 레피야의 목소리를 듣고 티오나와 티오네까지

뭔데뭔데 이쪽으로 다가왔다. 당황한 후배에게서 사정을 들은 두 사람은 처음에야 의아하다는 표정을 지었지만, 이내 미간에 주름을 지었다.

"그러고 보니…… 던전에선 물가에 별로 다가가려고 하질 않았던 것 같네~."

"물에 빠질 뻔할 때도 늘 마법으로 촤촤촤 수면을 박차면서 이탈했지……."

티오나와 티오네의 시선까지 받아 으윽 말문이 막힌 아이즈.

두 손을 깍지 끼고 가느다란 손가락을 꼼지락거린다.

잠시 후, 얼굴을 발갛게 물들이며 모기만한 목소리로 고백했다.

"……헤엄치려고 하면, 가라앉아……."

"뭐어~? 정말?!"

"농담이지?"

"하, 하지만, 던전에선 물놀이도 자주 하셨잖아요?! 18계층에서도 물에 떠 계셨고……!"

"발이 닿는 곳은, 괜찮지만…… 얼굴을 물에 담그면……."

일제히 소리를 지르는 티오나와 티오네, 레피야에게 아이즈는 여느 때보다도 훨씬 어물거리며 대답했다. 점점 고개를 숙이며 부끄러워했다.

그 모습에 레피야는 경악하지 않을 수 없었다. 그렇다기보다는 그동안 동경했던 소녀의 생각지도 못한 결점에 충격을 받았다.

【검희】아이즈 발렌슈타인.

16세. 맥주병.

하루가 멀다 하고 던전에 틀어박혀 전투에만 몰입하던 대가였다.

"설마 아이쭈가 아직도 헤엄을 못 치다니. 물 있는 계층에도 몇 번씩 갔으니께 내는 그런 줄도 모르고…… 응? 바라바라, 그러면── 물속에 끌고 들어가면 내도 아이쭈 이길 수 있나?!"

눈 깜짝할 사이에 음흉한 웃음을 짓는 신.

"물속에선 성희롱도 맘껏 할 수 있겠데이─!! 각오해라 아이쭈~!"

"──흐읍!!"

"아우치?!"

냅다 달려드는 로키. 그러나 눈빛이 바뀐 아이즈의 상당히 진심 어린 반격을 받았다. 힘 조절도 잊고 날린 따귀를 맞아 주신은 쿠오오 비명을 지르며 백사장을 굴러다녔다. 그러거나 말거나 티오나는 아이즈의 두 손을 꼭 쥐었다.

"그럼 아이즈, 헤엄칠 수 있게 연습하자~!"

"에……."

"그래, 마침 잘 됐잖아. 뒤로 미뤄둔다고 좋을 것도 없어."

"저, 저도 아이즈 씨 도와드릴게요!"

"…………으, 응."

웃음을 짓는 티오네와 의욕을 내비치는 레피야까지 더해져 거절하려야 거절할 수 없는 분위기가 되었다. 아이즈는 결국 고개를 끄덕였다. 폭풍이 찾아온 바닷가처럼 격변하는 소녀의 마음도 모르는 채 맥주병 교정훈련이 시작되고 말았다.

"일단은 얼마나 헤엄칠 수 있는지 봐둬야겠어."

"아이즈, 잠깐 물속에 들어가볼래?"

"네, 네에……."

말투가 조금 이상해진 아이즈는 허리에 감은 파레오를 벗었다.

이렇게 되면 각오할 수밖에 없다고, 기합을 넣고 금색 장발을 머리 뒤에서 한데 틀어 올렸다.

뭐지뭐지 멀리서 바라보는 단원들을 곁눈질하며, 쭈뼛쭈뼛 물가로 다가가, 허리 언저리까지 물에 잠겼다.

"누워서는 뜰 수 있지? 한 번 해봐."

"…………."

"오~ 뜬다, 뜬다."

"역시 대단해요, 아이즈 씨!"

"뭐야, 잘하네. 그럼 얼굴을 물에 담그고 물장구를——."

"——— (뽀글뽀글뽀글뽀글뽀글?!)"

처절한 소리를 내며 침몰하는 아이즈.

"에에에에에에에에에에에에에에엑?!"

"엄청난 속도로 사라졌어~!!"

"티, 티오나!! 구출!!"

레피야와 티오나가 절규하고, 티오네가 비명과 함께 지시했다.

"아이즈—?!"

"아이즈 씨—?!"

주위의 단원들까지도 놀라 눈을 둥그렇게 뜨는 가운데 티오나와 레피야가 함께 질주해 호수 안으로 뛰어들었다.

"안 되겠데이. 이거 리베리아하고 했던 특훈이 아이쭈한테 깊은 트라우마를 심어준기라⋯⋯!"

"리베리아는 대체 뭘 했던 거야?!"

얼굴에 단풍잎 자국을 남기고 부활한 로키의 말에 티오네가 침을 튀겨가며 힘차게 딴죽을 걸었다. 당사자인 하이엘프는 무엇을 하고 있는가 하면, 여전히 바위 뒤에서 조각상이 되어 있었다.

"아이즈, 괜찮아?!" "괜찮으세요?!"

"⋯⋯⋯⋯미, 미안."

구출된 아이즈는 티오나와 레피야의 부축을 받아 물가로 나왔다. 어머니가 방글방글 웃으며 손을 흔들어주는 주마등을 본 소녀는 헉헉 요란하게 어깨로 숨을 몰아쉬었다.

이런 【검희】의 모습을 한 번도 본 적이 없는 다른 단원들은 사태의 심각함을 깨닫고 꼴깍 침을 삼켰다.

그 후로도 아이즈의 회복을 기다려 배영 같은 것을 시도해보았으나 모두 허사였다. 발을 움직인 순간 쇳덩어리처럼 아이즈의 몸은 가라앉고 말았다.

"생각보다 중증인걸……."

"하지만 이건 연습밖에 방법이 없어~."

"물을 싫어한다기보다는…… 막상 헤엄을 치려고 하면 긴장해서 너무 힘이 들어가는 것 같았어요……."

"다시 말해 조건반사라 이거야? 리베리아가 대체 무슨 짓을 한 거람……."

티오네와 티오나가 복잡한 표정을 짓고, 레피야는 열심히 아이즈의 등을 문질러주었다. 주저앉아 백사장에 두 손을 짚은 아이즈의 마음속에서는 이미 모습이 보이지 않는 어린 아이즈가 수면에 뽀글뽀글 기포를 띄우고 있었다.

눈치를 살피던 다른 단원들도 이제는 아이즈 일행 주위에 모여 있었다.

"음~ 그럼 나랑 같이 연습해볼래, 아이즈? 손 잡아줄게."

"티오나…… 응."

자신을 위해 힘을 빌려주는 동료들에게 이제까지 느껴보지 못했던 미안함을 품으며 아이즈는 티오나가 내밀어준 손을 잡았다. 그대로 둘이 함께 호수로 이동한다.

뒤로 걸어 물로 들어가는 티오나와 두 손을 맞잡고 부축을 받았다.

결코 수면에 얼굴을 담그지 않고, 가느다란 다리를 작은 동물처럼 파닥파닥 움직이며 아이즈는 가라앉지 않고자 애를 썼다.

　"아이즈, 조금만 더 힘을 빼볼래? 응응, 잘하네. 이 정도면 헤엄칠 수 있겠다."

　"저, 정말?"

　"그럼 한번 놓아볼게~."

　"?!"

　"하나, 둘~"

　"자, 잠깐, 기다려, 티오——."

　"자, 놨다~."

　"~~~~~~~~~~~~~~~~~~~~~~~~~~~~~~~~~~?!"

　만세 포즈로 티오나가 손을 놓은 순간, 공황에 빠진 토끼처럼 발버둥을 치는 아이즈. 뽀골뽀골뽀골뽀골?! 심각한 소리를 내며 허무하게 가라앉는다.

　혼란에 빠진 소녀는 필사적으로 손을 내밀어 티오나의 몸에 간신히 두 팔을 감았다. 친구의 가슴에 안겨 어린아이처럼 파들파들 떨었다.

　'귀여워라.'

　그런 아이즈의 모습에 헤죽 웃는 티오나.

　"귀엽다."

　"귀엽다."

"귀엽네."

"저런 아이쭈도 좋데이~. 갭모에~."

그 광경을 물가에서 바라보던 티오네나 로키도 같은 기분이었다.

단원들이 목소리를 한데 모으는 가운데, 레피야만은 아이즈에게 안긴 티오나를 바라보며 끄으응 신음소리를 내고 있었다.

그 후, 결국 아이즈는 맥주병을 극복하지 못한 채 호수욕을 마쳤다.

실컷 논 후에는 원래 목적인 조사가 기다리고 있었다.

"호수 밑바닥의 구멍을 조사하는 거니까⋯⋯. 음, 역시 호수로 잠수할 수밖에 없겠네요."

레피야가 말하기 저어되는 듯 흘끔 아이즈에게 시선을 보냈다. 말없는 짐짝 통고에 【검희】가 고개를 추욱 늘어뜨리는 한편, 캣 피플 아키가 로키에게 물었다.

"당연히 그렇겠지. 구멍 위치는 알아, 로키?"

"내사 마 사전조사는 확실하게 했다 아이가. 여기서 남쪽으로 쪼끔 가면 해협, 이 아이라 호협(湖峽)이라 캐야 하나? 물이 좁아지는 데가 있는데 그 근처다. 그럼 티오나랑 티오네, 부탁한데이."

"알았어~!"

"냉큼 끝내고 오자."

익숙하지 않은 수중전이 예상되는 '구멍' 조사에 모두가 나서야 하지 않을까, 레피야를 비롯한 단원들은 긴장하고 있었지만 티오나와 티오네에게 일임하겠다는 로키의 말에 눈을 깜빡거렸다.

앞으로 나서는 아마조네스 자매를 보며 아이즈는 문득 고개를 들었다.

"티오나, 티오네…… 그 수영복, 혹시 '운디네 클로스'?"

부끄러워하고 물에 빠지고 하는 통에 두 사람의 수영복에 관심을 가질 틈이 없었던 아이즈는 이때 비로소 깨달았다. 진한 푸른색 옷. 천의 면적은 적지만 그것은 어엿한 가호가 깃든 '정령의 방호포'였다.

"맞데이~. 내 둘을 위해 마련했다 아이가. 수중계 퀘스트에는 빼놓을 수 없응께."

자매를 대신해 로키가 의기양양하게 대답했다.

'정령'이 마력을 짜넣어 만든 방호포는 특화된 속성이라면 하이 스미스의 방어구도 능가하는 성능을 가졌다. 운디네 클로스는 수속성 공격에 대한 내성과 열파를 막아주는 방서(防暑) 효과가 있어 모험자들 사이에서 애용된다.

그러나 이 방어구가 진가를 발휘하는 국면은 물속이다.

모험자라 해도 물속에서는 육지에 비해 움직임이 훨씬 둔해지는데, 운디네 클로스를 장비하면 빠르게 헤엄칠 수 있어 활동의 폭이 넓어지는 것이다. 물의 저항과 수압에도 강해진다.

값은 비싸지만 수중 몬스터 퇴치 같은 임무에서는 꼭 확보해야 하는 장비 중 하나다.

"'운디네 클로스'를 수영복으로 만들다니……."

레피야를 비롯한 단원들의 비난을 사면서도 로키는 다시 말을 이었다.

"게다가 티오나랑 티오네는 발전 어빌리티 '잠수'가 있제. 원래 수중에서도 물고기 뺨치게 헤엄칠 수 있다. 운디에 클로스를 장비하면 호랑이한테 날개, 아이다, 아마조네스한테 할버드 준 격이데이!"

"무슨 비유가 그래."

극동의 속담과 함께 수수께끼의 격언을 만들어낸 로키를 노려보는 티오네.

【랭크 업】 때 입수할 수 있는 발전 어빌리티 '잠수'는 운디네 클로스와 거의 같은 효과가 있다. 차이점을 들자면 타격 등의 위력이 보정되는 등 '수중전'의 효력이 더욱 강해진다는 것이다. 대해에서 활동하는 【포세이돈 파밀리아】의 단원은 이 어빌리티가 필수라고 한다.

"'잠수'라면, 분명 희귀한 어빌리티 아니었나요……?"

"바다 같은 데서 활동하는 【파밀리아】에서 발현하기 쉽다고 들었는데……."

티오나와 티오네가 취득한 어빌리티를 놓고 레피야와

아키가 소곤거렸다.

"어쩌다 그런 어빌리티를……?" "어떻게 익혔지……?"

단원들의 의문에 티오나와 티오네는 대수롭지 않다는 듯이 대답했다.

"오라리오에 오기 전에 어촌이나 섬나라에서 몬스터 물고기 퇴치를 곧잘 받았거든. 입에 풀칠하려고."

"맞아맞아, 그랬어! 물속에선 영 해치우기가 힘들어서 말이야~. 울컥해서 사냥하는 사이에 수중전에도 익숙해졌지 뭐야~."

호승심 강한 자매끼리 토벌 숫자를 경쟁했던 것도 여기에 한 몫 했다나.

그 말에 일행이 헛웃음을 짓고 있으려니, 백팩을 뒤지던 로키가 티오나와 티오네에게 어떤 것을 던져주었다.

"아나, 무기. 혹시 식인꽃 나오면 이걸로 송송 썰어뻐라."

"이게 뭐야?"

"언더 코랄하고 도도라 이빨로 만든 수중용 무기 '코벨에지'다. 【고브뉴 파밀리아】에 주문했던 건데 저택 창고에서 꺼내왔데이."

티오네의 주무장인 쿠쿠리 나이프 정도 크기의 단검이었다. 물의 수정을 방불케 하는 투명한 바다색 검신은 놀라울 정도로 가벼웠다. 합계 두 자루의 수중전 장비를 받아든 티오나와 티오네는 몇 차례 붕붕 휘둘러본 다음, 다녀오겠다는 말과 함께 달려나갔다.

물가를 박찬 두 사람은 일사불란한 움직임으로 호수에 뛰어들었다.

"……저기요. 새삼스러운 말이긴 한데, 티오나 씨랑 티오네 씨만 갈 거라면 저희가 수영복을 입을 필요는 없었던 거 아닌가요……."

수영복 차림으로 티오나 일행을 지켜본 후 불쑥 중얼거린 레피야의 말에 로키는 시치미를 뚝 떼고 "와~! 가라~! 힘내그라~!" 하고 뻔뻔하게 응원만 할 뿐이었다.

롤로그 호수는 남국의 바다에 뒤지지 않을 정도로 푸르고 맑았다.

마석제품 정화장치로 오라리오나 멜렌의 하수는 청결을 유지하므로, 호수 안은 시야가 탁 트일 정도로 투명했다. 동료 단원들이 있던 하구에서 눈 깜짝할 사이에 멀어진 티오나와 티오네는 《코벨 에지》를 한손에 들고 열심히 헤엄쳤다.

"음부버거에베바비~."

'뭐라고 하는지 모르겠다고.'

기포를 요란하게 토해내며 말하는 티오나에게 티오네는 어이없다는 시선으로 대꾸해주었다.

물속 세계는 육지에 없는 정적에 잠겨 있었다. 두 사람의 앞을 이따금 지나치는 녹색이며 푸른색, 회색의 아름다운 물고기들. 바위나 돌멩이가 여기저기 흩어진 호수 밑바닥에는 해초가 돋아나 조용히 흔들거렸다.

그런가 싶으면 커다란 유목이며 산산조각 난 배의 잔해가 시야에 들어올 때도 있었다. 유영하는 도도배스의 무리가 이를 피해가는 가운데, 티오나와 티오네는 배 밑바닥을 물어뜯겨 침몰한 배를 조용히 내려다보았다.

"!"

문득 티오나의 눈이 기분 나쁜 빛을 포착했다.

배의 잔해 속, 어둠 너머.

붉은 안광이 번뜩이는가 싶더니, 두 사람과 비슷한 몸집을 가진 몬스터가 불쑥 모습을 나타냈다. 그야말로 배를 침몰시킨 원인인 몬스터, '레이더 피시'.

시뻘건 안구를 뒤룩거리는 물고기 몬스터는 호수 밑바닥의 둥지를 떠나 사냥감을 향해 돌격했다.

『워어어어어어어어어!』

포탄처럼 달려드는 적에게 티오나는 무기를 들지 않은 오른쪽 주먹을 겨누었다.

"!!"

『뿌어?!』

지상과 비교해 전혀 손색이 없는 움직임으로 후려친다.

전혀 줄어들지 않은 철권의 위력은 몬스터의 안면을 분쇄하고도 남았다. 사냥하려다 되레 당해버린 '레이더 피시'는 선혈을 뿌리며 엄청난 속도로 호수 밑바닥에 격돌해 흙먼지를 피웠다.

'오랜만에 잠수했는데도 몸이 엄청 잘 움직이는 것 같아~.'

'운디네 클로스의 힘이야.'

오른팔을 빙글빙글 돌리는 티오나에게 티오네는 어깨를 으쓱해보였다.

시선을 나눠 이심전심으로 의사소통을 한 쌍둥이 자매는 '잠수' 어빌리티에 더해진 운디네 클로스의 힘을 실감했다.

'티오네, 얼마나 더 잠수할 수 있을 것 같아?'

'한 시간 정도는 문제없어.'

티오나와 티오네는 로키의 정보에 따라 나아갔다.

고개를 좌우로 돌려 주위를 확인하고, 깊이깊이. 사면을 그리는 호수 밑바닥을 따라 잠수하자 머리 위의 호수에 스며드는 햇살이 멀어져갔다.

그리고 기수호에 득실거리는 몬스터들과 몇 번인가 전투를 거친 후.

'저거구나⋯⋯.'

목적하던 것을 발견했다.

롤로그 호수의 가장 깊은 곳 부근. 티오나와 티오네의 시야에 비친 것은 숨이 멎을 정도로 거대한 '뚜껑'이었다. 지름이 10M은 가뿐히 넘는 커다란 원형 봉인.

'뚜껑'의 재질은 '백성석(白聖石)'이 아닐까. 주위의 암반과 색이 다른 흰색 뚜껑은 마치 바다 신전의 문처럼 보이기도 했다.

수평굴처럼 사면에 형성된 커다란 구멍은 지금이야 '뚜껑'에 가로막혔지만, 이 규모라면 용조차 드나들 수 있었으리라. 아득한 '고대', 헤아릴 수 없는 수생 몬스터가 이곳을 통해 지상으로 진출했던 것이다.

티오나와 티오네는 정면까지 내려가 위용을 드러낸 거대 뚜껑을 올려다보았다.

'이건…….'

'몬스터의 화석…… 아니, '드롭 아이템'이겠네.'

흰색으로 물든 거대한 뚜껑 속에는 칠흑의 이물질이 존재했다.

초대형, 아니, 그것마저도 웃도는 오버스펙 몬스터의 시커먼 해골. 용을 연상케 하는 뾰족한 머리, 거대한 뱀처럼 긴 등뼈, 날개와도 같은 거대한 지느러미 등. 몇몇 부위가 떨어져나가기는 했지만 거대한 뼈가 똬리를 틀고 흰색 석재 속에 들어 있었다. 티오네의 말대로 마치 화석처럼.

이 주검의 정체가 무엇인지, 뚜껑에 대해 별다른 지식도 없는 두 사람조차 깨닫고 말았다.

'바다의 패왕, '리바이어선'…….'

'고대' 시절, 던전에서 지상으로 진출했던 힘 있는 옛 몬스터들이 있었다.

육지의 패왕 '베히모스', '애꾸눈 용'과 함께 인류의 비원인 '3대 퀘스트'의 목표 중 하나로 손꼽혔던 바다의 재앙이다. 15년 전 제우스와 헤라가 이끄는 최강의 모험자들이

© Kiyotaka Haimura

이 괴물의 토벌을 이루었다.

'흑룡의 '비늘'은 몬스터가 다가오지 못하게 한다고 들은 적이 있는데…….'

약 천 년 전, 오라리오에서 날아간 '애꾸눈 용'은 하계 각지에 몇 개의 '비늘'을 떨어뜨렸다고 한다. 그 비늘은 끊임없이 힘의 파동을 뿜어내며, 몬스터의 왕으로서 풍기는 기척에 예외 없이 두려움을 느껴 다른 몬스터들은 다가오질 않는다. 그런 분명한 사례가 확인된 바 있다.

이 '리바이어선'의 뼈도 그것과 마찬가지다.

우라노스의 절대적인 신위로 지상진출을 차단당했다고 하는 미궁의 몬스터. 만에 하나 그들이 빠져나온다 해도 이 해골을 본 순간 줄행랑을 쳐 미궁으로 돌아갈 것이다. 하물며 몬스터가 파괴하는 일은 절대 불가능하다.

제우스와 헤라의 【파밀리아】가 토벌한 '리바이어선'의 유해는 이곳으로 끌려와, 이렇게 뚜껑의 일부로 이용된 것이다. 봉인을 완벽하게 만들기 위해.

'리바이어선 실'. 그것이 길드가 명명한 정식 명칭이다.

흰색과 검은색의 대비를 그리는, 결코 열릴 일이 없는 호수 밑바닥의 문을 티오나와 티오네는 시간도 잊고 바라보았다.

'……뚜껑에 결함은 없는지 조사해보자.'

뻥 뚫린 흑골의 눈구멍에서 시선을 떼고 티오네는 목적에 착수했다.

몬스터가 지나간 흔적이 있는지, 혹은 샛길이라 할 만한 것이 존재하는지 구멍을 조사해보았다. 분담해 뚜껑에 다가가 구석구석까지 확인하고 주위의 암반도 빠짐없이 살폈다.

그러나 결국 헛수고로 끝나고 말았다.

'뚜껑에는 흠집 하나 없어~.'

'뭐, 알고는 있었지만 이만한 봉인이 몬스터에게 파괴될 리 없겠지……. 애초에 다가오지도 못하는 것 같고. 주위에도 구멍 같은 건 없고…….'

몸을 거꾸로 뒤집은 채 팔을 붕붕 휘저어대는 티오나를 곁눈질하며 티오네는 속으로 탄식했다.

봉인 주변에서는 이곳에 오기까지 몇 번이나 덤벼들었던 몬스터의 기척조차 느껴지지 않는다. 몬스터를 다가오지 못하게 하는 뚜껑은 그야말로 건재했다.

'몬스터는 이 뚜껑에 다가오지 못하는 거잖아? 그러면 좀 떨어진 곳에서 조사하는 게 좋지 않을까? 한~참 돌아간 곳에 새로운 구멍이 뚫렸다거나?'

'짚이는 곳도 없이 이렇게 커다란 호수를 뒤지고 다니다니, 난 싫어…….'

합류해 시선을 나누며 서로 의견을 교환한 아마조네스 자매는 머리 위로 기포를 띄우며 주위를 둘러보았다.

'——!'

그때 티오네의 두 눈이 매의 눈처럼 날카로워졌다.

그녀가 시야 아득히 먼 곳에서 포착한 것은, 수중에서 일렁이는 두 개의 거대한 몸.

피부색은 분명, 황록색이었다.

'티오네!'

'틀림없어! 식인꽃!!'

두 사람은 물을 박차 발진했다.

몬스터가 헤엄을 치는 곳은 수면에서 10M도 떨어지지 않았다. 그리고 위쪽의 수면에는 여러 척의 배 그림자가 물을 가르며 나아간다. 식인꽃을 섬멸하고자 티오나와 티오네는 놈들에게 육박했다.

『!』

물의 진동으로 몬스터는 무시무시한 기세로 접근하는 소녀들의 존재를 알아차렸다.

두 마리의 식인꽃은 닫았던 꽃봉오리를 활짝 열고 추악한 이빨과 입을 드러냈다. 밀려드는 위협을 제거하고자 모든 촉수를 이쪽으로 돌렸다.

"버바보 이버우바(정말로 있었구나)!!"

티오나는 쇄도하는 수많은 채찍을 언어 뺨치는 움직임으로 물 흐르듯 회피했다. 덤으로 스쳐 지나가며 한손에 장비한 《코벨 에지》를 번뜩였다. 거품을 토하며 식인꽃의 촉수가 절단되었다.

『?!』

채찍이 토막 나며 형성된 간극을 통해 티오네가 즉시 돌격했다.

경직된 식인꽃의 품에 눈 깜짝할 사이에 파고들어, 여동생과 마찬가지로 바다색 칼날을 두 차례 번뜩였다.

"흐읍!!"

『━━━━━━━━━━━아아?!』

수중전 전용 무기가 효과를 발휘해, 타격에는 지극히 강한 식인꽃의 단단한 껍질을 매우 쉽게 갈라버렸다. 호를 그리는 푸른 검광에 꽃머리를 잃은 몬스터 한 마리가 숨이 끊어졌다.

그리고 남은 한쪽은 몸을 틀어 도망치려 했다.

'어떡해, 공격이 얕았나?!'

오랜만에 경험하는 수중전 때문에 두 번째 참격은 깊이 들어가지 못했다. 중상을 입은 식인꽃은 햇빛에 구원을 청하듯 수면을 향해 급상승했다.

이를 쫓아가려 하는 티오네와 티오나. 그러나── 이때 호협 바깥쪽에서 새로운 배가 들어왔다.

──야단났다!!

진로에 나타난 거대한 선저를 향해, 식인꽃은 분노를 터뜨리듯 촉수를 사출했다.

"로키!"

아이즈의 날카로운 목소리가 내달렸다.

누구보다도 빠르게 【검희】가 감지하고, 육지에 대기했던

【로키 파밀리아】멤버들도 호수의 이변을 목격했다.

"배가?!"

"무언가가 배에 감겼어!"

수면에서 뻗어 나온 황록색 촉수가 롤로그 호수에 막 들어온 갈레온 선에 감겼다.

절단된 흔적이 있는 채찍이 그 거대한 선체를 기울이는가 싶더니, 이내 식인꽃이 출현했다. 파도를 일으킨 몬스터는 그대로 갈레온을 물어뜯으려 했다.

"저거 위험하데이! 아이즈 니네도 GO!"

레피야를 비롯한 마도사들은 탁 트인 호반으로 이동해 영창을 시작하고, 여기에 아이즈 일행이 근처의 배를 발판 삼아 달려가려 했다.

『──크악?!』

하지만 그 직전.

갈레온에서 뛰어오른 한 그림자가 식인꽃의 머리를 베어 날려버렸다.

"앗······."

허공에 떠올라, 빙글빙글 돌며 호수로 떨어지는 대형급의 머리.

요란한 물기둥이 치솟은 것과 함께 선체에 감겼던 촉수는 떨어지고, 힘을 잃은 몬스터의 긴 몸도 물속으로 가라앉았다. 그 광경에 아이즈 일행은 굳어버렸다.

"뭐야, 뭔데뭔데?!"

"식인꽃을 잡았어?!"

힘차게 수면으로 얼굴을 내민 티오나와 티오네 또한 아연실색했다.

오라리오의 상급 모험자도 애를 먹는 식인꽃이 순식간에 쓰러졌다.

호수에 나온 주위의 배들이 발칵 뒤집힌 것처럼 소란을 떨어대는 모습을 곁눈질하며 티오나와 티오네는 눈앞에 나타난 이방(異邦)의 대형선을 올려다보았다.

그때——.

토옹.

식인꽃을 해치운 검은 그림자가 시미터의 광채와 함께 허공에서 근처의 어선에 착지했다.

"랴가 루 지타…… 디 히류테."

코이네 공통어가 아닌 어떤 종족의 언어에 티오나가 제일 먼저 반응했다.

휙 돌아보니, 배 위에는 한 여성이 서 있었다.

놀라 굳어버린 어부들의 시선을 한 몸에 받는 갈색 피부, 노출이 심한 독특한 의상. 입가에는 까만 베일을 감아 얼굴 아래쪽을 가리고 있다.

출렁이는 모래색 머리카락 밑에서 이쪽을 조용히 바라보는 동포의 눈동자에, 티오나가 입술을 열었다.

"바체……."

믿을 수 없는 것을 본 것처럼 눈을 크게 뜨는 티오나, 그리고 티오네. 하지만——

여기에 결정타를 가하듯 갈레온에서 목소리가 들려왔다.

"오랜만에 보는 얼굴이로고."

"————."

앳됨과 함께 노숙함을 담은 그 목소리에, 자매는 이번에야말로 시간이 얼어붙는 느낌을 받았다.

휙 올려다보니, 거대한 배의 갑판에서 이쪽을 내려다보는 것은 수많은 아마조네스와—— 한 어린 여신이었다.

바닷바람에 흔들리는 선혈처럼 붉은 머리카락, 권속들과 같은 갈색 피부. 키는 애처로운 소녀 그 자체였지만 해골을 본떠 엮어 만든 목걸이와 이빨이 돋아난 가면, 나아가 그 안에서 엿보이는 안광이 이질적인 분위기와 위광을 뿜어냈다. 그녀의 곁에는 등 뒤의 어선에 내려선 여자와 같은 모래색 머리카락의 아마조네스가 서 있었다.

아이즈 일행이 해안에서 지켜보는 가운데, 티오네의 낯빛이 격렬하게 바뀌었다.

엷은 웃음을 짓는 배 위의 여신을 향해, 그 이름을 외쳤다.

"칼리……!"

여전사의 나라

거대한 갈레온이 천천히 입항했다.

쌍검을 본뜬 닻이며 선수에 달린 전사의 상, 배 밑에서 뻗어 나온 할버드를 방불케 하는 거대한 노 등등, 여전사를 표방하는 배의 의장에 수많은 이들이 주목하는 가운데 이방의 무리는 상륙을 마쳤다.

가면을 쓴 어린 여신을 선두에 세우고 우르르 내려온 아마조네스들을 보고 강인한 어부들도 술렁거렸다.

"칼리!!"

그들을 향해 외친 것은 수영복 차림의 티오네였다.

어정쩡한 해후에 이어 항구로 직행한 배를 쫓아 서둘러 달려왔던 것이다. 바로 뒤에 있는 티오나도 마찬가지였다. 자매가 심상치 않은 분위기를 풍기자 주위에 모여들었던 인파가 저절로 갈라졌다.

옷을 갈아입고 온 아이즈 일행이 도착했을 무렵에는 일촉즉발이라 봐도 좋을 만한 대치의 광경이 펼쳐지고 있었다.

"여긴 뭐 하러 왔어?!"

"오랜만에 재회했거늘, 입을 열자마자 한다는 소리가 그것이냐, 티오네?"

"됐으니까 대답이나 해!!"

"그저 관광차 왔을 뿐이다."

처음부터 노성을 지르는 티오네에게 가면의 여신—— 칼리는 못 말리겠다며 대수롭지도 않다는 투로 대답했다.

그녀는 아마조네스 중 한 사람에게 말을 걸어, 황급히

달려온 항구 관리인을 상대하도록 시켰다. 사전에 준비해 둔 것처럼 입항 허가증을 내미는 것 같았다.

"어디서 거짓말을 지껄이고 있어……!!"

"참이고말고. 보람도 없는 하루하루에 신물이 나 자극을 찾아 온 것이다."

미간에 주름을 짓는 티오네에게 칼리는 입술을 틀어 올릴 뿐이었다. 문답에 끼어들지 않는 티오나도 입을 꾹 다문 채 험악한 표정을 그대로 드러냈다.

한편 아이즈는 집단 중에서도 여신의 곁에 선 두 인물을 주시하고 있었다.

모래색 머리카락을 가진, 자매로 여겨지는 아마조네스.

——강해.

싸움으로 하루하루를 보내왔던 【검희】의 직감이 가르쳐 주었다.

시선 너머의 아마조네스는 제1급 모험자와 비견될 실력을 지녔다고.

'Lv.5…… 아니, 6?'

아이즈의 감이 옳다면 무시무시한 사실이다.

상대는 틀림없이 도시 밖의 【파밀리아】다. 아이즈는 오라리오나 던전을 비롯한 한정된 세계밖에 모르지만, 미궁 도시를 나간 바깥세상에서 '그릇'을 승화시키기가 어렵다는 사실은 잘 안다. 이를 전제로 생각해보면 제1급 모험자 수준의 존재감을 뿜어내는 자매는 명백한 이채를 풍겼다.

식인꽃을 순식간에 물리쳤던 모습도 그렇고, 얼마나 엄청난 시련을 넘어섰던 것인지 의문이 끊이질 않았다.

'게다가 저 사람…… 계속 티오네를 보고 있어.'

식인꽃을 해치운 세미롱 헤어스타일의 여성은 표정을 바꾸지 않았으며, 감도는 분위기는 자신 이상으로 과묵했다.

그리고 그녀와는 대조적인, 한데 묶은 머리카락을 허리까지 늘어뜨린 아마조네스는 칼리에게 대드는 티오네를 노려본 채 입가에 웃음을 짓고 있었다.

이내 이쪽의 시선도 알아차리고 흘끔 쳐다본다.

파충류를 방불케 하는 끈적거리는 눈빛에 아이즈는 자연스레 경계심을 느꼈다.

"그건 그렇다 쳐도 한참 못 본 사이에……."

칼리는 정면의 티오네를 올려다보는가 싶더니, 어린이 체형의 자기 가슴께를 두 손으로 차닥차닥 만지고는, 다시금 티오네의 기복 풍부한 두 언덕을 바라보았다.

"많이 컸구먼……."

"어딜 보고 말하는 거야……!"

절절히 중얼거린 칼리는 흘끔 티오나 쪽도 보았다.

"음. 그대는 전과 다를 바가 없구먼."

"어딜 보고 말하는 거야~?!"

관심 없다는 듯 내뱉는 칼리에게 폭발하는 티오나.

두 팔을 휘저으며 발을 동동 구르는 그녀를 아이즈는 여느 때의 버릇처럼 뒤에서 끌어안아 만류하고 말았다.

"그대들의 명성은 본녀도 들은 바 있네. 【로키 파밀리아】
라 하지 않았던가? 주신은 어디 있나?"

"여기데이."

꽥꽥 소란을 떨어대는 티오나의 옆을 지나, 인파 속에서
나타난 로키가 칼리와 정면으로 대치했다.

주홍색 머리카락의 신은 사양도 않고 빤히 상대를 쳐다
보더니, 이내 대담한 미소를 지었다.

"역시 그렇게 된 기가……. 마 댔고. 보다시피 지금 얘들
의 부모는 내다, 땅꼬마 2호. 머 볼일이라도 있나?"

"흐음. 처음 뵙겠네, 만……. 참으로 빈궁한지고. 본녀나
티오나가 그나마 낫지 않은가?"

"이문디가초면에머라카노니지금싸움거나받아주꾸마땅
꼬마자슥아아아아!!"

"지, 진정하세요!!"

"일 꼬이니까 좀 조용히 해!"

티오나와 마찬가지로 폭발하는 주신에게 이번에는 레피
야와 아키가 매달려 만류했다.

여러 사람에게 붙들린 채 소란을 떨어대는 로키를 깔끔
하게 무시하고, 칼리는 여전히 눈에 힘을 풀지 않는 티오
네를 보았다.

"한동안은 이 도시에서 지낼 것이야. 그대들도 있다면
또 만나세나."

"웃기지 마……."

"이거 참 미움을 샀구먼. 그렇게나 본녀가…… 우리가 밉던가?"

"두 번 다시 그 상판을 보고 싶지 않았어……."

칼리와 그녀의 뒤에 있던 아마조네스들을 향해 티오네가 내뱉었다.

그런 그녀에게 여신은 가면 안에서 눈을 가늘게 떴다.

아마조네스들을 이끌고 티오네와 티오나에게 등을 돌린다.

"본녀는 보고 싶어 미칠 지경이었느니라. 사랑하는 딸들아."

떠나면서 그런 말을 남기고 항구를 등졌다.

"딸, 이라니……."

떠나가는 여신 일행과 그 자리에 가만히 선 티오네를 바라보며 레피야가 중얼거렸다.

그녀는 조심스레, 단원들에게 붙들린 로키에게 물었다.

"티오네 씨랑 티오나 씨하고, 저 여신님 일행은 무슨 관계인가요……?"

"……하아. 음— 마, 이젠 니들도 눈치챘겠지만서도……."

콧김을 씩씩거리던 로키는 크게 숨을 토해내며 어깨에서 힘을 뺐다.

"티오네랑 티오나가 속했던 옛날 【파밀리아】데이. 우리네 오기 전에, 맨 처음 있었던."

눈을 크게 뜬 레피야나 아이즈, 다른 단원들은 아랑곳 않고.

입을 꾹 다물고만 있던 티오나는 언니의 등을 바라본 후, 밉살스러울 정도로 맑게 갠 하늘을 올려다보았다.

"【칼리 파밀리아】는 '텔스큐라'라는 나라에 군림하는 여신과 그녀의 파벌이다."

멜렌 조사의 거점으로 전세를 낸 여관의 대형 객실에서 【로키 파밀리아】 단원들은 리베리아와 로키의 이야기를 듣고 있었다. 티오네, 티오나와 심상찮은 악연이 있었음을 암시하던 【칼리 파밀리아】에 관한 이야기였다.

"텔스큐라……. 오라리오에서 멀리 남동쪽에 있는 반도 국가, 맞죠?"

"그래. 바다와 단애절벽에 에워싸인 육지의 고도…… 아마조네스밖에 없는 나라로도 유명하지. 아는 사람도 많을 것이다."

"아레스네 라키아 왕국하고 마찬가지로 국가계 【파밀리아】라 캐도 마, 틀린 말은 아이다. 그딴 땅꼬마 2호가 제대로 된 정치를 할 거란 생각은 안 들지만……."

캣 피플 아키에게 리베리아가 고개를 끄덕이는 한편 로키는 옆에서 중얼거렸다. "안 되겠데이. 내는 암만 봐도 로리하곤 상성이 안 좋다", "건방진 땅꼬마는 감자돌이 왕찌찌 하나면 충분하다 안하나……", "뭐고 그 아니꼬운 가면은. 크으~ 열받네!" 등등 잇달아 원한만을 늘어놓는 주신을 리베리아와 단원들은 묵살해버렸다.

"남자 금지, 혹은 있다고 해도 노예나 종족번식의 도구가 아니고선 존재를 허락받지 못한다는 이야기다."

"학구에서 잠깐 배웠을 때는, 상당히 야만스러운 나라……라는 인상이었어요."

"틀린 말은 아니다. 포효와 환성이 끊어질 날이 없을 정도로 서로 싸우며 연마를 이어나간다고 들었다. 피와 투쟁의 나라…… 아마조네스의 성지라고도 불리지."

레피야에게 대답하며 리베리아는 설명을 이어나갔다.

"동시에, 탁월한 전력을 보유한 얼마 안 되는 세계세력 중 하나다. 오라리오를 제외하면 말이다. 뭇 나라들과 비교하면 쇄국적이라 외부인이 알 수 있는 정보는 제한적이다만……."

리베리아는 여기서 잠시 입을 다물었다가.

각자 소파에 앉은 여러 단원들을 둘러보며, 다음 말을 꺼냈다.

"두령 자매 아르가나와 바체는 최근 Lv.6이 되었다는 소문이 돌았다."

레피야를 비롯한 단원들이 꼴깍 목을 울렸다.

오라리오에서도 얼마 안 되는 제1급 모험자, 그중에서도 리베리아나 아이즈와 같은 Lv.6의 실력자라니.

미궁도시에 살게 된 후부터이기는 하지만 시벽 바깥, 세계정세에 눈을 돌리는 것을 잊기 쉬워진 소녀들은 하나같이 전율을 공유했다.

"리베리아. 던전도 없는데 어떻게 그렇게 강해지고……【랭크 업】을 할 수 있어?"

그 화제에 제일 먼저 달려든 것은 아이즈였다.

오늘 낮에 보았던 아마조네스의 무리가 뇌리에 되살아났다. 지금 이야기 속에 나온 자매가 지나치게 탁월할 뿐 다른 자들도 상급 모험자 수준의 실력을 가진 것이 분명했다. 던전이라는 은혜가 없음에도 어떻게 그렇게까지 강할 수 있을지, 아이즈는 의문을 제기했다.

리베리아는 잠시 입을 다문 후 다시 말했다.

"매일 투기장에서 '의식'…… 목숨을 건 투쟁을 벌인다고 하더군. 포획한 몬스터와는 물론이고…… **아마조네스들끼리도.**"

그 말에 단원들이 경악했다.

"어떤 탐험가가 견문록으로 쓴 적이 있었데이. 텔스큐라에 잠입했다가 목숨만 겨우 붙어서 도망쳤을 때 이야기인데…….『그 나라에서는 밤낮으로 의식이라는 이름의 살육을 벌이고 있었다』."

"러스틸로 폴로의 대륙이문록 말인가?"

"맞다맞다, 그거데이. 저택 창고에도 있제."

리베리아에게 고개를 끄덕이며 대답한 로키는 책의 페이지를 넘기는 것처럼 자신의 기억을 읽어나갔다.

『나 또한 그녀들의 찬가에 동감하는 바이다. 그 땅의 아마조네스야말로 **진정한 전사**』…… 이 한 문장, 똑똑히 기억한데이."

로키의 그 말을 끝으로 대형 객실은 정적에 잠겼다.

텔스큐라라는 나라에 대해 몰랐던 아이즈도, 알았던 레피야도 말을 잊고 있었다. 아마조네스 나라의 실태를 들었기 때문이 아니다.

그런 나라에 티오나와 티오네가 있었다는── 【칼리 파밀리아】의 일원이었다는 사실에 동요를 감출 수 없었던 것이다.

말라버린 목에서 목소리를 쥐어짜내듯 레피야가 말했다.

"그, 그럼, 티오나 씨랑, 티오네 씨는……."

"텔스큐라 출신이고, 그 나라가 고향. 입단하기 전에 분명 그렇게 말했데이. 그리고 이런 말도."

티오나와 티오네가 【로키 파밀리아】로 컨버전했던 것은 5년 전.

당시의 광경을 돌이키듯 로키는 소파 등받이에 몸을 기대고 천장을 올려다보았다.

『우린 셀 수도 없을 정도로 동포들을 죽였는데, 그래도 데려갈 거야?』

파벌로 스카우트하고자 찾아간 로키에게 티오네가 들려
준 대답이었다. 핀을 비롯해 그때 함께 있던 리베리아도
기억을 떠올리듯 눈을 감고 입을 다물었다.

"……!"

로키가 들려준 말에 단원들은 충격을 받았다.

항상 천진난만한 티오나, 단장에게 구애를 멈추지 않는
티오네에게 그런 과거가 있었다니 생각도 못했다. 오히려
이야기를 들은 지금도 믿을 수 없었다.

두 사람에게 과거사를 들어보지는 못했지만, 그녀들이
그늘을 보인 순간은 이제까지 한 번도 없었기 때문이다.

'몰랐어…….'

아이즈 또한 그런 이야기는 처음이었다.

당시의 아이즈는 지금보다도 철저하게 자신의 연마 이
외의 일에는 관심을 두지 않아, 티오나와 티오네의 입단은
'또 새 단원이 늘어났구나' 정도로만 인식했을 뿐이었다.

그녀들과 교류를 다진 것은 티오나가 몇 번이나 웃음과
함께 말을 걸어주었으며, 말이 서툴러 당황하기만 하는 아
이즈에게 굴하지 않고 다가섰던 이후의 이야기였다.

이제는 아이즈도 츠바키나 다른 사람들로부터 '둥글어
졌다'는 말을 듣게 되었다. 그런 자신이 존재할 수 있는 것
도 티오나와 티오네 탓, 혹은 덕분일 것이다. 아이즈 또한
솔직하고 꾸밈없는 자매에게 감화되었던 것이다.

"…………."

이야기를 다 들은 아이즈는 활짝 열린 창 쪽을 보았다.
넓은 발코니에는 이쪽에 등을 돌린 티오네가 서 있었다.

"저기~ 티오네~ 안으로 들어가자아~."

난간 앞에서 시내의 경치를 노려보는 티오네에게 티오
나가 다가가 말을 걸었다.

【로키 파밀리아】가 대절한 남국 풍의 여관은 멜렌의 한
복판 부근에 있었으며 매우 컸다. 5층짜리 건물의 최상층
인 이 발코니에서는 시내와 물굽이를 한꺼번에 내다볼 수
있었다.

정박 중인 배들의 불빛이 어두운 그림자에 잠긴 호수를
마치 도깨비불처럼 에워쌌다. 남동쪽 방향에서 바다의 어
둠을 가르는 것은 등대 불빛이다.

"……뭐 하러 온 거람, 그 자식들."

입을 연 티오네는 눈 아래의 항구도시를 내려다보고 있
었다.

이 도시 어딘가에 있을 여신과 그녀의 권속들을 향해,
감정을 짓이겨버린 목소리를 토해냈다.

"그거야 모르겠지만~. 생각해봤자 도리가 없잖아? 진짜
로 관광하러 왔을 수도 있고."

그런 언니의 옆얼굴에 눈썹을 늘어뜨리며 티오나는 평
소와 다를 바 없이 행동했다. 난간에 기대면서 얼굴을 들
여다보는 여동생을 티오네가 눈을 부릅뜨고 노려보았다.

"무슨 태평한 소리를 해! 칼리가, 그 자식들이 싸움 없는 곳에 올 리가 있겠어?!"

"…………."

"그 자식들이 우리한테 무슨 짓을 시켰는지 잊어버린 거야?! 정말 그렇다면 네 머리는 진짜 복 받았나 보다!!"

평소와는 전혀 다른 모습으로 고함을 질러대는 티오네에게 티오나도 발끈해 말다툼을 시작하고 말았다.

"그럼 어떡할 건데? 지금 우리한테는 할 일이 있잖아! 그걸 내팽개치고 칼리한테 쳐들어가겠단 거야?! 티오네는 이상한 소릴 하고 그래!"

"누가 그렇게 한대, 바보야! 생트집 잡지 마!"

"먼저 생트집 잡은 건 티오네잖아!"

"헤죽거리는 네가 마음에 안 든다는 거야!"

"무슨 소리야!"

발코니에서 격렬한 말다툼이 벌어져 방에 있던 아이즈 일행도 깜짝 놀랐다.

단원들이 벌떡 일어나 말리러 오기도 전에 티오네는 티오나에게 등을 홱 돌렸다. 창가까지 다가갔던 동료들이 황급히 길을 비켜주자 그 사이를 누비고 방을 가로질러 객실을 나가버렸다. 뒷머리에서 깍지를 끼고 앉은 로키와 한쪽 눈을 감은 리베리아의 시선도 모른척하고.

자매는 거의 싸우고 헤어진 것 같은 분위기였다. 잠시 망설인 아이즈는 입을 꾹 다문 티오나를 바라본 후, 티오네를 쫓아갔다.

"티오나 씨…… . 괜찮으세요?"

"응, 괜찮아…….."

아이즈가 방을 나간 후, 티오나에게 다가간 레피야와 다른 단원들에게 티오나는 고개를 끄덕였다.

"……저기, 티오나 씨랑 티오네 씨가, 오늘 만났던 칼리님네 있었다고 들었는데……."

"맞아."

묻기 힘든 질문을 하듯 묻는 레피야에게 선선히 대답한다. 다른 단원들과 함께 엘프 소녀는 흠칫 숨을 멈추었다.

"그럼, 어, 저기……."

"미안. 티오네 없는 데서 우리 이야기를 마음대로 해도 좋을지 모르겠어……."

말을 잇지 못하는 레피야에게 티오나는 바닥으로 시선을 떨구었다.

침묵이 그 자리를 에워싼 가운데,

"하지만."

문득 머리 위에 펼쳐진 별들을 올려다보며 말을 이었다.

"난, 티오네가 두 번 다시 칼리네랑 만나지 않았으면 했어."

"티오네."

등에 말을 걸었다.

푸른 어둠에 물든 복도를 걸어가던 티오네는 뒤를 따라온 아이즈에게 옆얼굴을 돌렸다.

"웬일이야. 네가 이렇게 누굴 따라오다니. 평소에는 거의 반대인데."

티오네는 눈도 맞추지 않고 이죽거렸다.

발을 멈춘 아이즈는 더듬더듬 말했다.

"내가, 사람들 곤란하게 만들면, 늘 티오나랑 티오네가, 도와줬으니까……. 그러니까."

어떻게든 자신의 마음을 전하려는 것이리라. 평소 말수가 적은 소녀는 열심히 단어를 고르고 있었다.

하지만 그 흐뭇하고도 답답한 말조차 지금은 귀에 거슬렸다.

"아이즈, 지금은 혼자 있게 해줘. 나 재수 없는 녀석 됐으니까."

"티오네…… 무슨 일이, 있었다면."

의논해 달라고 말할 생각이었던 걸까.

티오네는 미리 앞질러 그녀의 말을 덮어버렸다.

"너도 우리한테 말할 수 없는 일이 있잖아?"

"!"

"그런 건 치사하지 않아? 자기 이야기는 안 하고 상대 이야기만 캐내려 하다니."

티오네는 내치듯 거절의 뜻을 밀어붙였다.

아이즈는 고개를 숙였다.

"미안……."

꺼져 들어갈 듯한 사죄가 복도에 울렸다. 거칠게 되받아쳐버린 티오네가 오히려 이를 꽉 악물었다. 그리고 아이즈에게서 도망치듯 빠른 걸음으로 그 자리를 떠났다.

"난 못됐어……."

엄청난 자기혐오에 빠지면서 티오네는 자신에게 배정된 방이 아닌, 비어 있는 객실을 대충 찾아 문을 열었다. 아무도 없는 방으로 들어가 그대로 침대에 몸을 던졌다.

단숨에 피로감이 밀려들었다.

"왜 또 우리 앞에 나타난 거야……."

시트를 꽉 움켜쥔다.

티오네는 꿈에 이끌려가듯, 납처럼 무거워진 눈꺼풀을 닫았다.

🔥

이 세상에 태어났을 때부터 티오네와 티오나는 그 나라에 있었다.

육지의 고도, 텔스큐라.

한 여신이 강림하기 전부터 살육이라는 이름의 '의식'을 이어왔던, 아마조네스의 나라.

머릿속에 떠오르는 가장 오래 된 기억은 등을 태우는 뜨거운 열기, 자신의 것인지 쌍둥이 누이의 것인지도 알 수 없는 울음소리였다.

'팔나'를 받은 순간이었다.

태어났을 때부터 티오네와 티오나는 여신의 권속들 중 말석으로 들어갔다.

텔스큐라의 아마조네스는 말을 배우기도 전에 몬스터를 죽이는 법을 배운다고 한다. '은혜' 덕에 처음부터 해방된 잠재능력과 몬스터의 새끼 앞에 방치되는 첫 세례——'솎아내기'는 겨우 막 일어설 수 있게 된 젖먹이라 해도 전사로서 살아가도록 만든다. 실제로 티오네가 지각을 가지게 되었을 때 쥐고 있던 것은 어머니의 손이 아니라 몸 길이만한 날붙이 무기의 자루였다.

부모의 얼굴은 모른다. 목소리조차 들어본 적이 없다.

가족이란 것에 관심은 없었지만, 하나뿐인 여동생과 얼굴을 마주한 순간 상대가 자신의 반신임은 누가 뭐라고 말하기도 전에 이해했다. 분명 티오나도 그랬을 것이다.

『티오네가 언니고, 티오나가 동생이래.』

『흐응.』

전해들은 사항은 어린 쌍둥이에게는 그저 기호일 뿐이었으나, 분명히 두 사람을 엮어주는 연결고리가 되었다.

텔스큐라에서는 '진정한 전사'야말로 존중을 받는다.

여전사의 성지에서는 강함이 곧 정의이며 진리였다. 강자는 칭송받고 지위와 명예를 얻는다. 반대로 싸움 속에 스러져가는 명예조차 얻지 못한 채 패배한 약자는 나라와

강자를 지탱하는 노동력으로 바뀐다. 피를 수반하는 투쟁은 '진정한 전사'에 이르기 위한 수단이며, 계단이며, 예로부터 이어져온 이 나라의 관습이었다. 그야말로 텔스큐라는 아마조네스의 본능이 실체화된 국가였다.

그리고 '고대'에서 신대에 들어서면서 이 나라에 나타난 여신 칼리 또한 투쟁을 사랑했다.

그녀의 '은혜'가, 진화해가는 힘이 전투를 더욱 격화시켰다. 강함을 가져다주는 그녀는 유일무이한 주신으로서 숭배를 받았으며, 투쟁과 살육의 의식은 누구에게도 방해받지 않고 융성의 극치에 이르렀다.

티오네는 강요당한 싸움의 나날을 괴롭다고 느껴본 적이 없었다.

반대로 아무 의문도 품지 않았다.

무엇보다도 그녀는 아마조네스다. 종족의 본성인지, 싸움에 고양되어 피가 끓어오르는 일면이 분명히 존재했다.

싸움으로 세월을 보내고 강함을 실감하는 나날은 싫지 않았다. 반대로 말하자면 나이 어린 소녀는 그것밖에 몰랐다. 아레나라는 이름의 전장에서 괴물을 물리치고, 의식주를 위해 돌로 지은 큰 방으로 돌아간다. 두 장소를 오가는 매일. 열광하는 동포의 환성이 솟는 차디찬 석제 투기장이야말로 티오네가 아는 유일한 세계였던 것이다.

투쟁의 나날에 균열이 생기기 시작했던 것은 동포 소녀들과 싸우게 된 후였다.

티오네의 기억으로는, 목숨을 걸고 싸울 적이 몬스터에서 아마조네스로 바뀌는 데에는 그리 많은 시간이 필요하지 않았던 것 같았다.

나이도 키도 비슷한 동포는 이제까지 싸웠던 상대보다도 강했으며, 티오네는 처음으로 고전했으나 이제까지 몬스터를 그렇게 했듯 순식간에 목숨을 거둬버렸다.

『아――.』

티오네가 처음으로 들은 동포의 단말마는 가녀렸다.

몸에 피가 튀는 것은 몬스터 때와 다를 바가 없었는데도, 동포의 선혈은 더욱 메스껍게 여겨졌다.

의식 때 의무적으로 장착해야 하는 가면 안에서 사라져가는 눈동자의 빛을 보고 티오네는 가슴이 술렁거리는 것을 느꼈다. 형언할 수 없는 감각이었다. 방으로 돌아오자, 평소에는 까불기만 하던 여동생도 동포의 피를 뒤집어쓴 모습에는 멍하니 넋을 놓았다. 그날 밤 티오네는 무의식중에 자신의 몸을 찬물로 몇 번이나 씻었다.

동포 소녀들과 싸우는 횟수는 나날이 늘어났다.

무기로 베어 죽이고, 맨손으로 쳐 죽이고, 기술로 졸라 죽이고. 자아를 인식했을 때부터 싸우는 것밖에 몰랐던 어린 몸에 제대로 된 윤리관 따위 자리를 잡을 틈도 없었다. 그러나 티오네의 마음속에 생겨난 술렁임은 사라질 줄을 몰랐다. 아무런 망설임도 품지 않고 해치웠던 몬스터와의 차이를 알 수 없었다. 주먹으로 후려친 살점의 감촉이, 갈라지는 뼈의 감촉이 언제까지고 손에 남았다. 목숨을 빼앗는 순간에 반드시 새어 나오는 비명과 절규는 싸움이 끝난 후에도 귀에 달라붙었다.

싸움에 이긴 티오네를 객석의 여걸들이 환성으로 칭송했다. 약자의 혈육을 먹고 강해지는 너는 존엄하며 그 방법이 옳다고 말하듯.

그리고 가장 높은 주신의 자리에서 자신을 내려다보는 칼리는 늘 웃고 있었다.

당시의 티오네는 자신이 지쳤다는 것도 알지 못했다. 감정은 마음속의 술렁임이라는 위화감에서 눈을 돌리도록 계속 마비되었다. 언제부터인가 몬스터하고만 싸우는 날이면 안도하게 되었다.

다만, 그런 하루하루에도 빛은 존재했다.

언니 같던 아마조네스가 있었다. 두세 살 정도 차이밖에 나지 않던 그녀는 남을 돌봐주기 좋아하는 체질이라 싹싹했으며, 티오네 이외의 소녀들과 티오나도 잘 따랐다. 같은 방을 썼던 그녀는 티오네가 싸움에서 돌아올 때마다 "어서와"라는 말과 웃음으로 맞아주었다. 그녀는 같은 방의 아마조네스들 중에서 누구보다도 강했고, 반드시 먼저 방에 돌아와 동생들을 기다렸다.

티오네는 그녀에게서 어머니의 면모를 보았는지도 모른다. 부상을 입은 몸을 치료해주는 그녀의 손길은 서툴면서도 다정했다. 남의 온기가 그리워 티오나나 다른 동료들과 함께 몸을 맞대고 잠든 적도 있었다. 싸늘한 감옥과도 같던 그 석조 방은 분명 티오네가 돌아갈 '집'이었다.

'의식'에는 법칙이 있었다. 같은 방을 쓰는 아마조네스끼리는 싸우지 않는다. 싸움을 계속하던 소녀들이 발견한 법칙이었다.

티오네는 여기에 매우 안도했다. 언니 같은 그녀도, 눈에 익은 소녀들도, 물론 여동생 티오나와도 싸우지 않는다. 자신이 돌아올 이 장소는 영원히 변하지 않는다.

그렇게 믿고 있었다.

다섯 살 생일, 티오네는 여느 때처럼 아레나로 소환되었고, 그곳에서——

"…………."

티오네는 눈을 떴다.

잠을 잔 것 같지가 않았다. 추억이라는 이름의 꿈 탓이었다. 이틀 전에 이어 최악의 꿈자리가 되었다.

몸을 일으키고, 땀에 젖은 앞머리를 쓸어넘기고 있으려니 바로 곁의 침대에서 다른 누군가가 자는 것이 보였다.

티오나다.

배정받은 방으로 돌아가지도 않았는데, 이 친여동생은 일부러 자신을 찾아와 이 방에서 하룻밤을 지낸 모양이다.

티오네는 아무 말 없이 여동생의 얼굴을 바라보았다.

옛날부터 티오나는 무슨 일이 있으면 반드시 자신의 곁에서 시간을 보냈다. 말도 없이, 그저 몸을 가까이 가져다 댔다. 자신의 반신을 찾듯.

그 무렵으로 돌아간 것 같았다.

【로키 파밀리아】에 들어가기 전으로.

두 사람뿐이었던 그 무렵으로.

여동생의 얼굴을 내려다보던 티오네는 말없이 방을 나갔다.

"…………."

문이 닫힌 직후, 티오나는 눈을 떴다.

🐾

멜렌에서 아침을 맞은 【로키 파밀리아】 단원들은 여러 개의 그룹으로 나뉘어 시내로 나갔다. 기수호에 출현했던 식인꽃에 대해 정보를 수집하기 위해서였다.

"식인꽃? 모르겠는데. 몬스터야 바다나 호수에서 자주 솟아나지만."

"선체에 충돌하는 것까지 친다면야 몬스터 피해는 늘 있는 일이지. 그 덕에 우리 같은 조선공들이 돈을 버는 거고."

"요즘은 사람이 죽을 만한 사건은 어지간해선 없었지냥.

멜렌도 평화롭다냥."

"설령 몬스터가 나온다 해도【뇨르드 파밀리아】친구들한테 맡기면 돼. 거기 어부들은 어지간한 모험자보다도 강하거든. 진짜 감당이 안 되면 길드에 부탁해 오라리오에서 원군을 부르면 되고."

노점을 경영하는 휴먼 청년, 보기 드문 엘프 여성 조선공, 시원한 과즙을 팔며 다니느라 볕에 그을린 캣 피플 소녀, 나이 지긋한 주점의 드워프 주인. 아이즈와 레피야를 포함한 탐문팀 단원들은 멜렌 주민들에게서 이야기를 듣고 다녔다.

"식인꽃 몬스터는 알려지지 않은 것 같네요."

"응. 어제 나온 몬스터도, 처음 봤다고……."

오늘도 북적거리는 중앙대로를 골목길에서 바라보며 아이즈와 레피야는 이야기를 나누었다. 다른 단원들과 함께 그늘에서 잠시 휴식을 취하는 중이었다.

"그리고 호수랑 바다는, 치안이 좋은 것 같아……."

"그러고 보니 그렇네요……. 그 식인꽃이 나왔다면 피해가 엄청났을 텐데."

상급 모험자여도 상대하기 벅찬 식인꽃이 출몰했다면 호수가 발칵 뒤집히는 소동이 났을 것이다. 그러나 주민들의 이야기를 듣자면 롤로그 호수와 근해는 평화를 유지하고 있다고 한다.

식인꽃 목격정보와 여기에 약간의 모순이 느껴졌다.

"피해가 나오기 전에 몬스터를 토벌하지도 않은 것 같고 말이죠……. 어떻게 된 걸까요?"

끙끙 고민하는 레피야의 곁에서, 아이즈는 잠자코 대로의 인파를 바라보았다.

"배수로는…… 문제없는 모양이고."

캣 피플 아키와 휴먼 리네 일행은 일단 멜렌을 나가 오라리오로 돌아갔다.

오라리오는 부근을 지나는 하천으로 하수를 흘려보내 롤로그 호수로 배출한다. 기수호에서 이 하천을 거슬러 올라와 도시의 지하수로에 정착해 번식하는 '레이더 피시' 같은 몬스터는 길드가 골머리를 썩이는 안건이었다.

얼마 전 로키와 베이트는 구 지하수로에서 식인꽃과 조우했다.

몬스터가 호수에서 올라왔던 것과는 정 반대로, 식인꽃은 도시의 지하수로에서 기수호로 흘러 들어갔을 가능성도 있다. 그렇게 생각한 아키 일행은 오라리오의 배수로를 찾아온 것이다.

"미스릴 방책으로 단단히 막혔네요……."

"한번 망가져서 몬스터에게 침입당한 후로 길드가 수리했다는 말은 들었는데."

은백색 방책이 설치된 거대한 원형 구멍에서 쏴아아 격렬한 소리를 내며 도시의 하수가 쏟아져 나온다. 장소는 오라리오 북서쪽, 완만한 내리막을 이루는 도시 하수도의 출구였다.

고개를 들어보면 시벽과 문지기 대기소가 보이는 위치에 있는 배출구는 리네의 말대로 미스릴 방책이 엄중히 봉쇄하고 있었다. 대형급에 필적하는 식인꽃은 물론이고 레이더 피시 같은 중형급 및 소형급 몬스터도 드나들기란 불가능할 것이다. 망가진 흔적도 없다.

단원들의 눈앞에서 정화장치의 작용 덕에 냄새가 나지 않는 청결한 하수가 하천으로 흘러든다.

"식인꽃이 호수로 침입한 경로는 배수로가 아니야……. 적어도 최근에 도시에서 빠져나가지는 않았어."

으으음. 아키는 가녀린 턱에 손을 대고 생각에 잠겼다.

"기분 나쁜 식인꽃이라…… 하기야 어제 그놈을 봤을 땐 놀랐지."

어깨에 걸머진 짐을 옮기며 뇨르드는 로키의 물음에 대답했다.

장소는 【뇨르드 파밀리아】의 홈, '노아툰'.

따로 행동 중인 단원들과 마찬가지로 로키 또한 자신의 발로 정보를 모으는 중이었다. 호수에 인접한 어항에 지어진 저택의 창고에서, 오래 알고 지낸 뇨르드에게 이야기를 듣고 있었다.

"뇨르드 니는 멜렌에선 유지 아이가? 머 수상한 이야기들은 기억 없나?"

"유지라고 해봤자 우린 이 근처의 조업을 관리할 뿐이고 별로 대단한 일은 안 해. 포세이돈의 후임인 것도 아니고."

뇨르드는 로키의 말에 쓴웃음을 지으며 여엉차 창고 구석에 짐을 내려놓는다.

"애석하게도 우린 고기잡이가 삶의 보람이거든. 수상쩍은 이야기하고는 인연이 없어."

"이기 먼 헛소리고."

"헛소리가 아니야. 너희가 멜렌에 온 진짜 목적을 들었을 때도…… 정말 뜬금없는 이야기였는걸."

그렇게 말하며 뇨르드는 한숨을 쉬었다. 나무 궤짝 위에 책상다리를 하고 앉은 로키에게 등을 돌린 채 뒷덜미를 긁는다.

로키는 그런 뇨르드를 말없이 바라보았다.

"시내 사람들에게 물어보면 알겠지만, 지난 몇 년 동안 멜렌은 별다른 사고도 없이 평화로웠어. ……정말로, 어제까지는 말이야."

【칼리 파밀리아】의 배를 식인꽃이 습격한 사건에 대해, 오랜만에 항구에 섬뜩한 분위기가 흘렀던 거라고 남신은 말했다.

가령 티오나와 티오네의 전투가 결과적으로 몬스터를 수면까지 몰아낸 것이라 생각한다 쳐도, 기수호 안에 식인꽃이 있었다는 것은 틀림없는 사실이다. 그 흉포한 식인꽃이 사람을 습격하지 않고, 아무 일도 하지 않은 채 호수 밑 바닥에 눌러앉아 있었다……. 정말로 그런 일이 있을 수 있을까?

테이머, 아니, 괴인이 무언가 목적을 위해 잠복시켜두 었다는 생각이 훨씬 설득력이 있다고 로키는 생각했다.

"맞다. 니 아직도 길드하고 사이 나쁘나?"

"어? 응…… 여전하지 뭐. 모험자도 아닌 어부들을 이런 수단 저런 수단으로 포섭하려 들고, 거절할 때마다 도시에 보내는 해산물에 가차 없이 세금을 매기고."

화제를 바꾸자 뇨르드는 진심으로 진저리가 난다는 듯 이 대답했다. 로키가 오라리오에 들어가기 위해 배로 멜렌 을 찾아왔을 당시부터, 아니, 그 이전부터 이어졌던 갈등 에 대해.

"이러니 저러니 해도, 바로 눈앞에 있는 오라리오가 우리 의 가장 큰 거래상대니 말이야. 그쪽은 도시 측의 의견이라 느니 뭐라느니 하는데, 개뿔. 앙갚음이겠지. 완전히 약점 잡혔다니까. 소속 도시가 다르다고는 하지만 우대를 받는 데메테르네가 부러워."

"니도 늘 고생이 많데이."

하계의 각박함을 푸념하던 뇨르드가 말하는 길드란 오 라리오의 길드── 미궁도시를 관리하는 '본부'를 말하는 것이 아니다. 이 항구도시에 존재하는 또 다른 길드였다.

"로키 너희도 '길드 지부'에는 다녀왔어?"

뇨르드가 문득 생각났다는 듯 물었다. 로키는 작업을 재개하는 그의 등에 대고 대답했다.

"하모. 아까 리베리아 보내놨데이."

석조 로비는 오라리오의 길드 본부와 비교하면 좁았다.

아니, 규모로 보자면 충분히 넓은 건물이다. 밤낮으로 미궁 관리에 애쓰는 판테온이 지나치게 거대한 것이다. 언뜻 봐도 숫자가 더 적은 제복 차림 직원 또한 창구 대응이 아니라 입항 수속이나 교역품 체크리스트 같은 사무에 쫓기는 사람이 더 많았다.

항구도시 멜렌의 길드 지부.

모체인 길드 본부가 오라리오 외부에 둔 거점 중 하나다. 지역에 따라 역할은 달라지지만 이곳 멜렌 지부는 바다의 현관인 항구를 감독하고 마석제품을 비롯한 도시의 수출입품을 관할하는 것이 주요 업무다.

오라리오에 있는 본부와는 또 다른 광경. 홀로 찾아온 리베리아는 곁눈질로 주위를 살폈다.

"식인꽃 몬스터……? 흐음, 모르겠군요."

정면에서 돌아온 대답에 리베리아는 시선을 되돌렸다.

창구의 카운터를 끼고 서 있던 것은 얼굴이 길쭉한 휴먼이었다. 늘씬하고 큰 키에, 지나치게 마른 감이 있었다. 한 치의 흐트러짐도 없이 깔끔하게 정리한 흑발은 신경질적인 일면을 내비쳤다.

이름은 루버트라고 했다. 길드 지부의 총책임자인 지부장이다.

"확실한가?"

"무엇을 의심하시는지? 오라리오…… 길드 본부에서도 그런 신종 몬스터의 정보는 전혀 내려오지 않았습니다."

재삼 확인하는 리베리아에게 루버트는 언짢은 어조로 딱 잘라 대답했다.

이상한 이야기였다. 길드 상부—— 우라노스가 신종의 정보를 제한하고 있다고 쳐도, 조직 내에서 크든 작든 정보를 공유하지 않는다니. 이미 몬스터 필리아나 제18계층의 사건을 비롯해 식인꽃은 여러 사람에게 목격되었으므로 존재 그 자체를 숨길 의미는 없을 텐데도.

"그러나 지금 설명한 몬스터는 분명히 출현했다. 대책과 조사에 나서야 하지 않나?"

"【뇨르드 파밀리아】에 맡기면 됩니다. 어중간하게 개입하려 들면, 물가는 자기들 영역이니 간섭하지 말라고 말대꾸를 하지요. 늘 그랬듯."

관계가 원만하지 않다는 사실을 말해주듯 루버트가 내뱉었다.

당연한 일이지만, 오라리오에 속하지 않은 파벌은 길드 산하에 들어갈 필요가 없다. 강제력을 발휘할 수 없는 【뇨르드 파밀리아】의 존재는 길드의 입장에서는 눈엣가시나 마찬가지일 것이다.

식인꽃의 전투능력을 아는 리베리아가 보기에 어부들로는 감당이 안 될 것이 뻔했지만, 아마 말해봤자 소용은 없으리라.

"그보다도 그 외국 아마조네스들을 어떻게 좀 해주시지요."

루버트는 짜증이 난다는 듯 눈썹을 치켜올리며 요청을 전달했다.

"'그보다도'란 말이지…….'

한쪽 눈을 감고 바라보는 리베리아의 흉중을 알 도리가 없는 지부장은 말을 이었다.

"별로 눈에 뜨이는 소동은 일으키지 않았습니다만, 무서워서 접근하기 힘들다고 주민들이 저희 쪽으로 민원을 올리고 있습니다. 언어가 통하지 않는 자도 많고, 물건을 무단으로 빼앗겼다는 호소까지…….'

"입항을 허가한 것은 그쪽 아닌가?"

"그야, 그렇습니다만…….'

루버트는 말을 흐렸다.

"……이 항구도시의 사정은 복잡합니다. 자치권을 길드와 도시가 나눠 가지고 있지요."

"이번 입항은 도시 측이 주도했다는 뜻인가?"

"예."

루버트는 못마땅하다는 투로 고개를 끄덕였다.

"원래 멜렌은 몬스터의 위협에 시달리는 일개 어촌이었

습니다. 하지만 【포세이돈 파밀리아】가 거점을 두고, 나아가 오라리오의 번영에 맞춰 발전하면서 이제는 미궁도시의 현관이라 불릴 정도가 되었죠."

수생 몬스터가 나타나는 멜렌에 【포세이돈 파밀리아】가 거점을 두었던 이야기는 유명하다. 호수 밑바닥의 구멍을 막고, 그 후로도 '뚜껑'의 점검과 보수를 되풀이하면서 해상의 평화에 진력했다. 15년 전 '리바이어선 실'이 설치되어 깨지지 않는 봉인이 약속되자 포세이돈과 권속들은 멜렌을 떠났다. 세계의 바다에 도사린 위험성 높은 괴물들을 구축하기 위해서였다. 한편으로는 【뇨르드 파밀리아】는 어떤가 하면, 【포세이돈 파밀리아】의 활약 뒤에서 조업을 이어나가 도시를 윤택하게 해주었던 파벌이다.

자신의 지식과 중복되는 부분이 많았으나 리베리아는 루버트의 설명에 귀를 기울였다.

"길드는 일찌감치 투자해 항구 확대에 협조했습니다만……대대로 이어져온 멜렌의 당주는 한사코 자치권을 양보하지 않았습니다."

빼앗기는 입장에서 생각해보면 저항도 당연하지 않겠느냐는 말은 입 밖에 내지 않았다.

"아시다시피 멜렌에는 길드의 입김이 닿은 상회만이 아니라 외국을 비롯한 다수의 공동체도 매일같이 드나듭니다. 그렇기도 해서……."

"오라리오도 강권을 휘두를 수는 없겠지."

대규모 항구는 중립성이 중요시된다. 항구의 정치적 지배는 쇠퇴를 가져오는 경우가 많다.

멜렌의 물류는 대부분 오라리오로 모이지만, 이 항구를 중계지점 삼아 목적지로 다시 항해하는 배도 많을 것이다. 인근 마을이나 다른 도시로 가는 화물도 무시할 수 없다. 극단적으로 말해, 길드가 항구의 이용자를 자신들 좋을 대로 선별한다면 반드시 어딘가에 폐해가 생긴다.

제삼자의 관점에서 보더라도 길드의 일방적인 멜렌 통치는 막아야만 하는 일이었다.

"그렇기에 타협안으로, 자치권을 양분하게 된 겁니다. 정확하게는 교역을 포함해 오라리오에 관한 모든 사항에는 창구 노릇을 맡아 지부가 개입하고……."

"나머지는 멜렌 측이 맡는다?"

"그렇습니다."

떨떠름한 표정으로 루버트가 긍정했다.

당시의 결정에는 오라리오와 협력관계이면서도 독립적인 【포세이돈 파밀리아】의 뒷배이자, 선량한 이웃으로 멜렌 측에 선 【뇨르드 파밀리아】의 존재 또한 크게 관여했다.

길드 지부장이 '복잡한 사정'이라고 말한 멜렌의 구조는 이렇게 성립된 것이었다.

"【칼리 파밀리아】의 입항에 이의를 제기하지 못했다는 의미에서 보자면 저희의 책임이기도 합니다만……. 어디까지나 받아들인 것은 멜렌 측, 그 아니꼬운 머독 가문의 당주입니다."

민망한 표정으로 루버트는 푸념과 함께 그렇게 말을 맺었다.

【뇨르드 파밀리아】가 편을 드는 것은 어디까지나 멜렌 측.

대립이라고까지는 할 수 없겠지만, 멜렌과 아웅다웅하는 길드 지부는 그러한 배경도 있어서 【뇨르드 파밀리아】와도 견원지간인 것이다. 이것은 리베리아도 전부터 아는 사실이었다.

"아무튼…… 맹수가 도시를 싸돌아다니는 거나 마찬가지입니다, 지금의 멜렌은."

"…………."

"【로키 파밀리아】여러분은 주인인 우리 길드에 협조해주셔야죠."

위에서부터 내려다보는 듯 오만하게 말하는 루버트에게, 리베리아는 잠자코 한쪽 눈을 감은 채 입을 다물었다.

"그러니까 저희는 다른 뜻이 있어서가 아니라…… 말씀만이라도 들려주셨으면 한다는 것입니다."

엘프 아리시아는 얼굴이 실룩거리려는 것을 참으며 열심히 사교성 미소를 지었다.

"돌아가라."

반면, 그녀의 앞에 있던 초로의 남성은 가차 없이 말했다.

멜렌의 서쪽. 동쪽에 존재하는 길드 지부를 노려보듯 세워진 그 건물은 대대로 멜렌의 시장을 지냈던 머독 가문의 저택이었다.

정보 수집을 위해 찾아온 【로키 파밀리아】의 아리시아와 나르비는 안으로 들어가지도 못한 채, 넓은 현관 입구에서 현재의 당주 볼그 머독과 마주 서 있었다.

"길드와 손잡은 너희에게 해줄 말은 아무것도 없다."

볼그는 턱에 흰 수염을 기른 휴먼이었다. 몸집이 크지만 그렇다고 배가 늘어진 것도 아닌 어부 뺨칠 정도로 근육질이었다. 눈빛도 예리하다. 대머리이기는 해도, 만약 삼각모를 쓴다면 그야말로 동화에 나올 것 같은 뱃사람들의 선장에 딱 어울리는 그런 풍모였다.

"저희는 맹세코 길드의 지시로 온 것이 아닙니다. 어제 호수에 나타났던 식인꽃에 대해 조사할 뿐입니다. 만약 아시는 것이 있다면 들려주실 수 없을까요?"

"…………."

굴하지 않고 호소하는 아리시아에게 볼그는 여전히 침묵했다.

결백함을 상징하는 것처럼 올곧은 엘프의 눈을 한동안 바라본 후, 입을 열었다.

"……돌아가라."

그가 말한 것은 그 한 마디였다.

등을 돌리고 저택 안으로 들어가는 볼그를 보며, 난감해진 아리시아 일행도 현관을 나갔다.

"시장이라 무언가 알지도 모른다고 기대했는데…… 말 붙이기도 힘드네요."

"멜렌하고 길드 지부는 사이가 안 좋다고 들었지만…… 이 정도일 줄은 몰랐어요. 하는 수 없죠. 그들에게는 의지하지 말기로 해요."

뺨을 긁적거리는 나르비에게 아리시아가 탄식하며 대답했다. 아득한 옛날, 그야말로 자신들이 태어나기도 전부터 이어졌던 양측의 불화를 톡톡히 깨달은 두 사람은 저택을 등지고 나왔다.

"…………."

정원을 나가는 그녀들의 뒷모습을, 볼그는 저택의 창가에서 험악한 눈으로 노려보고 있었다.

태양이 중천에서 서쪽 하늘로 기울어지려 하는 오후.

시내에서 탐문을 벌이던 아이즈와 레피야의 그룹은 일단 항구로 갔다.

외국의 목조선이며 여객선, 교역선이 드나드는 교역항 에어리어를 지나면 이내 【뇨르드 파밀리아】가 관리하는 어항이 나타난다. 이방의 의상을 걸친 상인이며 여행자들이 줄어들고, 대신 어부들이 활보하게 된다. 던전이나 상업계

와는 또 다른 어업계【파밀리아】——— 진귀한 파벌의 모습
에 일행은 새삼 주위를 둘러보았다.

어부들은 대부분 상반신을 벗었거나, 혹은 짧은 윗도리
에 긴 바지를 입은 차림이었다. 종족은 천차만별이라, 힘
을 자랑하는 드워프가 눈을 의심할 만큼 커다란 물고기를
짊어졌는가 하면, 작살을 든 파룸들이 교묘하게 어선을 조
작하며 호수로 나가는 모습도 보였다.

도도배스나 새빨간 새우 등 기수호의 민물고기나 먼
바다에서 그물로 낚은 바닷고기가 호쾌하게 지면에 쏟
아지는 가운데, 물고기나 조개를 구워 먹는 사람들도 있
었다. 불에 그을린 소금의 향에 기름 튀는 소리가 얽혀, 아
직 점심을 먹지 못한 레피야 일행의 눈도 자꾸만 그쪽으로
향했다.

갓 잡은 해산물을 맛있게 먹는 어부들 속에는 티오나와
티오네의 모습도 있었다.

"뭐 하는 거예요, 티오나 씨……."

놀란 레피야에게, 어부들 못지않은 기세로 생선구이를
입에 머금으며 티오나가 돌아보았다.

"탐문 도중이었는데 말이야~ 배가 고파서 있지. 돈 내
면 나눠주겠다고 해서 먹고 있었어!"

아이즈 일행과 마찬가지로 탐문팀이었던 티오나와 티오
네는 진척 없는 정보 수집을 중단하고 휴식 중인 모양이
었다. 두 사람 외에도 식사를 마친 단원들이 쉬고 있는 모

습이 보였다.

티오네의 눈치를 살피며 아이즈는 슬쩍 티오나에게 물었다.

"……티오나. 티오네는, 좀 어때?"

"음— 짜증은 내지만 지금은 괜찮은 것 같아. 아침에는 칼리네가 없는 데만 돌아다녔고, 이상한 짓 하지 않게 내가 잘 보고 있었거든."

어젯밤에 이어 티오네는 여전히 다가가기 힘든 분위기였다. 같은 팀에 있던 훔 바니 라크타 같은 다른 단원들은 그녀의 모습에 안절부절 못했다.

티오네는 짜증을 감추려는 듯 열심히 점심을 먹고 있었다.

"더 줘."

노려보며 몇 번이나 채근하는 티오네에게는 체격 좋은 어부들도 겁을 먹으며 음식을 내주고 있었다. 티오네의 감시자로 함께 행동한 티오나는 어쩐지 평소와 반대라며 쓴웃음을 지었다.

"티오나는, 괜찮아?"

"난 아무렇지도 않아, 아이즈. 너도 알겠지만 난 생각하는 게 질색이라."

티오나는 여느 때처럼 웃으며 대답했다. 천연덕스럽게, 아무 일도 없다는 듯. 그 순진한 미소가 조금 무리를 하는 듯 보인 것은 아이즈의 기분 탓일까.

결국 아이즈도 그 이상은 언급하지 못했지만.

"근데 진짜 잘 먹는다~ 언니도 그렇고, 저 사람도 그렇고. 모험자는 꽤 많이 봤지만 역시 제1급 모험자는 다른 것 같아."

티오나 일행과 석쇠를 에워싼 어부들 속에는 한층 다부진 사내가 싹싹한 미소를 짓고 있었다. 까만 머리카락에 까만 눈동자. 2M은 될 것 같은 체구를 가진 휴먼이었다.

"거기 늘씬한 언니, 【검희】님도 잘 드시나?"

"아이즈는 우리처럼 많이 먹진 않아~. 감자돌이는 좋아해도."

"당신은……?"

"난 로드. 여기 단장을 맡고 있긴 해."

눈을 돌린 아이즈에게 로드가 너글너글 대답했다. 단장이라는 그에게 아이즈는 잠시 간격을 두고 물어보았다.

"【뇨르드 파밀리아】는…… 로드 씨네는, 언제나 고기를……?"

"응. 우린 그것 말고는 재주가 없거든. 이 롤로그 호수는 물론이고 바다까지 나가서 고기를 잡아와. 육지에 있는 것보다도 파도에 흔들리는 시간이 더 많을 정도라고."

【뇨르드 파밀리아】는 어업만을 위한 파벌이다. 바다의 사나이들은 완력에는 자신이 있겠지만 다른 파벌과 항쟁해 세력을 확대한다는 그런 생각은 그들에게도 주신에게도 전혀 없다.

파벌이라기보다는 조합, 어부들의 공동체에 가깝다.

"이 도시에서 태어난 남자들은 대개 어부가 돼. 뇨르드 님 밑에서."

"궁금한 게 있었는데요, 멜렌에는 【뇨르드 파밀리아】 말고는 어부님들의 모임이 없나요?"

레피야의 질문에 로드가 대답했다.

"새로 세우려면 세울 수야 있겠지만, 그러려고 한 적은 없었어. 뇨르드 님은 좋은 신이고, 게다가 '은혜'도 받을 수 있거든. 어떤 사람이든 일반인보다 큰 힘을 낼 수 있지."

그가 슬쩍 눈짓을 했다. 그 시선을 따라가보니 창고 앞에서 몸이 야리야리한 휴먼이 혼자서 커다란 그물을 옮기고 있었다. 그의 등에도 【스테이터스】가 새겨졌을 것이다.

"고기잡이로 입에 풀칠을 할 생각이라면 신 밑에 들어가는 게 제일 손쉬운 방법이야. 게다가 몬스터가 출몰하는 해원에 나가려면 역시 '은혜'가 있는 편이 좋거든."

요즘 같은 시대에 어부들은 스스로 몸을 지킨다는 의미에서도 '팔나'가 필수적이라는 것이 로드의 설명이었다. 주위가 바다에 에워싸인 곳에서는 몬스터에게 습격을 받아도 도와주러 나타날 사람이 없기 때문이다.

"무엇보다 우리는 뇨르드 님을 좋아해. 어렸을 때부터 계속 챙겨주셨던 그 분을……. 죽은 아버지나 할아버지랑 같이 이곳을 지켜주었던 신을."

오래 전부터 멜렌에 터전을 잡고 어업을 관장했던 신 덕분에 이곳에서 새로운 어업 파벌을 세우려는 신도 없다. 이것이 【뇨르드 파밀리아】가 멜렌의 어업을 한 몸에 짊어진 또 다른 이유였다.

강인한 로드가 지은 어린아이 같은 웃음에는 주신에 대한 신뢰와 경애가 있었다.

시내의 탐문에서 얻은 정보를 아이즈가 확인해보았다.

"로드 씨네는, 몬스터 퇴치도…… 하나요?"

"아~…… 그렇지 뭐. 주민들한테 부탁을 받아서, 고기 잡으러 나간 김에 해치우고 올 때도 있어."

던전에서 직접 태어나지 않는 번식 탓에 약해진 지상의 몬스터라면 '은혜'를 받은 어부들만으로도 충분하다. 몬스터만이 아니라 해적까지도 격퇴하는 그들은 강하다. 이야기를 들어보니 어렸을 때부터 수십 년이나 대해에 나가 몇 번씩 아수라장을 겪었던 로드는 Lv.2가 되었다고 한다. 아이즈가 보기에도 일부 어부들은 하급 모험자의 중견 정도 실력이 있을 것 같았다.

어지간한 사태가 벌어지지 않는 한 거친 일은 자신들이 해결해버리고, 오라리오에서 모험자가 파견되는 일도 별로 없다고 한다.

"바다나 호수에서 식인꽃 몬스터를 본 적은…… 있나요?"

"어제 나왔다는 괴물 말이야? 난 오늘 아침에 바다에서 막 돌아와서 실물은 못 봤지만……. 나도 좀 물어볼게. 아쿠아 서펀트는 아니었지?"

굵은 두 팔로 팔짱을 낀 로드에게 아이즈와 일행은 고개를 끄덕여 대답했다.

어부들 중에서도 가장 멜렌 근처의 수역에 정통한 남자는 복잡한 표정을 지으며 말을 시작했다.

"솔직히 짚이는 데는 있어. 조업 도중에 롤로그 호수나 이 근처 바다에서 몇 번인가 본 적이 있거든. 긴 몸통을 가진 뱀 같은 그림자가 배 밑에서…… 물속에서 헤엄을 치는 걸 말이야."

"……!"

"난 그게 아쿠아 서펀트 같은 놈이라고 생각했는데……."

여기까지 이야기한 로드는 말을 끊고 고개를 들었다.

"하지만 댁들이 말하는 괴물이 우리를 습격한 적은 한 번도 없었어."

로드가 둘러보니 다른 어부들도 그에게 동조하듯 고개를 끄덕였다. 습격을 당한 적도 없고, 모습을 뚜렷이 본 적도 없었다고.

그 이야기에 아이즈도 레피야도, 티오나와 티오네도 떨떠름한 표정을 짓고 말았다.

그때 문득 티오나가 물었다.

"응……? 저기, 허리에 찬 그 자루는 뭐야? 어부들은 다들 가지고 있는 것 같은데."

그녀의 말대로 어항을 오가는 어부들의 허리에는 모험자들이 자주 사용하는 파우치보다도 큼지막한 천 자루가 달려 있었다.

"오, 이걸 알아봤네!"

티오나의 지적에 로드가 어딘가 기뻐하는 목소리로 대답했다. 비장의 장난감을 자랑하는 어린아이처럼 허리에 찬 자루를 오른손으로 들어올린다.

"이건 마법의 가루인데, 수면에 뿌리면 몬스터가 다가오지 못한다고!"

"뭐어?!"

자신만만하게 말하는 로드에게 티오나는 물론 다른 단원들도 깜짝 놀랐다.

안에 대체 뭐가 들어 있을까 싶어 자루를 받아든 티오나는 꼭 닫힌 주둥이를 힘차게 열어보았다.

"앗, 조심해."

"어? 뭘—— 으악, 냄새!!"

그 순간 피어나는 자극적인 냄새에 자루를 든 티오나가 벌렁 나자빠졌다. 아이즈와 레피야도 창졸간에 손으로 코를 가렸다.

"미리 말 좀 해줘~! 뭐가 들어 있는 거야, 이거~!"

눈물을 그렁거리며 티오나는 자루에 든 것을 바라보았다.

레피야나 다른 단원들도 냄새를 꾹 참으며 티오나에게 다가가보았다.

"생물, 인가요? 이런저런 것들이 가루 형태로 뒤섞인 느낌인데…….."

"색깔이 어쩐지 징그러워~."

붉은색이며 노란색, 검은색 등 온갖 색깔이 뒤섞인 가루
는 냄새까지 지독해 생물의 시체를 짓이겨 모아놓은 느낌
을 주었다. 번들번들 가느다란 빛을 뿜어내는 수수께끼의
가루에 티오나는 얼굴을 찡그렸다.

"몬스터를 다가오지 못하게 한다니……. 그런 아이템은
오라리오에도 없었죠?"

"반대로 미끼 아냐? 트랩 아이템 같은 걸 섞어서, 배를
습격하려는 몬스터를 정신 팔리게 만든다거나~ 뭐 그런."

자루의 내용물을 확인한 레피야와 티오나, 다른 단원들
이 소곤소곤 이야기를 나누었다.

레피야의 말대로, 몬스터를 다가오지 못하게 하는 편리
한 아이템은 오라리오에서도 판매되지 않는다.

그러나 아이즈만은 동등한 효과를 가진 아이템에 짚이
는 구석이 있었다. 며칠 전, 결사행 끝에 제18계층으로 피
난했던 벨에게 들은 이야기였다. 친한 파벌의 약사가 우연
의 산물로 '냄새 자루'라는 것을 만들어냈다고.

강렬한 악취를 뿜어내는 그 아이템은 '중층' 몬스터를 다
가오지 못하게 하며, 벨 일행이 세이프티 포인트에 도달한
것도 그 효력 덕이라고 했다. 이 가루도 그 냄새 자루와 비
슷한 아이템인지도 모른다.

하지만…… 이 정도의 냄새로, 그것도 수생 몬스터를 다

가오지 못하게 만드는 것이 가능할까?

"이 가루는 오라리오에서 발명한 거라고 들었는데?"

의아해하는 레피야 일행을 보며 로드를 비롯한 어부들도 이상하다는 표정을 지었다.

"그 왜, 있잖아. 오라리오에는 그 엄청난, 하제제우스던가, 카키세루스던가 하는……."

"【페르세우스】?"

"맞아맞아, 그거그거. 그 사람이 만든 거 아냐?"

분명 그 희대의 아이템 메이커라면 해낼 수 있을 법하지만……. 레피야 일행은 영 수긍이 가지 않는다는 표정을 지었다. 마법의 가루인지 뭔지의 효과가 진짜라면, 오라리오를 놔두고 멜렌에 유통시키는 이 상황을 이해할 수 없던 것이다.

"어, 로드 씨네는 이 가루를 어느 분께 받았나요?"

"볼그 아저씨…… 머독 시장님 집에서. 도시에서 사다가 공짜로 우리에게 나눠주셔. 어부들만이 아니라, 멜렌에 곧잘 드나드는 배에까지. 벌써 한참 됐는걸? 그 아저씨도 정말 좋은 사람이라니까."

레피야의 물음에 로드는 선선히 대답해주었다.

"뭐, 뿌린다고 해봤자 '레이더 피시' 같은 놈들은 덤벼드니까 완벽하다고는 못하겠지만……. 그래도 이 가루 덕에 몬스터의 피해는 확실하게 줄었어."

이제는 어느 배에서나 반드시 이 가루를 뿌리며 다닌다

고, 어부들의 우두머리는 설명해주었다.

'어제 【칼리 파밀리아】가 식인꽃에게 습격당했던 이유는…… 혹시 이 가루가 없어서?'

로드의 말을 들은 아이즈는 생각에 잠겼다.

멜렌 출신 어선도, 항구를 자주 이용하는 여객선이나 범선도 이 가루를 가졌다. 반면 【칼리 파밀리아】가 멜렌에 입항한 것은 이번이 처음이다. 당연히 가루의 존재 따위 몰랐을 것이다.

"…………."

아이즈는 티오나에게 자루를 받아 손을 넣어보았다. 여러 가지 색깔이 뒤섞여 어렴풋이 빛을 내는 분말을 떠 손바닥에서 가만히 흘려보았다. 흘러 떨어지는 그 가루를 가만히 응시했다.

"그런데…… 【로키 파밀리아】 여러분. 그 아마조네스들은 어떻게 좀 안 될까?"

"……무슨 일 있었어요?"

"아니, 그런 건 아니지만…… 어부들도, 시내 사람들도 완전히 겁을 먹었거든. 그 여자들, 엄청나게 강하다는 건 보면 알 수 있고, 그런 사람들이 제 집인 양 길 한복판을 걸어다니니……."

우연이지만, 길드가 리베리아에게 타진했던 것과 같은 내용이었다. 로드는 머리를 긁으며 【칼리 파밀리아】에 대해 상담했다. 티오나가 조용한 표정으로 듣고 있으려니 다른 어부들도 매달리듯 호소했다.

"그 녀석들 무서워!"

"맹수라고, 맹수!"

울상을 지으며 애원하는 그들에게 단원들도 난감해했다.

"…………."

그런 가운데, 혼자 떨어진 곳에 서 있던 티오네는 날카로운 눈빛으로 시내 방향을 노려보고 있었다.

"──로드, 큰일 났어!"

그리고 금세 어부들과의 대화가 중단되었다. 숨을 헐떡이는 수인 어부가 어항으로 달려왔던 것이다.

무슨 일이냐고 묻기도 전에 청년은 빠른 어조로 외쳤다.

"대로에서 아마조네스들이 소란을 일으켰는데, 마크랑 애들이 붙들렸어!"

어항의 소동이 경악으로 바뀐 것은 한순간이었다. 낯빛이 바뀐 로드와 어부들 옆에서 아이즈 일행도 눈을 크게 떴다. 술렁임이 눈 깜짝할 사이에 퍼지고, 티오나만은 흠칫해 주위를 둘러보았다.

"아차차……!"

그녀는 금세 신음했다. 몇 초 뒤늦게 아이즈도 알아차렸다.

"왜, 왜 그러세요, 티오나 씨, 아이즈 씨……?"

당황한 레피야에게 아이즈와 티오나가 동시에 대답했다.

"티오네가 없어."

"뛰어가버렸어!"

다른 단원들과 그녀가 놀랄 틈도 주지 않고 두 사람은 달려나갔다.

"레피야, 옆쪽 저택에 로키가 있으니까 불러와!"

"먼저 갈게."

지시를 남기고 두 명의 제1급 모험자는 바람이 되었다.

갈팡질팡하면서도 움직이기 시작한 어부들과 【로키 파밀리아】 단원들을 남겨놓고, 시내 방향으로 질주했다.

하늘은 어디까지고 맑았다.

흰 구름이 흘러가는 푸른 하늘은 오늘도 항구도시를 내려다본다. 찬란한 햇살은 기수호의 수면을 아름다운 에메랄드처럼 빛내주었다.

그런 조용한 활기와는 반대로 멜렌의 대로는 평소의 소란을 잊은 채 정적에 잠겨 있었다.

인파의 움직임은 멈춘 상태였다.

아니, 그렇지 않다. 움직일 수 없었다.

말을 잃은 그들의 시선을 모은 이는, 대로 한복판에서 어부의 목을 한손으로 붙잡고 들어 올린 한 아마조네스였다.

"나에게, 뭔가, 볼일?"

서툰 코이네 공통어로 말하는 여자의 얼굴에는 웃음이 맺혀 있었다.

등으로 늘어뜨려 한데 묶은 모래색 장발. 갈색 피부를 드러낸 독특한 의상은 아마조네스의 것이 분명했으며 허리에는 모피가 아닌 인피(鱗皮)——— 용의 '드롭 아이템'인 가죽이 감겨 있었다.

미모라 불릴 만한 것을 갖추었음에도 번들거리는 눈과 치켜올라간 입술은 파충류를 방불케 했다. 요염함과는 거리가 멀었다. 그녀를 앞에 둔 남자가 떠올린 것은 사냥감을 눈앞에 둔 큰 뱀의 광경이었으리라. 사람의 것으로는 여겨지지 않는 긴 혀가 살짝 입술을 핥는다.

여자의 물음에 굴강한 젊은 어부는 아무 말도 할 수 없었다. 나긋나긋하고 가느다란 팔에 목을 붙들린 채, 허공에 뜬 발을 발버둥 치듯 흔들며 숨을 들이마시고자 목을 피리처럼 쌕쌕 울려댔다. 피부에 파고드는 손가락을 필사적으로 떼려 했다.

"용서해줘!! 다, 당신이 너무 예뻐서 넋을 놓는 바람에, 어깨가 부딪쳤던 거야!! 그, 그러니까……!!"

붙들린 어부의 동료가 옆에서 애원했다.

눈꼬리에 눈물을 머금고 갈팡질팡하는 사내에게 아마조네스는 얼굴만을 돌렸다.

"우리나라에서, 전사 어깨 부딪치는 것…… 목숨 건 싸움 신호다."

그 선고에 사내의 얼굴이 창백해졌다.

목을 붙든 손에 꾹 힘이 들어가고 어부의 몸이 경련하듯 떨리기 시작했다.

마침내 비명을 지르기 시작하는 인파 속에서는 여자의 동료인 아마조네스의 무리가 느물느물 웃음을 지으며 지켜본다. 같은 모래색 머리카락을 가진 자매 여성도 표정 하나 움직이지 않은 채 방관했다.

흰자위를 까뒤집으며 팔을 축 늘어뜨린 어부를 올려다보며 여자는 눈을 가늘게 떴다.

그때.

"놔."

여자의 한쪽 팔을, 옆에서 뻗어 나온 갈색 손이 움켜쥐었다.

티오네였다.

"……티오네, 로군."

"놓으라고 했어, 아르가나."

뼈를 부러뜨리려 하는 혼신의 악력에도 여자의 웃음은 전혀 흐트러지지 않았다. 아니, 더욱 짙어지기까지 했다.

쏘아 죽일 듯한 티오네의 시선을 받으며 여자── 아르가나는 완전히 관심을 잃었다는 양 어부를 풀어주었다. 털썩. 사내의 몸이 땅바닥에 허물어진 것과 동시에 티오네도 손을 놓았다.

© Kiyotaka Ha

"어디 갔었나. 너와 티오나, 찾았다."

"공통어도 할 수 있네. 머릿속에 싸우는 것밖에 안 든 원숭이인 줄 알았지."

기절한 어부를 동료들이 열심히 끌고 가는 모습을 곁눈질하며, 티오네는 아마조네스의 언어가 아닌 공통어를 쓰는 상대에게 험악한 표정으로 코웃음을 쳤다.

아르가나는 신경 쓰는 기색도 보이지 않고 희희낙락하며 말했다.

"칼리, 가르쳐줬다. 칼리, 우리에게 뭐든 가르쳐준다. 강해지는 기쁨도……. 바깥세상 사냥감들 뭐라고 하는지도."

그녀의 눈이 인파를 둘러보았다.

"알고 싶었다……. 우리가 노린 사냥감, 무슨 말할지. 분노? 목숨 구걸?"

가학성을 드러내는 아르가나를 보며, 티오네는 침을 뱉고 싶어지는 감정을 실어 혀를 찼다.

하나도 변한 것이 없다. 오로지 강함에만, 피를 흘리는 '투쟁'에만 관심을 두는 것이다.

고국에서도 악연이라 불러야 할 만큼 관계가 깊은 아마조네스를 눈앞에서 보며 티오네는 피가 술렁거리는 것을 억누를 수 없었다.

손이 주먹을 이루고, 꽉 힘을 주었다.

"들었다, 티오네. 바깥세상에서, 아주 강해졌다지."

"…………."

"이것도 들었다. 나와 같은——【분노의 뱀】이 되었다고."

"——어따 대고 똑같다느니 지껄이고 앉았어."

티오네의 안에서 무언가가 뚝 끊어지는 소리가 들렸다.

교정했던 말투가 타고난 것으로 돌아가며 얼굴이 분노로 물들었다.

아르가나는 혀를 뱀처럼 내밀면서 고개를 기울였다.

"그러면—— 얼마나, 강해졌지?"

한순간 대로에 공백의 시간이 발생했다.

다음 순간.

""흐읍!!""

두 사람의 발차기가 상대의 몸에 꽂혔다.

티오네의 상단차기가 왼팔에 가로막히고, 아르가나의 상단차기 또한 왼팔로 방어했다. 눈 깜짝할 사이에 장절한 육탄전이 시작되었다.

"티오네!!"

티오나와 아이즈가 도착한 것도 한 발 늦었다.

사람들이 말려들지 않고자 비명을 지르며 엎치락뒤치락 줄행랑을 치는 광경 너머에서 무시무시한 난타의 무투가 펼쳐지고 있었다. 허공으로 말려 올라가는 검은색과 모래색 장발, 일반인이라면 순식간에 몸이 분쇄될 만한 주먹질과 발차기의 응수. 가드 위에서 울려 퍼지는 둔중한 소리에는 고막이 떨릴 지경이었다.

호각, 아니, 티오네보다도——

너무나 비슷한 체술을 구사하는 두 사람을 보며 아이즈의 가슴에 바늘처럼 작고 날카로운 동요가 내달렸다.

맨손 전투라면 티오네와 티오나는 【로키 파밀리아】 내에서도 비할 데 없는 실력을 자랑한다. 힘이라면 가레스, 속도라면 베이트가 우세하지만 '기술'의 관점에서 보자면 아마조네스 특유의 무술은 누구보다도 처절하고 강렬했다. 아이즈도 검이 없으면 순식간에 땅에 나뒹굴고 말 것이다.

그런 티오네를 적인 아르가나가 조금씩 밀어붙이고 있었다.

긴 팔다리가 뱀처럼 공기를 후려치며 연격을 퍼붓는다. 상대의 수를 읽는 속도도 빠르다. 반격이 날아들기 전부터 행동에 나서고 있다. 계위는 틀림없이 Lv.6.【스테이터스】는 그녀 쪽이 우세하지 않을까.

눈을 형형히 빛내는 아르가나에게 얼굴을 일그러뜨린 티오네는 조바심을 노기로 덧칠하며 지지 않겠노라 공격의 속도를 높였다.

아이즈와 티오나는 밀려드는 인파를 도약으로 쉽게 뛰어넘으며 서둘러 말리고자 했지만,

"!"

그녀들 앞을 가로막는 자가 있었다. 아르가나와 피를 나눈, 모래색 머리를 가진 또 다른 아마조네스.

"비켜, 바체!"

"……루무."

고함을 지르는 티오나에게 무표정한 바체는 입가에 감은 베일 너머로 말했다. 아이즈가 모르는 언어. 그러나 의미를 몰라도 이해할 수 있는 거절의 뜻.

　눈썹을 곤두세운 티오나가 힘으로 밀어붙이고자 오른쪽에서 달려들고, 아이즈는 이에 편승해 왼쪽에서 상대의 옆을 빠져나가고자 질주했다. 호흡이 딱 맞는 제1급 모험자들이 던전 내에서 갈고 닦은 연계를—— 바체는 두 사람을 한 번에 상대했다.

　눈앞에 날아드는 티오나의 철권을 한손으로 받아내고, 거의 동시에 땅을 박차며 아이즈를 향해 날아차기를 펼친다.

　""?!""

　허공에 뜬 자세에서 한쪽 팔만을 움직여 펼친 기술에 티오나는 원을 그리며 나가떨어지고, 아이즈는 무시무시한 각력을 재빨리 피했지만 머리카락 몇 가닥을 잃었다.

　전율을 느낄 틈도 없었다. 땅에 손을 짚은 아이즈와 티오나는 흐트러진 자세를 즉시 회복하려 했지만 바체는 이를 허용하지 않고 달려들었다. 팽이처럼 회전하며 상단, 중단, 하단 온갖 각도에서 연사포처럼 주먹과 발의 비를 퍼부어 좌우에 있는 아이즈와 티오나를 동시에 공격했다.

　——빠르다!!

　냉정한 눈빛과는 달리 노도 같은 연격을 퍼붓는 바체에게 아이즈는 눈을 크게 떴다.

검사인 자신이 무기 없이 이길 상대가 아니었다. 순식간에 깨달은 아이즈는 대용품 무기——정비를 맡겨놓은 데스퍼러트를 대신할 한손검——을 칼집에서 뽑았지만, 그때 나머지 아마조네스의 무리도 달려들었다.

"……!"

임전태세로 들어간 제1급 모험자 두 사람을 상대하기에는 바체라도 불리하다는 사실을 깨달았는지 무기를 들고 전투에 가담한다.

바체는 티오나에게, 아마조네스 무리는 아이즈에게.

이미 격렬한 격투전을 펼친 두 사람의 곁에서 아이즈도 난전에 말려들었다.

"하하하하하하하하하! 변했구나, 티오네! 변했어!"

"큭……!"

——한편, 홍소를 터뜨리는 아르가나와 싸우는 티오네는 분노에 사로잡혔다.

그것은 상대에 대한 격분이었으며, 자신에 대한 분개이기도 했다. 티오네에게는 대미지를 입을 때마다 공격력이 상승하고 분노가 늘어남에 따라 효과가 높아지는 스킬【버서크】가 있다. 이 특이한 기능 덕에 권타의 위력은 계속 올라가기만 하는데도, 아르가나는 방어 너머로 티오네에게 충격을 주고 이쪽의 공격은 흘려버렸다. 적을 파쇄하고도 남는 공격이라 해도 몸에 맞히지 못해선 의미가 없다.

'기술'의 정밀도에서 우세한 아르가나는 거울처럼 티오

네와 흡사한 체술을 구사했다.

그러나 그것도 당연하다.

티오네가 구사하는 체술은 눈앞에 있는 아마조네스가 아픔과 함께 몸에 새겨준 것이었으므로.

"크윽?!"

가공할 올려차기가 티오네를 바로 뒤쪽, 대로에 늘어선 포장마차 앞까지 날려버렸다.

간신히 방어한 티오네는 저릿저릿한 두 팔을 무시하고 즉시 뛰어나가려 했으나── 그때 문득 알아차리고 말았다.

"흐아……!"

'어린아이?!'

자신의 등 뒤에서 겁을 먹은 채 웅크리고 앉은 휴먼 소녀의 존재를.

어째서 여기에.

그런 조바심은 이성을 잃고 대로 한복판에서 전투를 시작해버린 자신의 실수라는 질책으로 금세 바뀌었다. 미처 도망치지 못했던 것이다, 이 소녀는.

눈물을 지으며 올려다보는 아이에게 티오나가 한순간 말을 잃은 사이에 그림자가 육박했다.

"─────."

아르가나였다. 흉악한 웃음과 함께 주먹을 쳐들고 있었다.

몸을 날리면 간신히 회피할 수는 있을 것이다. 그러나 뒤에 있는 소녀는 그럴 수 없다. 공격이 스치기만 해도 마차에 치인 것 이상의 충격이 그녀를 부술 것이며, 땅을 부수는 여파를 받기만 해도 가느다란 팔다리는 부러져 뒤틀릴 것이 분명하다.

그리고 상대는 이 자리에 말려든 소녀 따위 전혀 신경도 쓰지 않는다. 생각해줄 리가 없다.

아마조네스의 두 눈에는 티오네밖에 비치지 않았다.

한 치의 망설임도 없이 아르가나는 대포 같은 기세로 주먹을 내질렀다.

"——큭!!"

소녀를 옆으로 밀쳐낸 티오네의 몸에 주먹이 직격했다.

"티오네?!"

티오네는 굉음을 뿌리며 날아가 뒤쪽의 포장마차를 파괴하고, 뚫고, 그 너머에 있던 건물 벽에 격돌했다. 응전하던 손을 멈추고 돌아본 티오나와 아이즈의 시선 너머에서 요란한 흙먼지가 피어났다.

"커어억……!!"

간신히 방어하기는 했지만 벽에 요란한 균열을 새기며 티오나는 피를 토했다.

한편 공격을 꽂은 아르가나는 눈을 연신 깜빡이며 이상하다는 표정을 짓고 있었다.

"뭐지, 지금……? 감쌌나? 저것을?"

간신히 목숨을 건져 엉덩방아를 찧은 채 떨고 있는 소녀를 보고, 시선을 티오네에게 되돌린다.

"변했다. 너는 변했다, 티오네······. 강해졌지만, 약해졌다."

그리고 진심으로 낙담한 표정을 지었다.

"너는 이제 전사가 아니다."

아르가나의 몸에서 풀이 죽은 것처럼 전의가 사라졌다.

아직까지 그 자리에 발이 묶여 움직이지 못하는 아이즈와 티오나 쪽에서는 공방의 소리가 울려 퍼지는 가운데 티오네는 비틀거리며 일어났다.

"옛날 너는, 저런 쓰레기, 감싸지 않았다. 역시 너는 텔스큐라에서, 우리하고 목숨 걸고 싸웠어야 한다. 계속."

"웃기지, 마······! 누가, 그딴 곳에······!!"

원념을 담은 눈빛으로 대답하는 티오네에게 아르가나는 두 눈을 가늘게 떴다.

그녀의 입술이 그린 것은 조소였다.

"너······ 아직, 셀다스 죽인 것, 후회하나?"

티오네의 시간이 멎어버렸다.

"그 녀석 죽인 덕에, 너, 강해지지 않았나?"

직후, 그녀의 시야가 붉게 물들었다.

"────────────────아아아!!"

언어를 이루지 못하는 포효가 입에서 터져 나왔다.

부상도 아픔도 잊고, 미친 듯이 날뛰는 충동에 사로잡힌 채 티오네는 다시 달려들었다.

"——아나, 그만 하그라."

그러나 자세를 잡은 아르가나에게 주먹이 육박하기 직전.
짝짝, 손뼉을 치는 소리가 대로에 울려 퍼졌다.

조용하면서도 신위가 담긴 그 목소리에 티오네의 몸이
반사적으로 흔들리고, 굳게 움켜쥐었던 주먹은 이성을 되
찾은 것처럼 멈추었다. 아르가나 또한 목소리가 들린 방향
을 돌아보았다.

숨을 헐떡이는 레피야 이하 모험자들을 이끌고 나타난
것은 로키였다.

"이 이상 히트업하면 민폐를 넘어서 마, 간과할 수 없게
되는기라."

어항 방면, 아이즈 일행의 후방에서 나타난 여신은 눈을
가늘게 뜬 채 전장에 제지를 가했다. 흄 바니 라크타가 그
야말로 토끼처럼 움직여 주저앉은 소녀를 전장에서 멀리
피신시켰다.

바체 일행과 싸우던 티오나도 아이즈도 그녀의 모습을
보자마자 주먹과 검을 내렸다.

"아르가나, 바체. 너희도 그만 두거라."

로키와는 반대쪽, 티오네와 아르가나에게 가까운 위치
에서도 목소리가 들렸다. 여러 명의 아마조네스를 대동한
여신, 칼리였다.

"미안하구나, 로키. 바깥세상에 나온 탓에 이 녀석들도

흥분했던 모양이지."

못 말리겠다며, 어딘가 연극적인 말투로 투덜거린 칼리는 로키 쪽을 쳐다보았다.

"고통분담을 하지 않겠나? 그대의 【검희】인지 뭔지에게 본녀의 아이들도 상당히 다친 모양이니."

"아~ 진짜, 알았으니께 냉큼 끄지라. 두 번 다시 우리 앞에 나타나지 말고."

처음부터 끝까지 티오나를 상대로 싸우며 생채기 하나 없이 멀쩡했던 바체와 달리, 나머지 아마조네스들은 크든 작든 부상을 입었다. 찍 소리도 못하게 당한 그녀들은 아이즈를 부모의 원수라도 보듯 노려보았다. 반대로 아이즈는 중과부적이었다고는 하지만 보기 좋게 발이 묶여버렸던 데에 마음을 쓰고 있었지만.

쉭쉭, 벌레라도 쫓아내는 듯한 몸짓을 보이는 로키에게 웃음으로 대답하고 칼리는 발을 돌렸다.

"잘 있거라, 티오네."

"…………."

아이즈와 티오나, 그리고 티오네의 앞에서 눈웃음을 보낸 아르가나, 여전히 말이 없는 바체가 유유히 대로를 걸어나갔다. 아마조네스 집단은 조용히 주신의 뒤를 따라 떠나갔다.

"아, 아이즈 씨, 티오나 씨, 괜찮으세요?!"

"난, 괜찮지만……."

"아야야야…….꽤 당했어~."

로키를 서둘러 데려온 레피야에게 감사하면서 아이즈는 검을 칼집에 거두고, 티오나는 팔을 문질렀다. 그녀의 갈색 피부 곳곳에 타박상이 있었다.

언니와 마찬가지로 상대에게 밀렸던 티오나는 분함을 내비치기는 했지만 지금은 그 이상으로 걱정되는 상대를 쳐다보았다.

"티오네 씨……."

레피야와 아이즈도 그쪽을 보았다.

인기척이 사라진 대로 한복판에서 티오네는 뒷모습을 보이고만 있었다.

멀어져가는 아마조네스들의 등을, 사라질 때까지 쳐다보았다.

"생각보다 심각한 모양이데이……."

로키의 중얼거리는 목소리를 실은 바람이 그대로 티오네에게 닿았다.

검은 장발을 출렁이던 소녀는 피에 젖은 입가를 닦는 것도 잊은 채, 지금도 계속해서 욱신거리는 가슴을 한손으로 꽉 움켜쥐었다.

"큭……."

셀다스.

미미한 추억과 함께 묻혀 있던 이름이 티오네의 마음속을 휘저어댔다.

남의 손에 파헤쳐진 가증스러운 기억이, 떠올리고 싶지도 않은 과거의 단편이 뇌리를 가로질렀다.

갈 곳 없는 감정을 주체하지 못한 티오네는 추억의 경치와 마찬가지로 머리 위에 펼쳐진 푸른 하늘을 올려다보았다.

🔥

그 날도 하늘은 푸르렀다.

작열하는 태양에 그을린 투기장은 처절한 열기에 휩싸였다.

흙이 깔린 광대한 아레나는 선혈로 물들었다.

『제 위가! 제 위가! 제 위가!』

주위에서 치솟는 것은 만뢰와도 같은 제창. 아레나 중심에 선 티오네를 에워싼 격렬한 찬가.

관객석에서 내려다보는 아마조네스들의 축복이 조그만 몸에 쏟아졌다.

『제 위가』. 아마조네스들 중에서도 텔스큐라에만 존재하는 독자적인 언어.

의미하는 바는──『그대야말로 진정한 전사』.

쏟아지는 축사에 청각이 의미를 잃고 모든 소리가 들리지 않게 된 가운데, 어린 티오네는 눈앞의 존재에게 다가갔다. 떨리는 손으로, 피 웅덩이에 잠긴 동포── 자신이 죽인 아마조네스의 가면을 벗겨냈다.

그것은 눈에 익은 얼굴이었다.

티오네의 상처를 치료해주고, 몸을 맞댄 채 잠들고, 메마른 마음을 적셔주었던 자의 얼굴이었다.

언니와도 같은 존재였으며, 티오네가 모정을 갈구했는지도 모르는 소중한 사람이었다.

『셀다스……』

경련하는 입술이 이름을 떨어뜨려도 어둡게 가라앉은 그녀의 눈동자는 두 번 다시 반응해주지 않았다.

'의식'에는 분명히 법칙이 있었다.

그러나 티오네 일행은 그 법칙을 잘못 이해했다.

대수롭지도 않은 것이었다. 같은 방의 동포와 싸우지 않았던 진짜 이유는 시기가 무르익기를 기다렸기 때문이다.

육체라는 '그릇'을 드높이는 한편, 같은 방의 동료들과 유대를 쌓게 한다. 사랑하는 자를 만들게 한다.

그리고 사랑하는 자와 목숨을 걸고 싸우게 한다.

분노를 초극시키기 위해. 슬픔을 넘어서게 하고자. 눈물을 마르게 하고자.

감정을 넘어, 투쟁에 몸을 맡긴 자야말로 '진정한 전사'가 될 수 있다.

모든 것은 '진정한 전사'에 이르기 위한 수단이었던 것이다.

『아, 아──.』

상대의 가면을 벗겼을 때, 티오네는 그때까지 살아오던 세계가 무너지는 소리를 들었다.

사랑하는 이를 해치고, 처음으로 티오네는 윤리관을 얻었는지도 모른다.

괴물과 동포를 살육하면서, 아무것도 의심하지 않고 남의 목숨을 거두어왔던—— 일그러진 윤리관이 이때 처음으로 티오네의 안에서 평범한 것이 되었다.

언니와도 같은, 어머니와도 같은 존재였던 그녀는, 이번에도 아주 평범하고 아주 소중한 것을 가르쳐주었다. 소중한 이가 사라진다는 슬픔과 아픔을.

동시에 티오네는 그녀에게 상처를 입었다. 아니, 그녀가 아니다. 이 나라에게, 저 주신에게, '진정한 전사'를 추구하는 악한 인습과 동포들에게——

티오네는 피눈물을 흘리며 하늘을 향해 포효했다.

『제 위가!! 제 위가!! 제 위가!!』

이를 지켜보던 동료들은 하늘이 무너져라 환성을 질러댔다. 하늘을 향해 포효하는 소녀를 축복했다. 의식을 거쳐 신에 다가선 고대의 전사를 칭송하듯.

아마조네스들의 축사는 이미 저주 이외의 그 무엇도 아니었다.

태어나 5년째 되던 해의 생일. 티오네는 사랑하는 이를 죽이고 Lv.2가 되었다.

그리고 이 날부터 그녀의 눈은 흐려졌다.

하늘에 뜬 달빛이 산을, 숲을, 호수를 공평하게 비춰주었다.

멜렌에는 밤의 장막이 드리워졌다.

야트막한 시벽에 에워싸인 항구도시에서는 북동쪽 방향에 우뚝 솟은 거대한 시벽을 언제 어디서나 바라볼 수 있다. 그것은 한밤이 되어서도 마찬가지다. 내부가 보이지 않는 시벽 너머에서는 빛의 홍수가 분수처럼 치솟는다. '세계에서 가장 뜨거운 도시'라는 선전 문구를 긍정하듯 잠들지 않는 미궁도시는 밤낮이 뒤집힌 것처럼 밤하늘을 향해 광채를 뿜어냈다. 멜렌 주민들에게는 익숙한 경치이며, 오라리오로 가고자 이곳까지 왔던 이들에게는 흥분을 부추기는 광경이다.

그런 오라리오에는 못 미치지만, 멜렌의 밤도 성황이었다.

기둥이며 건물 벽에 매달린 마석등이 빛나고, 등황색 빛이 대로를 가득 채운다. 포장마차가 처마를 맞대고 늘어선 시장의 분위기는 축제마저 방불케 했으며 오가는 사람들이 끊이질 않았다. 조선소의 기술자들이나 어부의 모습이 눈에 띄는 가운데, 여행자들은 해산물 요리에 이끌려 여기저기 가게로 들어갔다.

외국인이 오가는 항구도시는 어딜 가나 사람이 많았다.

주점에서는 수많은 데미휴먼과 얼마 안 되는 수의 신들이 낯선 누군가와 술잔을 나누었다.

"티오네는 좀 어땠노, 리베리아?"

【로키 파밀리아】가 대절한 여관에 가까운 한 주점.

손님들의 소란에 휩싸여 2인용 테이블에 앉은 로키는 가게에 나타난 리베리아에게 물었다.

"티오나와 아이즈가 곁에 붙어 있다만…… 안 되겠더군. 말도 붙이지 못할 지경이었다. 상당히 마음이 거칠어진 듯 보였지."

맞은편의 의자를 끌어당겨 앉은 리베리아는 단적으로 말했다.

"그래서는 위험하다."

단원들과 합류하지 않은 채 정보를 수집하던 리베리아는 낮에 일어난 소동의 현장에 없었던 것을 분하게 여기는 기색이었다.

소란을 듣고 달려온 그녀나 아리시아 팀이 본 것은 휑뎅그렁해진 대로, 그리고 뻣뻣하게 선 티오네와 이를 지켜보는 나머지 단원들의 모습이었다.

허겁지겁 나타난 길드의 루버트 일행에게 일단 사과한 다음 부서진 가게를 수리해주고, 모든 일이 수습된 것이 저녁 무렵. 여관으로 돌아온 후에는 조금 전까지 티오네를 치료하며 달래주었다.

탄식을 참는 리베리아를 보며 로키는 아까 주문해놓았

던 에일을 들이켰다.

"식인꽃이 나온 이상 조사는 계속해야겠지만…… 최악의 경우 티오네랑 티오나만이라도 오라리오에 돌려보내는 기 좋을지도 모르겠데이."

"티오나는 그렇다 쳐도, 지금의 티오네가 얌전히 따를 거라는 생각은 안 드는군……."

"으음~ 내도 나중에 단둘이 함 이야기해볼란다."

로키와 리베리아는 한동안 근심을 나누었지만, 일단 티오네와 티오나 건은 차치해두고 주점을 찾아온 본론, 추격 중인 식인꽃에 대한 정보를 교환하기로 했다.

단원들과는 잠시 떨어져 【파밀리아】의 주신과 부단장은 단둘이 이야기를 시작했다.

"정보부터 함 정리해보꾸마. 티오나랑 티오네는 호수에 뚫린 구멍은 마 이상할 기 없다 캤데이. 봉인은 탄탄하다 카대. 호수를 빠짐없이 디빈 건 아니지만서도 두 번째 던전 출입구랑은 암 관계도 없다 치면……."

"어제 출몰한 식인꽃은 지상을 경유해 기수호에 잠복 중이었다는 뜻이 되겠군."

"그런 기라. 오라리오 지하수로에는 식인꽃이 숨어 있었다. 도시에서 뭔가 수상한 거, 그야말로 몬스터가 담겼을 법한 상자나 우리를 몰래 호수로 빼돌린 놈…… 흑막이 있데이."

로키의 의견에 리베리아도 수긍했다. 이블스의 잔당, 혹은 괴인들과 관계를 맺은 자가 아마도 이 항구에 있다.

"오늘 시내 둘러보고 니는 뭔가 알아낸 거 없나, 리베리아?"

"아마도 그쪽과 비슷할걸. 수역의 치안은 평안 그 자체. 지금은 몬스터보다도 해적이 더 성가시다더군. 식인꽃에 대해서는 어제오늘까지 목격정보도 없었다고 하고."

"길드 지부 쪽은 어땠노?"

"지부장 루버트라는 휴먼 사내가 대응을 해주었는데…… 의문스러운 점이 있기는 했다."

리베리아는 그렇게 말하고 한쪽 눈을 감았다.

"수상쩍었다 그 소리가?"

"부자연스러웠지. 실제로는 곤란하지도 않은 화제를 꺼내, 내 관심을 식인꽃에서【칼리 파밀리아】로 돌리려 하더군."

리베리아가 루버트에게 느꼈다는 위화감을 로키는 전면적으로 믿었다.

핀의 두뇌나 '감'도 의지가 되지만, 리베리아의 통찰력도 날카롭다. 눈앞에 있는 사람의 마음 변화를 간파하는 그녀의 눈은 이미 거의 모녀관계와 비슷한 아이즈도 버거워할 정도였다.

"아리시아가 만나봤던 시장 이야기는 뭔가 들어봤노?"

"길드와의 관계를 의심받아 문전박대를 당했다더군. 말도 붙이지 못할 정도였다지. 이야기만 듣자면 상당히 일방적이었던 것 같았다."

"흐음…… 길드랑 관련이 있다 캐도, 외부인인 우릴 말이가."

잔에 입을 가져다대며 로키는 조금 수긍이 가지 않는다는 표정을 지었다.

연녹색 오일과 소스를 끼얹은 생선 요리 등 술안주를 깔짝거리며 생각에 잠긴 그녀를 한동안 바라보던 리베리아가 문득 되물었다.

"그쪽은 뭔가 수확이 없었나? 뇨르드에게 다녀왔을 텐데."

그 물음에 로키는 입을 다물었다. 포크로 안주를 찔러대던 손을 멈추고, 흘끔 리베리아의 얼굴을 쳐다본다.

"봐라, 리베리아…… 뇨르드는 **문제 있는 것 같드나?**"

그 발언에 리베리아는 비취색 두 눈을 놀라움으로 물들였다.

"설마 의심하나? 뇨르드를?"

"쪼끔이긴 한데……."

"그럴 리가. 믿을 수 없다. 짧은 교류였다고는 하나 오라리오에 들어가려 하던 우리에게 뇨르드는 그렇게나 잘 해주지 않았던가. 그는 신격자야."

자신의 눈으로 보았던 것을 믿는 하이엘프의 어조에 로키는 붉은 머리카락을 벅벅 긁었다. 그 정도는 천계 시절부터 알고 지냈던 그녀야말로 잘 안다. 하지만 간과할 수 없는 장면이 그와의 대화 속에 있었다.

"얼라들 상대하곤 달라서, 신의 눈으로 봐도 같은 신의 거짓말은 간파 못하는 일이 많데이. 캐도…… 뇨르드는 그나마 거짓말이 서툰기라. 내가 보기에는 말이제."

자신에게 등을 돌린 채 시선을 맞추지 않으려 하던 남신의 옆얼굴을 떠올렸다.

로키는 그때 감을 잡고 말았다.

"뇨르드는 내한테 뭔가 숨기는 기 있데이."

"……그것이 식인꽃과 관계가 있단 말인가?"

"그것까진 모르겠는데…… 수상쩍은 건 확실하데이."

단언하는 주신에게 리베리아는 믿을 수 없는 이야기라며 고개를 가로저었다. 버들잎처럼 모양 좋은 눈썹을 늘어뜨린다.

하지만 로키는 멜렌에서 전에 느껴본 적이 없는 분위기를 느꼈다. 평화로우면서도 식인꽃의 그림자가 어른거리는 항구도시. 불온과도 다른, 말하자면 여러 단원들도 느꼈던 사항에 대한 모순. 이에 대한 위화감. '이해불가' 한마디가 가장 딱 맞는 표현인 것 같았다.

로키는 마음속으로 고개를 꼬았다.

"이야기가 쫌 거창…… 아니, 성가시게 됐데이."

의심스러운 존재가 여럿. 인물과 신물만을 보자면 셋.

길드 지부의 루버트, 시장 볼그, 그리고 【뇨르드 파밀리아】의 주신.

이 중 누군가는 로키가 말하는 흑막일 가능성이 높다.

"……【칼리 파밀리아】에 대해서는 어떻게 생각하지?"

뇨르드에 대해 고민에 잠겼던 리베리아가 갑자기 말을 꺼냈다. 로키는 잠시 입을 다물었다.

　"이 시기에 온 그들이 무관하다고 보나?"

　"티오네랑 티오네는 걱정이지만서도, 마 내는 결백하다 본다. 캐도 전혀 무관하다 카는 것도……."

　떨떠름하게 대답한 로키는 간격을 두고 자신의 직감을 말로 바꾸었다.

　"먼가 '실'이 얽혀 있는 것 같데이. 워낙 가늘어서, 눈에 힘 팍 주고 봐야 간신히 보이는…… 아~주 얄팍한 '실' 말이데이."

　눈을 가늘게 뜬 로키는 독백하듯 그렇게 말했다.

　리베리아도 턱에 손을 대며 생각에 잠겼다.

　끊어진 대화의 틈새를 누비고 손님들의 소란이 두 사람의 귀를 두드렸다. 생각의 톱니바퀴가 윤활유를 대신하려는 양 술을 원해 로키는 에일을 들이켰다. 금세 잔이 비고 말았다. 혀를 찬 여신은 빈 피처 잔을 휘두르며 외쳤다.

　"아재, 여기 한 잔 더 도고!"

　"잘 드시는구만요, 여신님. 무슨 일 있었습니까요?"

　"음— 마, 이래저래? 귀여븐 얼라들 문제도 있꼬, 이것저것 생각해야 할 일이 많다 안하나. 팍 홧술 마시삐고 싶데이."

　라쿤(너구리 수인) 주인은 이미 빈 피처 잔을 챙기고 새 에일이 담긴 잔을 놓았다. 그가 슬쩍 시선을 보내자, 주류를

입에 대지 않는 리베리아는 알브의 정수를 한 잔 주문
했다.

"내 좀 바라, 아재. 요즘 머 이상한 이야기 없나? 사소한
거라도 좋은데, 이거다 싶은 거 있으면 좀 말해도고."

새로 받은 술을 눈 깜짝할 사이에 절반가량 마신 로키는
별로 기대하지 않으며 물어보았다.

"어디보자…… 아, 그러고 보니."

나이 지긋한 라쿤은 무언가가 떠올랐다는 듯 말을 꺼
냈다.

"요즘 시내에서 아마조네스를 곧잘 보게 됐던 것 같은뎁
쇼……."

"아마조네스……?"

리베리아가 반응하자 점주가 설명을 이어나갔다.

"네. 그 여신님이 이끄는 【파밀리아】가 오기 전부터였습
죠. 멜렌도 뒷골목으로 가면 창관 같은 거야 얼마든지
있지만요. 아무래도 이 도시 여자들이 아닌지 처음 보는
얼굴이라……. 여긴 오라리오의 현관이고, 매일 수많은 사
람과 물건이 드나드니 기분 탓인지도 모르겠지만요."

무언가가 마음에 걸린다는 듯 주인은 연신 고개를 갸웃
거렸다.

그 말을 들은 로키와 리베리아는 얼굴을 마주 보았다.

마석등 불빛을 어둑하게 켜놓은 실내는 곳곳에 벨벳 휘
장을 드리워놓았다.

융단이며 항아리, 소파에 이르기까지 이곳에 놓인 세간
은 모두 다홍색이었다. 자칫하면 창관을 방불케 하는 실내
는 음탕하게도 여겨졌다. 창문은 하나도 없다. 지하에 마
련된 넓은 방이었다.

실내에는 수많은 아마조네스가 있었다. 투의(鬪衣)를 두
른 전사들, 【칼리 파밀리아】였다.

아르가나를 비롯한 권속들이 각자 편한 자세로 앉아 있
는 가운데, 소파에 드러누운 칼리는 자못 지루하다는 듯
흐아암 조그만 입을 크게 벌리고 하품을 했다.

"…………."

문득, 혼자 말없이 있던 바체가 방의 출입구로 시선을
돌렸다. 이에 호응하듯 하나뿐인 문이 열렸다.

"──다들 모였나 보네."

그곳에서 나타난 것은 갈색 피부의 여신이었다.

금은으로 만든 서클릿, 귀걸이, 목걸이, 팔찌와 발찌. 장
신구 외에 의류라 부를 만한 것은 허리가리개와 허리띠,
그리고 가슴을 가리는 띠뿐이었다. 풍만한 가슴이며 싱그
러운 팔다리, 잘록한 허리 등 여신의 모든 것은 남자의 욕
정을 자극하기 위해 존재했다. 무엇보다 그녀는 그 어떤

것보다도 **아름다웠다**. 옷은 그녀의 '아름다움'을 방해하기에 맨살을 드러내는 것이었다.

여신이 나타난 순간, 싸움밖에 모르던 텔스큐라의 아마조네스들은 넋을 잃어버렸다.

언어로밖에 알지 못했던 '경국지색(傾國之色)'이 있다 해도 이 여신 앞에서는 빛이 바랠 것이라고 본능으로 이해하고 말았다. 동성임에도 영혼이 빠져나간 빈 껍질처럼 입을 벌리고, 뺨을 붉히고, 망아의 지경에 빠져들었다. 아르가나는 흥미롭다는 듯 시선을 보냈으며 바체는 꾹 참으려는 듯 미간에 주름을 지었다가 이내 고개를 돌렸다.

신들조차 저항하기 힘든, 성별을 불문하고 현혹하는 마력이 방에 충만했다.

여신은 한 손에 든 곰방대를 빙글빙글 돌리며 고혹적으로 눈을 가늘게 떴다.

"겨우 왔구먼……. 고대하였네."

소파에서 몸을 일으킨 칼리만이 평소와 다를 바 없는 대담한 미소를 건넸다.

여신이 방 안쪽으로 나아가자 뒤에서 그녀의 권속들이 속속 입실했다. 칼리의 아이들과 같은 아마조네스였다.

2M이 넘는 거구를 자랑하며 몬스터와 분간이 가지 않는 거녀(巨女), 긴 다리를 가진 아름다운 여걸. 가슴의 계곡이며 아낌없이 드러내며, 허리를 강조하는 의상을 두른 여전사들은 모두 —— 예외는 있지만 —— 하나같이 선정적이

었다. 동시에 빈틈없는 몸놀림은 실력파임을 말해주었다.

요염한 여신은 칼리의 정면 소파에 앉았다.

아르가나를 비롯한 【칼리 파밀리아】의 단원들이 주신의 뒤로 이동하자 상대 아마조네스들도 마찬가지로 주신의 뒤에 섰다.

마침 방 한복판에 있던 테이블을 경계로 여신과 권속들, 양 진영이 대치했다.

"새삼스럽지만 확인하겠네. 그대가 이슈타르인가?"

"맞아."

칼리의 물음에 상대 여신—— 이슈타르는 웃음을 지으며 긍정했다.

【이슈타르 파밀리아】.

미궁도시 내에서도 손꼽히는 전투력을 보유한 대형 파벌이다.

도시 남동쪽에 존재하는 '환락가'를 영역으로 삼으며, 그 넓디넓은 세력권은 오라리오 최고라 해도 과언이 아니다. 전투원인 아마조네스는 전투창부, '바벨라'라고 불리며, 그들의 힘은 상급 모험자들도 두려워할 정도다.

파벌의 주인은 '미의 신' 이슈타르.

향기마저 풍길 것 같은 '아름다움'의 화신 그 자체이며, 만인을 포로로 삼는 마성의 여신이다.

창관 거리를 좌지우지하는 일대 세력을 앞에 두고 칼리는 주눅 들지도 않은 채 말했다.

"일부러 변경 땅에 있는 본녀의 【파밀리아】에 '의뢰'를 하다니, 그대도 별난 자로고."

"그건 편지를 몇 번이나 보내 설명했을 텐데. 나는 이용할 수 있는 건 뭐든 이용해."

칼리 일행이 이곳 멜렌에 온 것은 눈앞에 있는 이슈타르 때문이었다. 어느 날, 이슈타르의 이름이 적힌 의뢰서가 칼리 앞으로 도착했던 것이다.

"모든 것은 그 여자—— 프레이야를 쓰러뜨리기 위해서야."

이슈타르는 자수정과도 같은 눈에 어두운 불꽃을 맺었다.

【로키 파밀리아】와 어깨를 견주는 미궁도시의 쌍벽, 최대 파벌의 주신인 동시에 자신과 같은 '미의 신'인 프레이야를 이슈타르는 증오했다.

지위와 명성만이 아니라, 자신을 제쳐놓고 세계에서 가장 아름답다는 찬미를 누리는 미신을 누구보다도 질투했던 것이다.

단순한 '여신의 질투'라 우습게 보아서는 안 된다. 신들이 강림하기 전부터 그런 말이 있었듯, 그녀들의 질투는 인간의 운명마저 뒤틀어버리고 틈만 나면 하계에 혼란을 초래했던 것이다.

이슈타르는 반드시 프레이야를 타도하고자 했다. 그리고 그런 계획에 협조하도록 칼리에게 의뢰를 했던 것이다.

"처음에 밀서가 왔을 때는 무슨 일인가 하였네."

© Kiyotaka Haimura

이슈타르는 1년쯤 전부터 텔스큐라에 서한을 보냈다.

【프레이야 파밀리아】의 전력은 틀림없는 오라리오 최강. 자신의 파벌만으로는 당해낼 수 없으리라는 것쯤은 이슈타르도 잘 알았다. 그러므로 하계에서도 얼마 안 되는 세계세력, 오라리오의 제1급 모험자에 비견될 만한【칼리 파밀리아】에 눈독을 들였으며, 이를 이용하지 않을 이유가 없다고 생각했던 것이다. 편지 외에도 귀중한 권속을 몇 번이나 보내 타진했다.

처음에는 의뢰서의 진위를 의심했던 칼리 일행도 사자가 오고, 공물을 대신할 제1등급 무장이 도착할 때마다 조금씩 믿게 되어 이슈타르의 제안을 고려해보기에 이르렀다.

"흥, 그런 것치고는 아주 선선히 받아들인 것 같은데?"

"두 번 다시없을 기회이니 말일세……. 다른 곳도 아닌【프레이야 파밀리아】와의 싸움이라면 말이지. 그대도 희망이 있다고 내다보았기에 우리를 선택한 것 아니겠나? 그대는 본녀를 잘 알고 있어."

본국을 떠나서까지【칼리 파밀리아】가 이슈타르의 의뢰에 호응한 것은 다른 이유가 아니었다. 강자와의 투쟁을 바랐기 때문이다.

세계 최강이라 명성이 자자한 오라리오, 그중에서도 정점에 군림하는【프레이야 파밀리아】와의 투쟁.

투쟁에 굶주린 칼리와 아마조네스들에게 이만큼 가슴

뛰는 일은 별로 없을 것이다. 여신들의 이해는 완전히 일치했다.

어린 여신과 엷은 웃음을 나누며 이슈타르는 갈색의 가느다란 다리를 꼬았다. 그 일거수일투족에 칼리 측 아마조네스들의 시선이 이리저리 흔들리는 것을 곁눈질하며 곰방대를 입에 문다.

"일단 개전 순서만 전해두겠어. 제멋대로 설치면 우리도 곤란하니 말이야."

"뭔고. 신용이 없구먼."

"뻔뻔하게 무슨 소릴 하는 거람, 짐승들이."

너스레를 떠는 칼리에게 이슈타르가 연기를 토해냈다.

시선을 돌려보면, 칼리의 뒤에서는 아르가나를 비롯한 단원들이 호전적이면서도 도발적인 미소를 짓고 있다. 이슈타르의 권속들에게 보내는 미소였다. 이쪽도 거녀를 비롯한 자들이 험악한 시선으로 받아치고 있다. 연맹을 맺으려 하는데 실내에는 일촉즉발의 공기가 흐른다.

험악한 분위기를 끊어버리듯 이슈타르는 권속의 이름을 불렀다.

"사미라."

한 걸음 앞으로 나선 회색 머리카락의 아마조네스는 여신들 사이에 놓인 다리 짧은 테이블 위에 두루마리를 펼쳤다.

"우리의 영역은 여기, 남동쪽 일대의 환락가야. 반면 프레이야네 홈은 남쪽 변화가 중심. 그리고 지금 있는 멜렌은 오라리오에서 남서쪽이지."

"흠흠…… 그렇구면. 피차의 위치관계로 보자면 이미 프레이야의 진지를 사이에 끼고 있는 셈이야."

이슈타르의 가녀린 손가락이 지도 위를 이동하고 몸을 내민 칼리는 연신 고개를 끄덕였다.

"하면, 협공인가?"

"바로 그거지."

이슈타르는 만족스럽게 웃었다.

"개전하자마자 결판을 내버리는 거야. 프레이야 일당이 우리에게 정신이 팔린 사이에 너희는 도시로 침입해서 뒤를 쳐."

이슈타르가 도시 내의 파벌과 결탁하지 않는 이유는 계획의 극비성 외에도 완벽한 기습을 노린다는 점에 있었다. 도시 밖의 세력이 시벽을 통과해 쳐들어온다고 하면 최대 파벌【프레이야 파밀리아】에게도 기습이 될 것이다.

그런 복병들이 Lv.6이나 되는 전력을 보유했다면 더더욱.

"그 거대한 시벽은 어떻게 하란 말인가? 분명 문지기도 있을 터인데."

"알베라 상회…… 내 말이면 껌뻑 죽게 된 녀석들이 있어. 짐짝에라도 들어가 검문을 통과시키면 돼. 뭣하면 전날 내가 직접 나가서 문을 열어놓을게."

그 누구라도 거역할 수 없는 '매료'의 힘을 구사하겠다는 뜻을 내비친 이슈타르는 이내 입가를 틀어 올려 웃었다.

"준비가 갖춰지는 대로 우리가 프레이야의 진지로 쳐들어갈 거야. ……항쟁 시작이 신호야."

아름다움을 관장하는 여신임에도 지금의 이슈타르는 '흉맹하다'고 형용하기에 부족함이 없었다.

도시 밖의 세력을 끌어들여 시벽 안으로 안내하다니, 이는 중대한 문제가 된다. 하지만 이슈타르는 길드를 적으로 돌려도 상관이 없었다. 이는 모두 굴욕을 곱씹었던 여신의 집념이 등을 떠민 결과였다.

계획의 전모를 모두 설명한 이슈타르에게 칼리가 눈을 가늘게 떴다.

"허어, 역시 여신의 질투만큼 추한 것도 없구먼. 도가 지나친 아름다움과 이에 대한 자긍심이란 것도 이렇게 되면 추악으로 전락하는 법이로고."

외견과 목소리는 어린아이지만 어조와 눈빛은 모든 것을 꿰뚫어 보는 노파 그 자체였다. 칼리는 능글능글 웃으며 통렬하게 비아냥거렸다.

"마음대로 떠들어."

이슈타르는 이를 웃음 한 번으로 일축해버렸다.

"그 여자를 거꾸러뜨릴 수만 있다면── 난 무슨 짓이든 해."

그 미모에 처절한 웃음을 새기며.

이때 칼리의 아마조네스들은 넘쳐나는 강렬한 신위에

분명히 압도당하고 있었다.

"계획에 관해서는 이걸로 끝. 이 정도라면 짐승들이라도 할 수 있겠지?"

"후후, 아주 통렬하게 말하는구먼. 허나 실제로 단순하고 좋네. 오늘 처음 얼굴을 본 그대들과의 연계 따위 바랄 수도 없을 테니 말이야."

상대의 신위를 기분 좋다는 듯 받아넘긴 칼리는 고개를 끄덕였다. 이어서 질문을 건넸다.

"헌데 가장 중요한 기일은 어떻게 되나?"

"예정보다 준비가 늦어지고 있어. 계획을 실행으로 옮길 그 날까지 이 여관은 마음대로 쓰도록 해."

"통도 크구먼."

"일부러 수배해주었으니 고맙게 생각해."

입항 허가증부터 지금 있는 여관까지, 칼리에게 필요한 것은 모두 이슈타르 측이 마련해주고 있었다. 이 날까지 이슈타르의 권속들은 내밀히 오라리오를 나와 빈번히 멜렌을 드나들었던 것이다. 어떤 주점에서 소문이 났던 아마조네스란 바로 【이슈타르 파밀리아】의 단원들이었다.

"허나 극상의 진수성찬을 눈앞에 놓고는 한참을 기다려야 하다니……. 어서 한바탕 겨루어보고 싶구먼. 그렇지 않으냐, 아르가나?"

"맞아, 칼리."

칼리가 소파에 몸을 기대며 고개를 젖히자 바로 뒤에 서 있던 아르가나는 뱀과도 같은 웃음을 떨구었다.

"특히 그【맹자】하고는 무슨 수를 써서라도 겨뤄보고 싶어."

"그 멧돼지는 프레이야의 자식들 중에서도 탁월하게 강해. 괜히 제멋대로 나서지는 마."

"알았네, 알았어. 기다려줌세."

연기를 뿜으며 못을 박는 이슈타르에게 칼리는 토라진 어린아이처럼 손을 내저었다.

"헌데 이슈타르. 그대의 아이들은 이곳에 있는 것이 전부인가?"

"멍청한 소리 하지 마. 우리【파밀리아】는 국가계만큼 수가 많아. 거의 도시에 남았어. 주력은 데려왔지만. 그게 왜?"

본인도 텔스큐라에 대부분의 권속을 두고 왔을 칼리에게 되받아치자, 그녀는 고개를 갸웃했다.

"협공한다고 했네만, 그대들만 가지고 맞서 싸울 수 있겠나? 지금 말이 나온【맹자】는 Lv.7이고【스테이터스】만 보더라도 여기 아르가나와 바체마저 웃돌지. 항쟁이 시작된 순간 모조리 유린당해버릴 것처럼 보이네만?"

이슈타르의 아마조네스들을 바라보며 칼리는 기탄없는 의견을 제기했다.

실제로【이슈타르 파밀리아】의 최고 계위는 Lv.5. Lv.6이 있는 자신의 파벌과 비교해도 칼리의 눈에는 매우 못미더워 보이리라.

역부족이라고 노골적으로 지적하는 여신에게 살기를 풍

기는 아마조네스들을 내버려둔 채, 주신인 이슈타르는 씨익 웃었다.

"걱정은 필요 없어. '비밀병기'가 있으니까."

그렇게 말하며, 미의 여신은 대각선 뒤로 시선을 보냈다.

도열한 아마조네스들 가운데에는 유일하게 종족이 다른 권속이 있었다. 날개옷 같은 순백색 천을 머리부터 뒤집어 써 얼굴은 보이지 않지만 허리 언저리의 불룩한 것은 수인 특유의 꼬리일 것이다. 자태로 보건대 소녀. 몸에 걸친 의 상과도 맞물려 로브를 두른 사제, 혹은 두건으로 얼굴을 감춘 무녀를 연상케 했다.

패기는 전혀 느껴지지 않았으며, 목소리를 죽인 채 그저 조용히 그곳에 서 있었다.

"……흠음?"

칼리는 흥미진진하게 소녀를 바라보았다. 얼굴을 감춘 천 안쪽에서 엿보이는 아름다운 옥색 눈동자를 응시했다. 이내 긴 다리의 여걸이 험악한 표정을 지으며 소녀를 등 뒤로 감싸 시선을 차단해버리고 말았지만.

"운반 담당자에게 필승의 책략을 보내놓았어. 너희에게 도 단물을 좀 나눠줄게. ……그걸 받은 후 연회가 시작될 거야."

이슈타르가 선고하고, 그녀의 권속들은 흉흉한 웃음을 지었다.

이를 따르듯 칼리 쪽의 아마조네스들도 웃었다.

"'비밀병기'란 것이 뭔지 마음에 걸리네만…… 뭐, 알아서 하겠거니. 이야기는 대충 파악했네. 일단 전쟁 때까지 시간은 있다는 뜻이렷다?"

"그래."

"그렇다면 이슈타르, 먼저 보수에 대해 이야기를 마쳐놓고 싶네만."

깊은 색조 때문에 보라색으로도 보이는 흑발을 출렁이며 이슈타르는 제안에 응했다.

"보수로 재물이라면 얼마든지 주겠어. 원하는 액수를——."

"돈은 필요 없네. 필요 없게 되었어. 다른 보수를 얻고 싶네."

"?"

"아울러 그 보수를 미리 받고 싶네."

불온한 분위기를 내비치는 칼리의 발언에 이슈타르는 얼굴을 찡그렸다.

눈을 바늘처럼 가늘게 뜨고, 정면에 있는 상대의 얼굴을 살핀다.

"……말해봐."

"지금 【로키 파밀리아】가 이 항구도시에 있네. 어허, 오해하지 말게나. 우리가 이곳에 온 것과는 상관이 없어. 우연이지. 듣자하니 식인꽃인지 뭔지 하는 몬스터를 추적한다던걸."

"식인꽃……? 아아, **그거.**"

이슈타르는 무언가 생각나는 것이 있는 듯 한순간 비웃음을 흘렸다.

"그래서? 설마 너……."

"정답일세. 그 자들과 싸우고 싶네."

긍정하는 칼리에게 이슈타르는 즉시 두 눈썹을 틀어 올렸다.

"웃기지 마! 프레이야의 권속들도 터무니없지만 그놈들도 보통이 아니라고. 프레이야와 싸우기 전에 문제가 생길 게 뻔해."

분명 돌이킬 수 없는 피해가 생길 것이라고 목소리를 높이는 이슈타르에게 칼리는 두 팔을 들어 제지했다.

"미안하네, 미안해. 그 【파밀리아】라는 말에는 어폐가 있었네. 본녀가 노리는 것은…… 어떤 자매라네."

칼리가 그렇게 말한 순간 등 뒤에 있던 아르가나가 입가를 쭉 찢으며 웃었다.

"로키 밑에는 본녀의 자식이 있거든. '전(前)' 자가 붙기는 하지만. 살짝 정을 베풀어 놓아주었는데…… 살짝 후회하고 있단 말일세."

"……아마조네스 쌍둥이 말이야?"

"그렇지. 그 자매와, 여기 아르가나와 바체를 싸우게 해 보고 싶다네."

고개를 꼰 이슈타르는 칼리의 뒤쪽을 보았다.

같은 모래색 머리카락의 자매. 한 사람은 기쁨을 감추려고도 하지 않고, 나머지 한 사람은 침묵을 유지했다.

자세에 차이는 있지만 양쪽 모두 전의는 끓어 넘칠 듯했다.

"본녀의 곁에서 도망쳤던 그 자매와, 본녀의 곁에 남아 주었던 이 자매……. 어느 쪽이 강할지, 어느 쪽이 승리해 한계를 넘어설지, '그릇'을 승화시킬 수 있을지……."

칼리는 중간부터 독백처럼 말을 시작해 시선을 허공으로 띄웠다.

"투쟁이 보고 싶네."

"피가 보고 싶네."

"과연 어느 쪽의 선택이 옳았는지……. 선혈의 비를 들이켜며 이 눈으로 보고자 하네."

잇달아서, 뜨겁게, 조용한 어조로 말했다.

황홀한 숨결을 토해내는가 싶더니 가면 안에서 크게 뜨인 두 눈이 번들거렸다.

칼리—— 피와 살육을 관장하는 '전쟁신'의 편린을 보고 이번에는 이슈타르 측의 아마조네스들이 전율할 차례였다. 눈앞의 여신이 본질적으로 추구하는 것은 '싸움'이 아니라 '살육'임을 그녀들은 올바르게 이해했다.

칼리의 오락, 하계에 강림한 목적은 '투쟁 그 자체'.

동기가 살육 자체에 집약되었기 때문에 어떤 의미에서는 가장 성질이 고약하다. 목적이 단순하기에 이슈타르는 제어하기 쉬우리라 판단했지만…… 미처 파악하지 못했던 전쟁신의 본질에 미의 여신은 혀를 찼다.

천을 뒤집어쓴 수인 소녀에게서 겁먹은 듯 숨을 들이마시는 소리가 들렸다.

"그대들은 자매 이외의【로키 파밀리아】를 붙잡아주었으면 하네. 오늘 아르가나에게 도발을 시켜보고 알았네만,【로키 파밀리아】에는【검희】라는 귀찮은 자가 있지. 본녀가 임할 자리는 자매간의 결투라네."

소파 위에서 다리를 꼬며 오만하게 요구하는 어린 여신에게, 도저히 허용할 수 없다고 이슈타르는 거부하려 했으나.

"—— 께게게게게게겍! 해보라고 그래에, 이슈타르 니임."

그때까지 침묵했던 거녀가 커다란 입을 벌렸다.

"프뤼네……."

"뭐 어때에, 프레이야네하고 싸우기 전의 전초전이지이. 게다가 늦든 이르든 이 작자들이 멜렌에 눌러앉아 있는 건 오라리오에 알려져버릴거얼. 그럼【로키 파밀리아】와 싸우는 게 목적이었다고 생각하게 만들면, 길드도 프레이야네도 그 이상은 경계하지 않을 거야아."

도시 침입, 나아가서는 기습도 의심을 받지 않을 거라고 그 아마조네스는 말했다.

팔다리는 짧고 몸통은 가공할 정도로 굵다. 몸이 큰 만큼 얼굴도 크고, 머리를 보브컷으로 깎은 얼굴은 두꺼비 그 자체였다. 그야말로 두꺼비처럼 쉰 목소리가 귀에 닿을 때마다 【칼리 파밀리아】도, 그리고 그녀의 파벌 아마조네스들도 혐오감을 드러냈다.

【이슈타르 파밀리아】의 두령, 프뤼네 자밀.

Lv.5이자 파벌 내에서도 가장 강한 모험자다.

"【검희】는 내가 붙잡아놓고 있을게에~."

지극히 당연하다는 듯이 말하지만 프뤼네의 진의는 완전히 다른 데에 있음을 이슈타르는 눈치챘다. 【검희】라는 말을 입에 담은 순간 뒤룩뒤룩 꿈틀거리는 눈알 속에서 타오르는 삿된 원념을 놓치지 않았기 때문이다.

이슈타르는 길게 탄식했으나 이내 천천히 웃음을 지었다.

"좋아, 프뤼네의 말에도 일리가 있네. 게다가 난 로키네도 마음에 안 들거든."

【프레이야 파밀리아】와 어깨를 나란히 하는 【로키 파밀리아】에 적개심을 내비치며, 그녀는 칼리의 제안을 받아들이기로 했다.

"단, 불리할 것 같으면 우리는 즉시 빠질 거야. 뒷일은 전부 너희가 책임져."

"물론이고말고."

언질을 받아놓은 칼리는 느긋하게 고개를 끄덕였다.

이윽고 어린 여신은 희미한 웃음을 얼굴에 가져다 붙였다.

"솟구치는 피는 본녀를 흥분케 하고, 사선의 포효는 배

속을 뜨겁게 달궈준다네. 더할 나위 없는 진수성찬이지. 불성실한 신들끼리는 맛볼 수 없는, 목숨을 건 투쟁…….
이것이야말로 본녀가 추구하던 하계의 진수라네."

"…………."

"투쟁과 살육이야말로 아이들의 진리지."

성애를 추구하는 이슈타르가 보기에는 사랑이야말로 불변이면서도 보편적인 본질이라고 반론하고 싶었으나, 평행선이 될 것이 뻔하므로 말을 꺼내지는 않았다.

칼리는 계속 떠들어댔다.

"——투쟁의 끝."

가면에 뚫린 구멍 속에서 피처럼 붉은 두 눈을 가늘게 뜨며.

"그것을 보고 싶다네."

언니와 여동생, 밤과 아침, 어둠과 빛

티오네의 눈이 탁해져가는 모습을.

언니의 마음이 거칠어져가는 광경을, 티오나는 똑똑히
기억했다.

티오네가 Lv.2에 이른 것과 같은 날, 티오나도 【랭크 업】
을 이루었다. 같은 방의 동료를 죽여서.

언니에 비해 정신연령이 훨씬 어렸던 티오나는 소중한
동년배 소녀를 해친 후에도 '아아, 또 죽이고 말았구나' 하
는 정도의 감정밖에는 품지 않았다.

싸움은 좋아했다. 이길 때마다 어른 아마조네스들도 칼
리도 칭찬해준다. 하지만 동포를 죽일 때마다 마음속이 뭉
글거렸다. 어렸던 티오나는 그 형언할 수 없는 감각을 말
로 바꿀 방법을 몰라 그저 주체하지 못할 뿐이었다.

분명 피의 고양감을 맹목적으로 믿어버리면 편해질 것
이다. 다른 아마조네스들과 똑같이 될 수 있다. 무의식적
이기는 했지만 티오나는 그것을 직감처럼 이해했다. 그러
나 마음속의 뭉글거리는 감정이 그녀에게 제지를 가했다.
이성이 아닌 본능과 감정으로 움직이는 소녀는 피의 고양
감에 반비례해 응어리져가는 마음 깊은 곳이 자꾸만 신경
이 쓰여 참을 수가 없었다. 그만 편해지고 싶다는 갈망과
종이 한 장 차이이기는 했지만.

다섯 살 생일을 맞은 그날, 티오나가 돌로 지은 방에 돌
아오자 먼저 온 티오네가 보였다.

그녀는 혼자서, 무기와 가면을 벗어던진 채 방 한구석에서 무릎에 얼굴을 묻고 쪼그려 앉아 있었다.

『티오네, 누구랑 싸웠어?』

『······················셀다스.』

눈앞까지 다가온 티오나에게, 티오네는 고개를 들지 않고 꺼져 들어가는 목소리로 중얼거렸다.

셀다스. 티오나도 그녀를 잘 따랐다. 티오네 이외에 가장 마음을 터놓은 상대였다.

어느 한쪽이 죽을 때까지 '의식'은 이어진다. 셀다스도 티오네도 죽지 않고자 필사적이었던 것이다.

마음속의 뭉글거리는 감정이 늘어난 것 같았다.

『······다행이다.』

그 말은 티오나의 본심이었다.

혈연이라는 단어에 감회를 품은 적은 없지만, 언니인 티오네는 역시 티오나의 특별한 사람이었다. 셀다스가 죽고 티오네가 살아남았다는 데에 티오나는 안도를 느꼈다.

살아서 다행이다. 죽지 않아서 다행이다. 티오나는 그런 생각으로 말했다.

돌아온 것은 주먹이었다.

그것도 어엿한 살의가 담긴.

이제까지도 소소한 자매 싸움은 헤아릴 수도 없을 만큼 있었지만, 광대뼈가 부서지고 목숨의 위기에 내몰렸던 것은 이번이 처음이었다.

격통에 후끈거리는 머리에 순식간에 피가 치솟아, 티오나는 노성을 지르며 달려들려 했다.

그러나 시야에 들어온 것을 보고 티오나의 움직임은 멈추었다.

티오네는 울고 있었다.

분노와 슬픔이 뒤섞인 얼굴로, 몸을 떨며, 눈에서 굵은 눈물을 흘리며.

굳게 쥐었던 주먹이 풀리고, 쳐들었던 팔은 축 늘어졌다.

울음을 터뜨린 언니의 모습을 보며, 티오나는 가만히 서 있을 수밖에 없었다.

그 후로 티오네의 언동은 거칠어져만 갔다.

원래부터 좋지 않았던 말투가 한층 지저분해져 폭언을 내뱉게 되었다. 주위에 공격적인 태도를 보였다. 다가오려는 티오나에게도 예외가 아니었다. 그녀의 눈은 스산해져 가는 마음을 드러내듯 나날이 흐려지고 피폐해졌다.

변화는 티오네만이 아니라 단숨에 절반 이상으로 줄어버린 방의 아이들에게도 나타났다. '의식'의 규칙을 이해해 버린 이상 아무도 대화를 나누지 않게 된 것이다. 어떤 사람은 이 이상의 정을 품는 것을 두려워하고, 어떤 사람은 자신이 목숨을 잃지 않도록 경계했다. 개중에는 체념한 사람도 있었다. 본능에 몸을 맡기고 텔스큐라가 원하는 '전사'에 눈을 뜨는 사람들이었다.

투쟁의 나날은 가속되었다.

'의식'에서 살아남아 '그릇'을 승화시킨 룸메이트에게는 각자 어른 아마조네스가 붙게 되었다. 자력으로 살아남은 소녀들은 인정을 받아, 소위 사제의 연을 맺은 것이다.

티오나에게는 바체가, 티오네에게는 아르가나가.

당시 다섯 살이었던 티오나와 티오네에게 바체와 아르가나는 딱 열 살 연상이었다. 같은 쌍둥이 자매끼리 무언가 통하는 것이 있으리라 보고 맺어준 듯했다. 언니 아르가나와 동생 바체는 이미 두각을 나타내 텔스큐라 내에서도 얼마 안 되는 차기 단장 후보의 필두였다.

그녀들과의 단련은 치열하기 그지없었다. 피를 토하지 않는 날이 없었으며, 뼈가 부러질 때도 있었다. 사범을 대신하는 아마조네스가 구사하는 체술을 목숨 걸고 훔치지 않고선 내일의 자신조차 위험했다.

『……얼른, 일어나.』

싸늘한 돌바닥에 쓰러진 자신을 표정 하나 바꾸지 않고 싸늘한 눈빛으로 내려다보는 바체에게 티오나는 태어나서 처음으로 공포를 느꼈다. 아르가나에게 호된 고통을 받던 티오네 쪽이 더 힘들었다는 이야기는 나중에 들어 알게 되었다.

'의식'과 병행해 단련이 진행됨에 따라 필연적으로 방에 돌아갈 시간은 줄어들었다. 눈 깜짝할 사이에 룸메이트도 줄어들었다. 정신이 들고 보니 방으로 돌아오는 사람은 티오나와 티오네뿐이었다.

괴롭다고 느낄 여유조차 없는 매일. 날마다 깎여나가 둔감해져가는 감정. 쾌감을 얻을 수 있는 순간이라고는 투쟁에 승리했을 때뿐. 쓸데없는 것들은 모조리 잘라낸 채 수많은 '전사'를 만들어냈던 텔스큐라의 일상 속에서 티오나는 흔들리고 있었다.

그런 티오나에게 전환점이 찾아온 것은 【랭크 업】으로부터 1년쯤 지났을 무렵이었다.

단련 전의 시간을 틈타 인기척 없는 투기장을 고양이처럼 산책하다가, 만났던 것이다.

한적한 통로에 버려진 종잇조각—— '영웅담'의 한 조각을.

"…………."

티오나는 눈을 떴다.

미미한 바다 소리와 물새 울음소리가 꿈속에서 의식을 끌어내주었다.

아득한 정경을 보았던 티오나는 부스스 몸을 일으키고 옆을 보았다.

침대의 주인은 아무 데도 없었다.

"……벌써 가버린 거야~?"

반신이 사라져버린 방 안에서 티오나는 '으음'하고 기지개를 켰다.

⊡

"조사 범위를 좁혀야 쓰겠데이."

아침식사 자리에서 로키는 입을 열자마자 그렇게 말했다.

"【뇨르드 파밀리아】, 길드 지부, 머독 시장의 집. 조사할 곳은 이거 셋이다. 의심 받는다 카는 걸 들키면 안 되니까 어디까지나 어제랑 같은 분위기로. 아무것도 모르는 척 몰래 캐고 돌아다니그라."

한정된 타깃을 들고, 대절한 여관 1층의 식당이 온통 술렁거리는 가운데 로키는 권속들에게 설명을 이어나갔다.

"뇨르드한테서 뭔가 캐낼라 카면 금방 뽀록이 나니까 거긴 내가 간데이. 늬들은 길드랑 시장한테 가보그라."

"【칼리 파밀리아】는?"

"기본은 무시. 근데 또 시비 걸지도 모르니까 늬들은 꼭 뭉쳐서 다녀야 한데이."

리베리아에게 대답한 로키는 문득 티오네와 티오나를 보았다.

"티오나랑 티오네는 아이즈랑 리베리아 따라가그라. 그

쪽 자매는 꽤 위험한 거 같았으니까 둘이 덤벼들어도 대처할 수 있게 말이제. 아, 참고로 니들은 거부권 없데이."

무언가를 말하려는 티오네를 앞질러 로키는 반론을 차단해버렸다.

"오라리오로 돌아가삐고 싶지 않으면 내 말 듣그라."

그렇게 말하는 주신에게, 티오네는 내밀려던 몸을 되돌리며 내키지 않는다는 듯 얼굴을 찡그렸다.

칼리 일당과 악연이 깊은 티오나와 티오네의 감시 명령을 받고, 아이즈와 리베리아는 고개를 끄덕였다.

"질문 없제~? 그럼 해산."

"티오네 쪽은 괜찮으려나~."

오늘도 맑게 갠 푸른 하늘을 올려다보며 티오나는 중얼거렸다.

혼잡한 대로를 벗어난 골목길. 광주리에 담은 빨랫감이며 장바구니를 든 주민들, 여기저기 뛰어다니는 아이들을 곁눈질하며 아이즈와 둘이 걸어나갔다.

"리베리아가 있으니까, 걱정은 없을 거야……."

"그렇다면 좋겠다~. 뭐, 티오네랑 내가 둘이 붙어 있으면 시비 걸기 좋다는 것도 이해는 하지만~."

옆에서 걷는 아이즈에게 티오나는 늘어지는 목소리로 대꾸했다.

언동은 평소와 다를 바가 없지만 본심으로는 티오네의

곁에 있고 싶었다. 티오나도 어울리지 않게 속으로 고민하고 생각에 잠겼다. 그만큼 현재의 상황을 위험시하고 있었다.

동시에 지금도 아이즈가 신경을 써준다는 사실 또한 알고 있었다.

"아이즈는 시장님이 마음에 걸린다고 했지?"

"응, 조금……."

화제를 바꾼 티오나에게 아이즈가 고개를 끄덕였다.

마음에 걸리는 것이 있다는 그녀의 의견을 받아들여 두 사람은 머독 가문, 볼그의 저택으로 숨어들 생각이었다. 둘뿐인 것도 은밀히 행동할 필요가 있기 때문이었다. 레피야나 다른 단원들이 탐문을 이어나갈 동안 무언가 단서를 발견할 수 있으면 좋겠다고 생각했다.

이야기를 나누며 티오나와 아이즈가 걷고 있을 때——눈앞에서 수인 소녀가 넘어졌다.

"앗……!"

"아차차. 괜찮아?"

장을 보고 돌아가는 길이었는지, 품에 안은 책이 금화 몇 닢과 함께 땅에 떨어졌다. 넘어진 어린 소녀를 아이즈가 안아 일으키고, 티오나는 흩어진 책이며 동전을 주워 모았다.

그리고 책을 주웠을 때, 티오나의 움직임이 우뚝 멈추었다.

'……『아르고노트』.'

미노타우로스와 싸우는 영웅의 표지—— 눈에 익은 한 권의 '영웅담'에 눈이 못 박혔다.

"저, 저기…… 언니."

"아, 미안미안."

눈물을 그렁거리며 아이즈에게 부축을 받은 소녀에게 사과하며 책과 동전을 돌려주었다. 영웅담을 소중히 품에 끌어안은 소녀에게 티오나는 허리를 구부리며 물었다.

"그 책 사온 거니?"

"응……. 가게 아저씨가, 배에서 새 책이 많이 왔다고, 가르쳐줘서……."

"……영웅담 좋아해?"

"——응!"

마지막 물음에 소녀는 꽃이 핀 것처럼 웃었다.

감사 인사를 한 그녀는 손을 흔들면서 골목길 안쪽으로 달려갔다.

"티오나……?"

소녀의 뒷모습을 잠자코 바라보던 티오나에게 아이즈가 말했다.

한동안 가만히 서 있던 티오나는 희미한 미소를 머금었다.

"열심히 모았던 책…… 텔스큐라에 다 놓아두고 왔는데."

기쁜 표정으로 달려가는 소녀의 뒷모습에서, 그 천진난

만한 웃음에서, 티오나는 어린 시절의 자기 모습을—— 오늘 아침에 꾸었던 꿈의 뒷이야기를 겹쳐보고 말았다.

　여느 때처럼 투기장의 훈련실에서 바체에게 두들겨 맞은 그날.
　얼굴을 피로 물들인 티오나는 방 한구석에 숨겨두었던 그것을 몰래 꺼내, 두 손으로 들고 바체에게 보여주었다.
　『바체…… 읽어줘.』
　그것은 훈련 전에 발견했던 종잇조각 무더기였다.
　다른 지역에서 흘러온 서적을 동포들이 버린 것인지, 모르는 글씨—— 코이네 공통어가 적혀 있었다. 아마조네스의 언어조차 읽고 쓰지 못하는 어린 티오나는 궁금했지만 당연히 해석할 수는 없었다.
　그때 바체의 얼굴을 티오나는 지금도 기억한다. 당시부터 과묵하던 선배 아마조네스가 분명히 당황했던 것이다.
　무표정하고 냉혹한 줄로만 알았던 그녀는 엄청나게 동요하면서, 한참 몸을 이리저리 흔든 끝에『……기, 기다려』한 마디만을 남기고, 종이 무더기를 빼앗아 재빨리 방을 나가버렸다.
　나중에 종이 무더기를 들고 나타난 바체는 훈련이 끝난 후 내용을 읽어주었다.
　무슨 생각을 하는지 알 수 없는 꼬맹이의 말 따위 무시해버려도 상관이 없었을 테지만, 아마 그녀에게도 자긍심이 있었던 모양이다. 열 살이나 어린 꼬마와 마찬가지로 글씨를 읽지 못해 읽어줄 수 없으면 체면이 상한다고 생각했던 것이다.

바체가 얼굴을 붉히며 뭐라고 적혀 있는지 가르쳐달라고 부탁하러 왔다는 사실을 칼리에게 들었던 것은 그로부터 시간이 더 흐른 후였다. 칼리는 깔깔 폭소하며 코이네 공통어 바로 밑에 아마조네스의 언어로 번역을 달아주었다고 한다.

『……청년은 속았다는 것도 모르고, 왕에게 말했다. "알겠습니다. 반드시 사로잡힌 왕녀님을 라비린스에서 구해오겠습니다."』

『그래서? 어떻게 됐어?』

횃불 불빛 아래, 대련에서 입은 부상도 치료하지 않은 채 싸늘한 돌바닥 위에 정좌한 티오나는 책상다리로 앉은 바체에게 다음 이야기를 채근했다. 바체도 이런 일은 처음인지 당황하면서도 천천히, 하루 훈련이 끝날 때마다 조금씩 들려주었다.

물론 이야기에는 끝이 있다. 게다가 책의 파편에 불과한 종이 무더기는 끝이 찾아오는 것도 빨랐다. 훈련이 끝날 때마다 소소하게 이루어졌던 바체와의 이상한 교류도 거기서 끊어지고 말았지만, 티오나에게 그녀는 더 이상 예전만큼 무시무시한 존재가 아니었다.

『적의 공격을 유도해. 최대한 끌어들였다가, 튕겨내.』

『어떻게 튕겨내?』

『……튕겨내.』

아픔에 허덕이기만 하던 훈련도 조금 즐거워졌다.

한편, 싸우는 것밖에 몰랐던 어린 아마조네스에게는 처음으로 투쟁 이외의 선망이 깃들었다.

――그 이야기의 뒤를 알고 싶어.

그 바람은 나날이 강해졌다.

그리고 어느 날.

'의식'이 끝난 후, 칼리가 변덕 삼아 무언가 가지고 싶은 것이 있느냐고 물은 적이 있다. 티오나는 즉시 대답했다.

『이 책의 뒷이야기를 보고 싶어.』

그 바람은 이루어졌다. 칼리는 흠집 하나 없는 책을 마련해 티오나에게 주었다.

티오나는 바보이기는 했지만 어리석지는 않았다. 유연한 어린이의 두뇌는 자신의 흥미에 큰 힘을 발휘해, 칼리의 도움도 빌려가며 금세 코이네 공통어를 읽을 수 있게 되었다. 바체가 은근히 풀이 죽어 서운해하던 것을 기억한다. 오락이라 부를 만한 것이 없는 투기장의 세계에서 얻은, 싸우는 것과는 또 다른 흥분. 티오나는 이내 빠져들게 되었다.

그 후로 티오나에게는 이따금 싸움에 승리한 보상으로 새 책이 주어졌다. 이것이 미끼가 된다고 여겨졌으리라는 말도 들었고, 바보 같은 소녀의 모습이 칼리의 눈에 흥미롭게 비쳤을 거라는 말도 들었다. 아무튼 티오나는 많은 이야기를 접하게 되었다.

돌로 지은 방에 가지고 돌아와, 날이 새도록 촛불 밑에 엎드려 열심히 읽었다. 나날이 방을 채워가는 온갖 이야기책에 마침내 티오네가 화를 내며 책무더기를 걷어차버린 적도 있었다. 그때마다 티오나는 눈물을 그렁거리며 주먹을 휘둘러 일상이 되어버린 자매 싸움을 벌였다.

이야기의 파편을—— '영웅담'의 조각을 만나면서 티오나는 변했다.

우선 바보스러움, 태평스러움에 박차가 가해졌다.

그리고 곧잘 웃게 되었다.

천진난만하게, 한없이 밝게.

그것이 티오네의 눈에 어떻게 비쳤는지는 상상하기 어렵지 않았다. 짜증의 원인 중 하나가 되었으리라. 자신은 거칠어져가는 한편, 여동생은 책에 눈을 빛내며 바보처럼 웃고 있었으니.

당시의 가혹한 환경 속에서 무엇이 두 사람의 명암을 나누었는가. 그것은 분명 종이 무더기에 불과했던 한 이야기와의 만남이었을 것이다.

이 투쟁과 살육의 세계에서 한없이 천진난만하게 웃을 수 있었던 티오나는, 어쩌면 기이한 존재였을지도 모른다. 정신이 들고 보니 어린 소녀는 새로운 광전사라는 이름을 누리고 있었다.

감정이 마비된 것처럼 웃는 그녀를 동포들은 마침내 정신이 나가버렸다고 수군거리기도 했다. 티오나에겐 전혀 자각이 없었지만.

누구에게 무슨 말을 듣더라도 티오나는 웃었다. 줄곧 웃었다.

소녀는 '영웅담'에 구원을 받았으니까.

"……."

아이즈는 입을 다문 티오나의 등을 바라보았다.

꼼짝도 하지 않은 채 서 있던 티오나는, 영웅담을 든 소녀의 모습이 사라졌을 때에야 천천히 입을 열었다.

"있지, 아이즈……."

"……왜?"

"언제나 웃는 내가, 기분 나쁠까?"

가만히 자신의 뺨을 만지는 티오나에게 아이즈는 살짝 시간을 둔 후.

도리도리, 고개를 가로저었다.

"난, 티오나 덕에…… 지금이, 즐거운 거 같아."

짧은 말로 들려준 내용.

그러나 티오나에게는 전해졌다.

돌아서서 기뻐하며 뺨을 붉히고 웃는다.

"고마워, 아이즈."

하지만 역시 평소와는 달랐다.

여느 때 같으면 안겨들었을 텐데, 티오나는 아무것도 하지 않고 걸어나갔다.

"……."

가만히 서 있던 아이즈는 잠시 후 그녀의 뒷모습을 따라 갔다.

아이즈와 티오나가 머독의 집으로 향한 것과 같은 시각.

레피야는 파티를 짠 다른 단원들과 함께 꾸준히 탐문을 벌이고 있었다.

'【뇨르드 파밀리아】도 그렇지만, 길드 지부가 만약 식인 꽃 소동에 일익을 맡았다면…… 그건 여러모로 심각해지는데 말이죠.'

지부라고는 하지만 만약 관리기관인 길드가 이블스의 잔당에게 가담하고 있다면 큰 문제다. 로키가 오늘 아침에 가르쳐준 타깃 후보를 들으며 레피야는 불안을 품었다.

꿍꿍거리면서도 전혀 핵심에 이르지 못했다는 태도를 꾸민 채——타깃의 내정을 캐내는 일은 진짜 탐색을 맡은 아이즈와 리베리아의 별동대에 맡기고——시내의 대로에서 정보 수집을 이어나갔다.

"……저기요, 언니."

"?"

레피야가 돌아보니, 그곳에는 엷은 갈색 피부를 가진 소녀가 있었다.

그 갈색 피부를 보고 설마 【칼리 파밀리아】가 아닐까 긴장했지만, 이내 경계를 풀었다.

'은혜'를 받았다면 아무리 어리고 작더라도 외견에 현혹되어선 안 되지만, 소녀에게는 신의 권속 특유의 분위기가 없었다. 일반인에게는 없는 【스테이터스】에서 오는 자세나 발놀림 같은 것이 그렇다. 모험자나 전사 같은 직종과 눈앞의 소녀는 무관했다.

보아하니 소녀는 아마조네스가 아니라 휴먼인 것 같았다. 키는 레피야의 배 정도까지밖에 오지 않았다. 그녀가 입은 얇은 옷을 보면 멜렌 주민일 것이다.

어깨까지 늘어진 흑발을 찰랑거리며, 홍차처럼 짙은 색조를 가진 눈동자로 올려다본다.

"언니는…… 오라리오에서 온, 모험자님이에요?"

"네, 맞아요. 무슨 일인가요?"

며칠 전부터 멜렌에서 숙박 중인 【로키 파밀리아】도 주민들 사이에서 화제가 되고 있을 것이다. 레피야가 자세를 낮추고 부드럽게 웃음을 지어주자 쭈뼛쭈뼛 묻던 소녀는 마음을 굳게 먹은 것처럼 발돋움을 하며 속삭였다.

"저기 있죠, 전부터, 놀러 가는 곳에서 이상한 울음소리가 들려서요…….”

“울음소리……?”

“네. 호수에 나왔던, 그 긴 몬스터랑, 비슷한 소리…….”

“!”

소녀의 말에 레피야는 경악했다. 그녀가 말하는 몬스터
란 식인꽃을 가리키는 것이다.

“어른들은 비밀로 하라고 그랬는데, 나, 무서워서…….”

“그게 어디니?”

“이 길, 안쪽…….”

소녀의 손가락이 가리킨 곳은 등 뒤의 뒷골목이었다.

“라크타, 엘피!”

고개를 들고 레피야는 동료 소녀들의 이름을 불렀다. 길
곳곳에 흩어져서 탐문을 하던 단원들이 모여들었다.

“몬스터의 울음소리…… 그게 사실이야?”

“거짓말을 하는 것 같진 않아요…….”

“단서도 없으니 한번 알아보자.”

Lv.3 흄 바니, 그리고 흄의 룸메이트이기도 한 휴먼 마
도사, 다른 두 명의 단원들과 이야기를 나누고 레피야는
결정을 내렸다. 대로에서 벗어난 뒷골목으로 이어지는 길
을 살피고, 소녀에게 부탁했다.

“안내해줄 수 있어요?”

소녀는 고개를 끄덕였다.

“난 레피야라고 해요. 이름이 뭐예요?”

"챈디."

챈디라고 자신을 소개한 소녀에게 이끌려, 레피야 일행은 이동을 개시했다.

시내의 대로와는 달리 뒷골목은 복잡해서 지리감각이 없으면 금방 길을 잃을 것 같았다. 소녀는 익숙한 모습으로 인기척 없는 뒷골목 안쪽을 향해 레피야 일행을 안내했다.

"……?"

소녀의 바로 뒤, 파티의 선두에서 걸어가던 레피야의 가느다란 귀가 쫑긋 움직였다.

무언가가 마음에 걸린 것처럼 미동했다.

'시선……? 누군가가, 보고 있어?'

다른 단원들이 알아차리지 못한 동안, 희미하다고는 해도 레피야가 남의 시선을 느낄 수 있었던 것은 어디까지나 아이즈 같은 제1급 모험자 선배들의 '모험'에 몇 번이나 동행했던 덕이었다.

레피야는 입 밖으로는 아무 말도 하지 않고 당황했으나── 마치 그런 심중을 꿰뚫어 본 것처럼, 앞장서서 걷던 소녀는 등을 돌리지 않은 채 그 의구심에 답해주었다.

"아마조네스 언니가 온 것 아닐까?"

네?

그렇게 되물으려던 순간.

머리 위에서 의문의 기척이 소리도 없이 레피야의 뒤에

내려섰다.

"―――――."

돌아볼 수는 없었다.

기척의 주인이 가공할 속도로 수도를 휘둘러 정확하게 목덜미를 내리쳤던 것이다.

"레피야!!"

목 위쪽이 흔들리는 충격과 이에 따른 격렬한 현기증. 레피야는 견디지 못하고 무릎을 꿇으며 그 자리에 쓰러져 버렸다.

동료들의 비명이 일그러진 불협화음이 되어 울려 퍼지는가 싶더니 이내 격렬한 교전의 소리가 귓전을 흔들었다. 시야에 비친 돌바닥이 소용돌이치는 끔찍한 구토감에 의식이 흔들려 상황을 전혀 확인하지 못하고 있으려니――.

머리 위에서 챈디의 목소리가 들렸다.

"――신들 중에는 자신의 '신위'를 0으로 만들 수 있는 자가 있다네."

목소리는 어린아이의 것이지만 어조가 노파처럼 바뀌었다.

그 목소리의 분위기에, 레피야는 뿌옇게 흐려져가는 시야 속에서 군청색 눈을 크게 떴다.

"제우스나 오딘 같은 대신, 그 외에는 일부 신들이 그렇다더구먼. 놈들은 아이들로 변장해 들키는 일 없이 세간 속에 녹아들었다지……. 이것 또한 하계의 놀이 중 하나라네."

온 힘을 쥐어짜내 고개를 들자, 소녀가 막 가발을 벗는 참이었다.

흑발 밑에서 나타난 것은 피처럼 붉은 머리카락. 품에서 꺼내 몸에 걸친 것은 두 개의 이빨이 돋아난 악귀의 가면.

가면에 뚫린 두 개의 구멍에서 머리카락의 색과 같이 진홍색으로 물든 눈이 레피야를 내려다보고 있었다.

"조금 더 똑똑해졌겠구나, 로키의 아이야."

이제는 입장이 역전되었다.

어린 줄로만 알았던 소녀는 위광을 뿜어내는 신으로 변모하고, 자신은 무지몽매한 어린아이로 전락했다.

흐려져가는 의식 속에서 레피야는 자신의 부족함을 부끄러워하고 저주했다.

"너의 신병은 내가 맡으마. 뭐, 섭섭하게 대접하지는 않을 게야."

여전히 이어지는 교전의 소리가 뚝 그치고 여신의 곁에 모래색 머리카락의 여전사, 상처 하나 없는 바체가 섰다.

그 광경을 끝으로 레피야의 의식은 완전히 끊어졌다.

"아르가나⋯⋯!"

티오네의 목소리를 뱀의 웃음이 유쾌하다는 듯 받아냈다.

길드 지부로 이어지는 한 줄기 길. 집단을 이룬 티오네 일행의 진로에 나타난 아르가나는 오직 혼자, 길을 가로막 듯 마주하고 섰다.

  "어딜 또 천연덕스럽게……!"

  "티오네, 물러나라. 머리를 식혀."

  주먹을 쥐고 당장이라도 달려나갈 것 같은 티오네를 붙 들며 리베리아가 앞으로 나섰다.

  아이즈나 티오나와 마찬가지로 원래 무기는 정비에 맡 겼던 그녀가 한손에 든 것은 대용품 지팡이였다. 다른 단 원들이 긴박감을 띠는 가운데, 겁먹지도 않고 아르가나와 대치했다.

  "용건이 있다면 듣겠다. 없다면 떠나가라."

  "…………."

  태연자약하게 말하는 리베리아를 아르가나가 바라보 았다.

  강자의 품격을 풍기는 하이엘프를 향해 눈을 가늘게 뜬 아마조네스는 아쉽다는 듯 시선을 떼고는, 여전히 노려보 는 티오네에게 눈을 돌렸다.

  "라다 파 알로. 나하크 디 디나, 노이 피 가라드 소아 디 히류테."

  "_____."

  자신을 향한 그 말에 티오네의 시간이 얼어붙었다.

  그녀들만이 알 수 있는 아마조네스의 언어에 리베리아

가 눈살을 찡그리고 다른 단원들이 당황하고 있으려니, 다음 순간 티오네는 격앙했다.

"무슨 뜻이야?! 설명해!!"

냉정함을 잃은 노성에 아르가나는 의연히 웃을 뿐이었다.

낯빛을 바꾸며 다가서려 하는 티오네. 그러나

"리베리아 님!"

다른 방향에서 리베리아 일행을 부르는 목소리가 날아들었다. 티오네 일행이 일제히 돌아본 곳에 있던 것은, 숨을 헐떡이는 엘프 단원이었다.

"무슨 일이지?"

심상치 않은 분위기에 리베리아가 되묻자 소녀는 창백해진 얼굴로 외쳤다.

"라크타네 파티가…… 레피야가!"

리베리아 일행이 이내 낯빛을 바꾸고, 흠칫한 티오네는 시선을 앞으로 되돌렸다.

겨우 한순간 사이에, 모래색 머리카락의 아마조네스는 홀연히 자취를 감춘 후였다.

"큭……!"

게다가 티오네는 그녀가 서 있던 곳에 남은 '어떤 물건'을 알아보고 말았다.

그것을 주워들고 몸을 떨며, 그녀는 즉시 되돌아가는 리베리아 일행의 뒤를 따랐다.

"······아앙?"

눈앞의 광경에.

상처 입고 피를 흘리는 권속들의 모습에 로키의 얼굴에서 표정이란 표정이 모조리 사라졌다.

"미안, 로키····· 당해버렸어."

갈라진 목소리로 사과한 것은 흄 바니 라크타였다.

소식을 듣고 로키가 【뇨르드 파밀리아】의 저택에서 뛰쳐나오니, 어항 앞에는 부상을 입은 단원들이 실려 온 참이었다.

모두가 중상을 입었다. 그 부상이 전투에 의한 것임은 명백했다. 어떤 단원은 어마어마한 위력의 주먹에 이마가 찢어졌는지 지혈을 위해 댄 천이 새빨갛게 물들었다.

라크타 이외에는 모두 정신을 잃고 있었다.

"로드, 치료해라! 어서!"

"알겠습니다! 야, 너희! 좀 도와줘!"

주신이 지시를 내리고 단장이 주위에 호령했다. 숨을 멈춘 채 처참한 광경에 넋을 잃었던 【뇨르드 파밀리아】의 어부들이 하던 일을 접고 황급히 움직였다.

로키는 나직한 목소리로 물었다.

"이런 짓거리를 저지른 기······."

"【칼리 파밀리아】······. 느닷없이, 공격당했어······."

아이즈 일행은 물론이고 아키를 비롯한 제2급 모험자들이 없었던 이 소대는 다루기 쉬우리라고 여겨졌던 것이리

라. 바체 한 사람에게 당했다고 말한 라크타는 눈물을 흘리며 말을 이었다.

"레피야가, 끌려가버렸어……!"

굴욕이었다.

이쪽의 예상 따위 무시하고 백주대낮에 당당하게 습격했던 것도, 체면을 짓밟아버린 것도, 천하의 【로키 파밀리아】를 우습게 보았던 것도.

무엇보다도 권속들을 상처 입혔다는 데에 로키의 분노는 허용범위를 넘어섰다.

"그놈의 똥싸개 땅꼬마가…… 내한테 싸움을 걸었단 말이제?"

평소의 표표하던 표정도 잊고 로키의 얼굴이 모조리 분노로 물들었다. 캣 피플 아키, 엘프 아리시아를 비롯해 이 소란을 듣고 달려온 단원들이 속속 집결하는 가운데, 오래 알고 지낸 권속들조차 주신의 이런 표정에는 두려움을 품었다.

"이봐……? 부탁이니 이 도시에서 항쟁은 벌이지 말아 달라고……."

천계 시절부터 기억에 있는, 매우 위험한 로키의 표정에 뇨르드가 진저리를 치듯 얼굴을 찡그렸다. 로키는 그의 말을 한 귀로 듣고 한 귀로 흘렸다.

내장이 부글부글 끓어오르는 심정이었지만, 그녀는 어디까지나 냉정했다. 치료를 받는 권속들의 용태를 지켜보며 어떤 사실을 깨닫고 주황색 눈을 가늘게 떴다. 정신을 잃은 한 단원의 옷에서 【파밀리아】의 엠블럼이 뜯겨나갔던 것이다.

'엠블럼을 빼앗았다꼬……? 선전포고라도 할라 캤나? 아니, 그기 아이다. 레피야를 데려간 것부터가 이미…… 아항, 그래 된 기가.'

상대의 의도, 철저하게 마음에 들지 않는 칼리의 신의를 깨닫고 혀를 찼다.

모여든 단원들을 향해 로키는 고개를 들었다.

"티오나랑 티오네 불러온나. 암데도 보내면 안 된데이."

이미 늦었음을 알면서도 지시를 내려두었다.

"잠깐만, 이거 무슨 일이 일어난 거야?!"

로키가 지시를 내리기 바로 직전.

머독 시장의 집에 잠입했다가 돌아오려던 티오나와 아이즈 또한 그 소동을 알아차렸다.

항구가 가까워짐에 따라 【로키 파밀리아】의 단원들이 습격을 당했다는 목소리가 자주 들려와 그녀들의 발걸음도 빨라졌다.

"큭!"

교역항을 벗어난 곳에 위치한 어항 구역을 향해 아이즈가 가속하고, 한 걸음 뒤늦게 티오나도 따르려 했을 때.

"──티오나, 이리 와."

"엥, 티오네?!"

갑자기 시야 옆에서 나타난 티오네에게 손목을 붙들렸다.

아이즈와 떨어져 어두운 뒷골목으로 가차 없이 끌려간 후에야 티오나는 손을 뿌리칠 수 있었다.

"뭐 하는 거야, 티오네?! 무슨 일이 있었지? 왜 이런 곳으로……!"

불만을 끝까지 말하기도 전에 티오네는 조금 전 아르가나에게 들었던 말을 그대로 들려주었다.

"라다 파 알로(인질을 데리고 있다). 나하크 디 디나, 노이 피 가라드 소아 디 히류테(돌려받고 싶다면 조선소로 자매끼리만 나와라)."

"!"

"아까 아르가나가 나한테 한 말이야. 습격당한 건 라크타네 파티. 그때…… 레피야가 납치당했어."

상황을 단적으로 설명해주었다. 티오나는 아연실색했다.

"장난치고 앉았어, 그 자식들……! 우릴 낚으려고 【파밀리아】에 손을 대다니……!"

주신 못지않은 격분, 동료를 끌어들이고 말았다는 데 대한 죄책감. 온갖 감정이 뒤섞여 티오네는 있는 힘껏 이를 악물었다.

분노에 타오르는 언니를 보며, 입을 다물고 있던 티오나가 물었다.

"……어떻게 하게?"

"물어보지 않아도 알고 있을 거 아냐, 너도."

언니의 날카로운 눈빛과 동생의 올곧은 시선이 교차했다.

두 사람의 세계에서 시내의 소란이 멀어져가는 가운데, 티오네가 말했다.

"우리 손으로 결판을 내야지."

매듭을 짓기 위해. 두 번 다시 이런 일이 일어나지 않도록.

흔들림 없는 각오를 담은 언니의 말에 티오나는 입을 꾹 다문 후, 한번 눈을 내리깔았다.

"티오네……."

"왜."

"아이즈랑 동료들한테 의지하면, 안 돼?"

"너! 이 상황에 얼마나 더 멍청한 소리를 하려고 그래?! 우리 탓에 레피야랑 동료들이──!"

"하지만 우린, 가족이잖아?"

고개를 든 티오나의 말에 티오네의 노성이 뚝 끊어졌다.

"이제 우린, 전하곤 다른걸."

여동생이 무슨 말을 하려는지를 깨닫고, 이번에는 언니가 고민할 차례였다.

입술을 깨물고, 미간에 주름을 지은 티오네는 망설임을 끊듯 아르가나가 남긴 것을 티오나에게 집어던졌다.

"이건……."

티오나의 손바닥이 받은 것은【로키 파밀리아】의 엠블럼.

교활한 웃음을 짓는 트릭스터에는 네 줄기의 칼자국이 있었다.

"경고야. 둘이서만 오라는. 만약 동료들에게 갔다간…….
그 자식들, 앞으로도 계속 따라붙을 생각이야."

"……."

한 줄기 세로선 위에 그어진 세 줄기 선은 텔스큐라의
'의식' 속에서 '되풀이'를 의미하는 기호다. 몬스터의 연속
토벌 등 투기장의 시합 형식을 발표할 때 쓰인다.

설령 동료들과 힘을 합쳐 레피야를 되찾는다 해도,【칼
리 파밀리아】는 습격을 되풀이할 것이다. 쌍둥이 자매와의
결투── '의식'의 실행이 이루어질 그 날까지.

칼자국이 새겨진 엠블럼은【칼리 파밀리아】의 의지를 말
해주고 있었다.

"우리가 '의식'에 응하지 않는다면 놈들은 오늘 같은 짓
을 또 저지를 거야. 몇 번이든, 언제까지든. 승부를 방해받
아서도 안 돼."

"…………."

"우리 손으로 끝낼 수밖에 없어. 아이즈한테도, 다른 동
료들…… 단장님한테도 절대 의지해선 안 돼."

두 사람 사이에 침묵이 드리워졌다.

티오네는 자신이 오기를 부린다는 것을 알고 있었다.

【파밀리아】를 끌어들이고 싶지 않다는 말은 결국 동료를 신뢰하지 않는다는 의미와 같은 뜻이기도 하다.

하지만 알고는 있어도 양보할 수 없었다.

이것만은, 텔스큐라와의 악연만은 자신들의 손으로 끊어야만 한다.

"……알았어."

티오네의 결의가 전해졌는지.

티오나는 시간을 들여, 천천히 고개를 끄덕였다.

"동료들한테 숨기는 건 싫지만……. 이건, 그런 식으로 해야 할 거 같아."

서글픈 표정을 짓는 여동생을 차마 볼 수 없어 티오네는 시선을 발밑으로 떨구었다.

이윽고, 그 자리에서 걷기 시작했다.

대로에 등을 돌리고, 남의 이목으로부터 도망치듯.

로키나 동료들에게 아무 말도 하지 않은 채, 어두운 뒷골목 안으로, 안으로.

"또, 예전처럼……."

뒷골목의 형태로 잘려나간 하늘을 올려다보며 티오나는 문득 중얼거렸다.

"단둘만, 남은 것 같네."

등을 두드리는 그 말에.

티오네는 아무 말도 할 수 없었다.

태양은 이미 머리 위에서 사라져 서쪽 하늘로 빨려 들어 갔다.

"아이즈. 티오나와 티오네는 찾았나?"

"아니, 못 찾았어……."

저녁이 다가오는 가운데, 멜렌 내를 분주히 뛰어다니던 아이즈는 일단 거점인 여관으로 돌아왔다.

단원들이 황급히 돌아다니는 여관의 1층, 로키와 리베리 아에게 향했다.

"미안해, 로키, 리베리아. 내가, 티오나랑 같이 있었으면 서……."

"아니, 그렇게 따지면 나에게도 잘못이 있다. 라크타에 게 서둘러 달려가느라 티오네를 살피지 못했으니……. 티 오나를 데려갔던 것도 아마 티오네겠지."

사과하는 아이즈에게 리베리아는 눈을 감으며 고개를 가로저었다. 모두 자신의 책임이라고.

부끄러워하는 심정을 미미하게 일그러진 눈썹에 내비친 리베리아는 지금은 그런 이야기를 해봤자 소용이 없다고 말했다. 이미 의식을 전환한 그녀를 따라 아이즈도 그 이 상의 사죄와 후회는 그만두기로 했다.

"라크타랑 부상당한 애들은?"

"리네와 다른 단원들이 이미 치료를 마쳤다. 당장……은 어렵겠지만 한동안 있으면 움직일 수 있을 터."

동료들이 무사하다는 데에 내심 안도하면서 아이즈는 잇달아 물었다.

"【칼리 파밀리아】쪽은, 찾았어?"

티오나와 티오네가 동료들에게서 떠나간 것과 함께 【칼리 파밀리아】도 안개가 흩어지듯 자취를 감추고 말았다. 단원들이 습격을 당한 소동 이후 시내의 주민들도 아마조네스들의 모습을 전혀 보지 못했다고 한다.

"아키네 파티가 분담해서 찾고 있데이. 아, 마침 돌아온 모양이구마."

테이블에 앉아 꼬고 있던 다리를 흔들던 로키의 말대로, 활짝 열린 현관에서 아키와 아리시아가 돌아왔다.

"안 되겠어. 오늘까지 묵었다던 여관은 이미 텅 비었어. 몰래 들어가봤지만 단서 같은 것도 없고."

"멜렌까지 타고 온 갈레온은 남았지만, 역시 아무도 없었습니다⋯⋯."

얼굴을 찡그리는 제2급 모험자들의 보고에 로키는 손가락으로 자신의 뺨을 문질렀다.

"온 지도 얼마 안 된 곳에서, 그렇게 쉽게 숨을 리가 없데이⋯⋯. 역시 그넘아들 협력자가 있었던기라."

로키의 추측에 단원들 사이에서 긴장감이 내달렸다.

그런 가운데, 엘프 아리시아가 손을 들었다.

"우선 상대의 노림수를 확실히 파악하고 싶은데요⋯⋯."

"마, 십중팔구 티오네랑 티오나…… 텔스큐라의 '의식'인지 먼지를 할 속셈 아이겠나. 그 똥꼬마도 포함해 태어나면서부터 전투중독자인기라. 티오네랑 티오나도 그넘아들이 불러서 넘어가삤고."

"라크타 파티가 습격당하고 레피야가 납치된 것이 티오네와 티오나에게 불을 지른 셈이군."

"레피야…….."

로키와 리베리아의 대화 속에서 나온 엘프 소녀의 이름을 듣고 아이즈의 마음속에 근심이 치밀었다. 티오나와 티오네도 그렇지만 끌려간 레피야도 걱정되었다.

"티오네랑 티오나는 계속 찾기로 하고…… 그넘아들은 찾는 즉시 박살을 내삐야 쓰겠다. 아이쭈 니 막 썰어도 된데이. 리베리아도 포격 펑펑 터뜨리라."

"시내에서 어떻게 그런 짓을 하나…….."

"잡혀 있는 레피야는 어쩌고…….."

아이즈가 보기에 로키의 분노는 아직도 수그러들지 않았다. 은근슬쩍 농담처럼 말했지만 살짝 벌어진 두 눈은 전혀 웃질 않는 것이다. 머리에 한쪽 손을 얹으며 한숨을 쉬는 리베리아와 눈을 흘기는 아키의 딴죽에 로키는 문제없다는 양 한 손을 내저었다.

"이런 말은 쫌 뭣하지만 레피야한테는 티오네랑 티오네를 낚는 '미끼' 이상의 가치는 없데이. 인질로 잡을라 캤다니, 그건 말이 안 된다. 마, 그넘아들도 발등에 불 떨어지면 무슨 짓 저지를지 모르지만서도."

"그 근거는 적이 원하는 것이 '투쟁' 그 자체이기 때문, 이라고 해석하면 되겠나?"

"그런 기라. 온 힘을 다해 죽고 죽이는데 인질 같은 건 잡음밖에 안 되는 기라. 그쪽은 우리가 찬물 끼얹을라 카는 걸 어떻게든 막을라꼬 할 기다. 그러니까 있는 힘껏 해치워 뻬라."

말을 다 듣기도 전부터 이미 이해했던 리베리아에게 고개를 끄덕이고 로키는 입가를 틀어 올렸다.

아이즈에게는 그런 주신의 웃음이, 칼리는 레피야의 목숨을 빼앗지 않으리란 사실을 본질적으로 간파한 것처럼 보였다.

"바라, 아이쭈. 그넘아들하고 싸워본 건 니밖에 없는데, 그 출렁출렁 자매 빼면 얼마나 강했노?"

"……내가 싸운 아마조네스들은 Lv.3에서 4."

어제 대로에서 벌였던 일전을 떠올리며 아이즈는 자신의 감상을 들려주었다.

티오나나 티오네와 마찬가지로 종족 특유의 체술이 성가셨다. 무엇보다 목숨 따위 돌아보지도 않고 간격으로 깊이 파고드는 과감함, 목숨을 건 육박전에 익숙한 자들의 전술. 살생에 나설 수 없는 자라면 손의 움직임이 무뎌진다. 아이즈 또한 그랬다.

【검희】의 솔직한 설명에 아키나 아리시아는 복잡한 표정

을 지었다.

"간부는 그렇다 쳐도 중견은 우리한테 버거울 것 같은데."

"예. 분하지만……."

"나나 아이즈를 포함해 무기를 정비에 맡긴 것도 뼈아픈 손실이군."

리베리아의 말을 옆에서 들으며 로키는 흠흠 가볍게 천장을 올려다보았다.

그때 아이즈는 갑자기 아, 하고 기억을 떠올렸다.

소란 탓에 미처 전달하지 못한 것이 있었다.

"로키."

"응? 이기 머고, 아이쯔?"

방어구인 허리받이 밑에 묶어두었던 조그만 자루를 로키에게 건넨다.

그것은 티오나와 함께 잠입했던 머독의 집에서 입수한 '수확'이었다.

얼굴을 가까이 가져가 설명하자, 귀를 기울이던 로키는 점점 웃음을 머금었다.

"잘 했데이, 아이즈."

그렇게 말하고 로키는 테이블에서 내려왔다.

여관 사람에게 깃털 펜과 양피지를 빌려 재빨리 문장을 작성했다.

"아키, 니 잠깐 심부름 좀 해줄라나?"

"그건 괜찮은데…… 지금 당장?"

"응, 급하데이. 할 일은 전부 거기 써놨다."

양피지는 두 장이었다. 건네받은 메모에 시선을 떨군 아키는 고개를 끄덕여 대답하고, 그야말로 고양이처럼 재빠르게 여관을 뛰어나갔다.

이를 일동과 함께 지켜본 로키는, 꼭두서니색으로 물들어가는 창밖으로 눈을 돌렸다.

"그러면, 남은 건 티오네랑 티오나 쪽인데……."

지금 와서 이런 일이 떠오르는 것은 지금이기 때문이리라.

소중한 이를 해치고 눈이 황야처럼 메말라가던 티오네의 앞에 한 아마조네스가 나타났다. 그리고 그날부터 그때까지 겪은 것 이상의 지옥이 시작되었다.

아르가나 칼리프. 텔스큐라에서도 정점에 군림하는 두령 후보 필두.

누구보다도 칼리와 본질이 가까운 아마조네스와의 단련은 처참하다는 한 마디로밖에는 표현할 수 없었다.

처음 만난 날, 아르가나는 어린 티오네를 철저하게 '망가뜨렸다'. 무언가 의도하는 바가 있어서가 아니었다. '투쟁'에밖에 관심을 두지 않는 여전사에게는 아레나에서의 살육도, 어두운 석조 방에서 치러지는 훈련도 마찬가지였던 것이다.

피투성이 고깃덩어리가 된 티오네가 아르가나에게 품었던 것은 티오나가 바체에게 품었던 것과 같은 터무니없는 공포였으며, 그 이상의 분노였다.

작열하는 격통과 몽롱해져가는 의식 속에서, 티오네에게는 눈앞의 여전사야말로 텔스큐라의 상징처럼 보였던 것이다. 자신에게 언니를, 셀다스를 죽이게 했던 국가의 관습 그 자체처럼.

『……괜찮구나, 너.』

분노와 전의를 잃지 않은 티오네를, 몸과 마음이 '망가지지 않았던' 소녀를 아르가나는 마음에 들어 했다. 쓰러졌으면서도 살의 어린 눈빛을 보내는 티오네 앞에서 그녀는 온몸에 튄 피를 그 긴 혀로 맛나다는 듯 핥았다.

아르가나의 흉포한 전투 스타일과 만행은 텔스큐라에서도 유명했다. 그녀는 대전 상대의 피를 '마신다'. 뱀처럼 뾰족한 이빨로 상대의 피부를 물어뜯고 절규가 터지든 울부짖는 소리가 울려 퍼지든 생피를 빠는 것이다. 극상의 미주에 취하듯, 강자의 혈육을 섭취하듯.

오라리오처럼 별명을 주는 관습이 없는──'의식'에 승리해 살아남은 아마조네스는 모두 '진정한 전사'라 불리며 칭송을 받는다──텔스큐라에서 그녀는 유일하게 【칼리마】, 여신의 분신이라는 별명을 받았다. 주신조차도 인정한 흉전사였다.

자신을 유린하고 자신의 피를 핥는 아르가나에게 구역 질과 혐오감을 느끼지 않는 날이 없었다. 홍소를 터뜨리며 괴롭히는 아마조네스에게 분노를 느끼지 않는 날이 없었다. 아이러니하게도 분노에서 비롯된 티오네의 두 가지 '스킬'── 강력한 무기는 아르가나의 단련 속에서 발현되었다.

아르가나에 대한 반감을 결정적으로 만들었던 것이 그녀가 Lv.5에 이르렀을 때였다.

어느 날 격전을 거치고 돌아온 아르가나에게 티오네가 물었다.

『......넌 아무 생각도 안 들어?』

아르가나는 한솥밥을 먹으며 같은 방에서 자라난, 그야말로 셀다스와 티오네 같은 사이의 동포를 해쳤던 것이다. 여느 때처럼 피를 빨고, 탄식하는 목소리에도 아랑곳 않고 끔찍하게 죽였다.

온몸에 중상을 입고 자신의 것인지도 상대의 것인지도 모를 선혈을 뚝뚝 흘리는 아르가나는 진심으로 이상하다는 듯 고개를 갸웃했다.

『나는 그놈을 먹어 강해졌다. 그뿐이다. 무언가를 생각할 필요가 있나?』

텔스큐라의 섭리. 맥이 빠질 정도로 간단한, 강함의 비결.

고독(蠱毒)이라는 것이 있다.

독을 가진 온갖 짐승이며 벌레를 한 항아리에 넣고 서로를 상잔(相殘)시키면, 마지막에 살아남은 한 마리는 가장 강한 독을 가진 독물이 된다. 이를 고독이라 부른다.

Lv.4 전사를 만들어내기 위해 Lv.3 전사끼리 싸움을 시킨다.

Lv.5를 만들어내기 위해 Lv.4 전사들을 상잔시킨다. 희생시킨다.

텔스큐라는 그야말로 고독을 만들기 위한 항아리였던 것이다.

티오네는 자신의 직감이 옳았음을 깨달았다. 눈앞에 선 여자는 그야말로 텔스큐라가 고독 속에서 낳은 독사, 괴물이었다.

『너도 언제까지 셀다스 같은 패자에게 연연할 생각이지? 단순한 공물에 슬퍼하는 척 마라.』

티오네는 발끈해 달려들었지만, 결국 만신창이가 된 아르가나도 이기지 못한 채 되레 혼쭐이 났다.

분노와 치욕에 물든 아르가나와의 훈련. 그리고 살아남기 위해 동포를 죽이는 '의식'을 이어나가는 가운데 티오네의 눈은 점점 흐려지고 마음은 급속도로 깎여나갔다. 죽어버리면 편해지지 않을까—— 그런 생각이 고개를 쳐든 적도 있지만, 죽음은 자신이 원망하는 온갖 것들에 대한 굴복과 패배처럼 여겨져 분노의 원천인 소녀의 본능이 허락하질 않았다.

한편, 그런 티오네와는 대조적으로 티오나는 밝아졌다.

원인은 알고 있었다. '영웅담'이다.

온갖 이야기를 접하면서 어리석은 여동생의 태평함에는 박차가 가해졌다. 티오네도 한번은 죽은 물고기 같은 눈으로 페이지를 펼쳐보았지만, 읽을 수 없는 데다 티오나가 입으로 들려준 이야기도 전혀 재미를 이해할 수 없었다.

여동생은 나이 많은 동포들에게서 이질적인 것을 보는 눈빛을 받았으며, 혐오의 대상이 되었다.

티오네는 짜증이 났다.

증오했던 것인지도 모른다.

『나는 괴로워하는데, 왜 너는——.』

그런 말이 몇 번이나 입 밖으로 나갈 뻔했는지 알 수 없었다.

티오네와 티오나는 변종 아마조네스가 분명했다.

동갑내기 동포들은 바라든 바라지 않든 텔스큐라라는 환경에 순응해나가는 반면, 티오네는 분노하고, 티오나는 웃었다.

티오네는 항상 반항적이었고 주신에게조차 욕설을 퍼부었다. 칼리는 그런 티오네 또한 사랑하는 아이를 보는 듯한 눈으로 즐겁게 흘려 넘겼다.

티오나는 천진난만한 언동으로 자기 자신만이 아니라 주신까지도 곧잘 웃게 만들었다. 칼리는 그런 티오나를 변덕스레 자주 신실로 불러냈다.

주위 사람들에게 티오네와 티오나는 유일한 신에게 폭언을 내뱉는 망나니였으며, 신의 총애를 받는 질투의 대상이었다. 동포들이 자매간의 '의식'을 바랐던 것도 당연한 결과였다.

Lv.2【랭크 업】으로부터 2년. 아르가나와 바체의 가차 없는 훈련을 거쳐 급격히【스테이터스】가 성장해 Lv.3 승화의 기운이 무르익어가던 일곱 살 생일 직전. 여동생과의 투쟁이 다가왔음을 티오네는 피부로 느끼고 있었다.

그리고 어울리지도 않게 되풀이되었던 티오네의 헤아릴 수 없는 갈등은―― 어느 날 티오나의 발언으로 허사가 되고 말았다.

『칼리. 나 티오네하곤 싸우기 싫어.』

그날의 '의식'을 마치고 신의 칭송을 위해 승자가 소환되었던 넓은 방에서.

티오네의 어리석은 여동생은 아무 전제도 없이 부탁했던 것이다.

『둘이 이 나라를 나가고 싶어.』

다른 아마조네스들은 물론 바체, 아르가나마저도 아연 실색해 티오나를 쳐다보았다. 어린 여신은 가면 안에서 눈을 가늘게 떴을 뿐이었다.

그때, 다른 이들과 마찬가지로 뻣뻣이 서 있을 수밖에 없었던 자신이 무엇을 느꼈는지 티오네는 이제 기억할 수 없다.

다만 한 번 보류되었던 그 바람은, 훗날 이루어졌다.

신의 변덕인지. 티오네와 티오네는 석조 투기장을 빠져 나와 광대한 반도를 떠나도록 허락을 받았던 것이다.

——뭐야, 그게.

여동생은 칼리가 아끼는 아이였다. 포상으로 '영웅담'을 주며 귀여워했던 것도 알고 있었다.

이제까지 겪었던 하루하루는 뭐였단 말인가. 오늘까지 의 고뇌는 뭐였단 말인가. 그 바보 같은 여동생이 웃어주 면 이렇게나 쉽게 해방될 수 있었단 말인가. 그런 일이 있 어도 되는 것인가.

이제까지 본 적도 없었던 푸른 바다, 험준한 산맥, 맑은 바람, 아름다운 바깥세상의 광경에 감격해 신이 나 뛰어다 니는 티오나의 곁에서 티오네는 눈물을 흘렸다. 그것이 감 동이라는 한 마디로 정리될 수 있을 만큼 단순한 감정이 결코 아님을 일곱 살짜리 소녀는 잘 알고 있었다.

언니와 여동생, 밤과 아침, 어둠과 빛, 분노와 순수.

같은 피를 나눈 쌍둥이인데도 왜 이렇게까지 다르단 말 인가. 대체 왜?

그때 티오네는 티오나에 대한 온갖 감정이 치미는 것을 막을 수 없었다. 큰 목소리로 이성을 잃은 채 고함을 질러 대지 않고서는 여동생의 목을 졸라버렸을지도 모른다.

온갖 감정 속에서 발견한 것은, 자신에게는 없는 것을 가진 여동생에 대한 '선망'이었다.

그 사실을 깨달아버린 티오네는 처음으로 자신을 죽이고 싶어졌다.

"…………."

뿌득.

과거의 기억 속에 떠밀렸던 티오네는 이를 악물고 소리를 냈다.

자꾸만 고개가 떨어지려 하는 그녀의 옆얼굴을 꼭두서니색 빛이 태우고 있었다.

"흐음~ 이런 데가 있었구나~."

기억 속의 모습에서 성장한 여동생의 활달한 목소리가 넓은 공간 속에 울려 퍼졌다.

티오네와 티오나가 있는 곳은 멜렌 변두리에 존재하는 폐공장이었다. 녹슨 철강이며 배의 기재가 주위에 켜켜이 쌓였고 바닥에는 잡초가 무성히 돋아났다. 구멍이 뚫린 천장이며 망가진 덧문에서는 해가 저물어가는 하늘의 색이 스며들었다.

"여기서 밤까지 기다리면 되는 거야, 티오네?"

동료들과 떨어진 티오네와 티오나는 인기척 없는 장소를 찾아 이곳 폐공장에 도착했다. 건물 밖이 일몰의 색에 휩싸이는 가운데, 이미 본래의 태평한 모습을 되찾은 여동생을 티오네는 날카로운 눈으로 노려보았다.

"티오나."

"왜?"

"대련하자."

뜬금없는 티오네의 말에 티오나는 눈을 연신 깜빡였다.

"……지금 할 필요가 있어?"

"있어."

두 사람은 심심할 때면 홈 안뜰에서 대련을 했지만, 지금은 보통 때와는 상황이 전혀 다르다.

티오나의 지당한 의문에 티오네는 한쪽 발을 뒤로 끌어당겨 자세를 잡았다.

"진심이야. 진심으로 붙는 거야. 안 그러면 의미가 없어."

가차 없는 분위기를 느꼈는지 티오나도 천천히 자세를 잡았다.

폐공장 한복판에서 두 사람은 마주섰다.

"————."

먼저 공격을 시도한 것은 티오네였다.

파고든 것과 동시에 진심이 담긴 주먹을 내질렀다.

전혀 힘을 가감하지 않고 분노의 감정을 실어 날렸다.

허를 찔린 티오나는 간신히 팔을 막기는 했지만 너무 위력이 강해 크게 후퇴했다.

"아야아~?! 잠깐만, 티오네?!"

"진심으로 붙으라는데 말이 말 같지 않냐!!"

비명을 지르는 티오나에게 티오네는 고함을 질러 대답했다. 텔스큐라에 있을 때와 같은 말투로.

언니의 심상찮은 눈빛을 받아 티오나도 어쩔 수 없이 전력으로 응전했다.

격렬한 구타의 소리가 구멍투성이 공장의 벽과 폐자재를 쩌렁쩌렁 울려댔다. 미처 피하지 못하고 막지 못한 서로의 주먹과 발차기는 상대의 피부에 가차 없이 상처를 냈다. 공격이 스친 티오나의 입술에서 피가 흐르고, 돌려차기를 막은 티오네의 팔이 퍼렇게 부어올랐다. 남의 이목을 피하겠다는 당초의 목적 따위 자매의 머리에서는 완전히 사라져버렸다.

"큭……!"

주먹을 나누는 동안 티오네의 시야는 희게 타올랐다.

차츰 여러 가지 감정이, 어렸을 적에 두고 왔던 수많은 말이 입가에까지 치밀었다.

힘이라는 형태로 자신의 격정을 토로했던 티오네는 마침내 그 말을 목소리로 바꾸었다.

"너 그거 아냐? 난 널 엄청 싫어했어."

그 말을 듣고── 티오나는 웃었다.

"알아! 안 들어도 알고 있었어!"

"지금도 싫어."

"그렇구나!"

그 무렵과 전혀 다를 바 없이 입술을 틀어 올린다.

무시무시한 육탄전을 펼치면서 얼굴에 웃음을 머금는다.

그 웃음에 티오네의 짜증에 박차가 가해졌다.

"언제나, 언제나 헤실헤실 웃고 앉았지! 넌 하나도 달라진 게 없다고!!"

견디지 못하고 노성과 함께 강렬한 상단 발차기를 꽂자, 티오나는 즉시 되받아쳤다.

"티오네는 달라졌네!"

"————."

티오네의 두 눈이 크게 뜨였다.

"로키네랑 만나서, 핀을 좋아하게 되면서 티오네는 달라졌어!"

공격은 더더욱 격렬해졌다.

펼쳐지는 주먹에 자신의 상념을 담으며 티오나는 웃음을 빛냈다.

"난 그게 기뻤어!"

"큭…… 그런 점이 바로!"

흔들렸던 눈을 억지로 곤두세운 티오네는 고함을 지르며 혼신의 일격을 퍼부었다.

"열 받는단 거야!!"

"어, 뭐라고? 안 들리는데~!"

"이게?!"

욕설을 터뜨렸지만 티오나는 어디서 개가 짖느냐는 식

© Kiyotaka Haimura

이었다.

순진하게 웃고, 천진난만하게 싸우고, 기쁘게 춤을 추듯 기술을 나눈다.

——달라지지 않았어. 이 바보는 어떤 순간에도 변함이 없어.

——이 웃음을 보면 별별 생각이 다 시시하게 느껴지는 것도, 변함이 없어.

공방이 더더욱 치열해져가는 가운데, 두 사람의 투무(鬪舞)는 어느 사이엔가 톱니바퀴가 맞아 떨어지듯 바뀌어, 티오네의 입술 또한 마치 그녀의 웃음에 이끌리듯 치켜 올라갔다.

정신이 들고 보니 쌍둥이 자매는 웃음을 나누고 있었다.

티오네는 원래의 목적도 잊고 티오나와의 주먹다짐을 즐겼다.

그리고

"" "어윽?!" ""

서로의 주먹이 서로의 뺨에 꽂혔다.

조각상처럼 굳어버렸던 티오네와 티오나는 휘청 자세를 무너뜨리고, 둘이 나란히 벌렁 쓰러졌다.

무성히 자라난 풀꽃이 자매의 몸을 받아주었다.

"하아~ 또 비겼네~."

"그러게."

"내가 더 많이 이긴 상태 그대로~."

"뭐야? 아니거든? 네가 더 많이 졌지. 내 승수가 더 높고."

"아니지 않아."

"아니야."

"아니지 않아!"

"아니야!"

팔다리를 늘어뜨리고 드러누운 채 말다툼을 벌이던 티오나와 티오네는 이윽고 웃음소리를 흘렸다.

깔깔, 어린아이 같은 웃음소리가 기억 속에 잊힌 폐공장 속에 울려 퍼졌다.

"저기, 우리 왜 이러고 있었더라?"

"글쎄…… 이젠 뭐든 상관없어."

보지 않고도 티오나가 희미하게 웃음을 짓고 있음을 알 수 있었다. 자신의 얼굴도 조용해졌으리라는 사실 또한.

둘이 드러누운 채 올려다보는 시야가 눈부셨다. 구멍이 뚫린 천장에서 쏟아지는 붉은색 빛이 티오네와 티오나의 얼굴을 비춰주었다.

구멍 너머로 보이는 아름다운 하늘에 눈을 가늘게 뜨며 티오네는 생각했다. 그러고 보니 전에도 이런 대화를 나눈 적이 있지.

그것은, 그렇다. 텔스큐라에 있을 때, 티오나에 대한 빈축이 높아져가던 무렵이었다.

티오나는 칼리의 귀여움을 받았으므로 주위의 눈에 뜨이는 것이 당연했다. 모난 돌이 정을 맞는 법이다. 주신을 흠모하는 일부 아마조네스들은 질투 때문인지 분노 때문인지 여동생을 암습하고자 계획을 세우고 있었다. 이를 미연에 방지했던 것이, 어찌 된 노릇인지 자신이었다.

당시의 티오네에게 헤실헤실 웃으며 따라다니는 여동생은 눈엣가시여서 늘 짜증을 냈다. 천진난만하게 칼리와 이야기를 나누는 그녀에게 지저분한 욕설을 퍼부은 적도 있었다. 이런 장소에 갇혀 돼먹지 못한 신과 놀아나는 티오나가 마음에 들 리가 없었을 것이다.

하지만 역시 가족이었다. 그 싸늘한 투기장의 세계 속에서 유일한 유대관계를 맺은 사람이었다. 얼마 남지 않은 몸을 기댈 곳이었다. 그러므로 분명 지켜주었을 것이다. 생각해서 한 일이 아니라.

암습을 하려던 아마조네스들을 상대로 한밤중 복도에서 매복했다가, 맞서 싸우고, 결국 패해 쓰러졌다. 개중에는 자신보다 실력이 뛰어난 전사도 섞여 있어, 요란한 욕설의 응수와 목숨을 건 술래잡기를 되풀이했다.

그리고 만신창이가 되어 방으로 돌아오니 티오나는 책에 에워싸인 채 쿨쿨 자고 있었다. 속이 끓은 티오네는 그녀의 얼굴을 걷어차버렸다. 당연하다는 듯이 벌어진 큰 싸움. 분개한 여동생과 해가 뜰 때까지 주먹을 나누었다.

『왜 싸우고 있었더라……?』

『……까먹었어.』

힘이 다 해 팔다리를 늘어뜨리고 드러누운 두 사람의

몸. 쇠창살이 박힌 조그만 창문에서 스며드는 아침 햇살.

그 빛을 받으며 깔깔 웃은 여동생은 그때의 티오네에게는 어딘가 무엇과도 바꿀 수 없는 존재처럼 비쳤다. 입이 찢어져도 면전에서 할 수 있는 말은 아니지만.

온갖 감정이 정경과 함께 되살아났다.

괴로운 세계 속에서 여동생에게 품었던 것은 분노와 살의.

그리고 정 또한 분명히 존재했다.

티오네는 그 사실을 그립게 여긴 것과 동시에, 마음속의 응어리가 엷어져가는 것을 느꼈다.

"저기, 티오네."

이름을 부르는 목소리가 회상에 잠겼던 티오네의 의식을 끌어내주었다.

몸을 일으키자, 티오나도 마찬가지로 몸을 일으켰다.

"만약에 있지. 칼리네한테 가서, 둘이 싸우라는 말을 들으면, 어떡할 거야?"

앉은 자세 그대로 시선을 나누고 티오나가 물었다.

과거에 미수로 끝났던 '의식'을 재현시키고자 자매간의 투쟁을 강요당한다면.

"싸울 거야. 그리고 널 죽일 거야."

여동생의 물음에 티오네는 선선히 대답했다.

"적어도 그럴 생각으로 싸우겠어. 안 그러면 내가 너한테 죽을 테니까."

표정을 바꾸지 않은 채 티오네는 담담히 말했다. 티오나도 조용한 표정으로 바라보았다.

"하지만 그런 일은 일어나지 않아. 절대로."

"어? 왜?"

"아르가나는 나한테, 그리고 바체는 너한테 집착하고 있으니까. 우릴 죽일 거라면 자기들 손으로…… 그렇게 생각할걸. 분명."

그렇기에 지금도 【로키 파밀리아】와의 항쟁이라는 위험을 무릅쓰면서까지 파티를 습격해 레피야를 인질로 삼은 것이다. 아르가나의 형형한 살기를 떠올린 티오네는 자신의 예상이 틀림없으리라고 확신했다.

티오네는 잠시 후 허리의 파우치에서 미리 준비해두었던 하이포션을 꺼내 티오나에게 던져주었다. 별 어려움도 없이 잡은 그녀의 앞에서, 자신의 것도 단숨에 들이켰다.

"티오나, 몸은?"

"어? 다 나았는데……?"

포션을 다 마신 티오나는 고개를 갸웃했으나, 이윽고 그녀가 무슨 말을 하려는지 겨우 알아차렸다는 듯 자신의 두 손을 내려다보았다. 쥐었다 펴고, 이를 되풀이한 후, 티오네에게 고개를 끄덕인다.

"티오네, 이제는?"

"밤까지 할 일도 없잖아. 쉬든 말든 맘대로 해."

티오네는 그렇게 대꾸하고는 일어나려 했으나, 티오나

가 요령도 좋게 앉은 채로 다가왔다.

"뭔데."

언짢은 표정을 지으며 묻자 아니나 다를까, 웃음을 짓
는다.

"있지, 오랜만에 같이 자지 않을래?!"

"……뭐?"

"밤까지 영기(英氣)를 함양해야지!"

그런 어려운 표현을 용케도 알고 있네── 티오네는 그
렇게 이죽거리려 했지만, 티오나의 다음 말에 말문이 막혀
버렸다.

"게다가 전에는 늘 같이 잤잖아!"

"……여행할 때나 그랬지. 노숙이라 어쩔 수 없이. 넌 그
냥 탕파 대용이었어."

"에이~."

입을 비죽거리는 티오나를 보며, 당시 일에 원한을 품고
있었던 티오네는 눈썹을 곤두세웠다.

"너 잠버릇이 나빠서 아주 끔찍했단 말이야. 몇 번이나
얼굴을 얻어맞았는데."

"나도 맞았다 뭐!"

"당연하지!! 보복한 거야!"

꽥꽥 말다툼을 벌이던 두 사람. 그러나 결국 티오나에게
밀려 티오네는 밤까지 함께 자기로 했다. 진저리를 치고
있으려니, 티오나는 공장 구석에서 먼지를 뒤집어쓴 천 조

각을 발견해서는 기뻐하며 티오네와 함께 이를 뒤집어썼다.

"잘 자~."

"너, 밤에는 꼭 일어나야 해……."

폐자재 더미에 등을 기댄 자세로, 어쩌다 이렇게 됐을까 한숨을 참고 있으려니 여동생이 머리를 자신의 어깨에 기댔다. 결국 한숨이 새나왔다.

티오나는 이내 새근새근 숨소리를 내기 시작했다. 발끈했지만 참았다.

텔스큐라를 나온 후 여러 나라와 도시를 전전하며 여행을 했던 때도 마찬가지였다.

지붕도 없는 싸늘한 하늘 아래, 황야의 바위 뒤며 숲속에서 노숙했다. 먼저 잠드는 것은 언제나 티오나였고, 티오네는 나중이었다.

──분명 티오나도 같은 꿈을 꾸겠지.

티오네는 그렇게 예감하며, 자신도 눈을 감았다.

◈

텔스큐라를 떠난 티오네와 티오나를 기다린 것은 아름다운 대자연의 경관이었다.

바다와 산이 있었다. 숲과 계곡이 있었다. 언덕과 꽃밭이 있었다. 돌로 된 그 투기장에서 볼 수 없었던, 처음 보는 바깥세상이었다.

감동했다. 몸이 떨렸다.

세계는 이렇게나 넓었음을 처음으로 알았다.

푸른 하늘이 이렇게나 아름답다는 사실을 처음으로 깨달았다.

아레나의 형태로 도려져나갔던 하늘은 하나에서 열까지 모두 미웠으니까.

처음에야 텔스큐라에서 나온 것을 곤혹스러워했던 티오네도 메말랐던 눈과 스산해진 마음에 색을 되찾기 시작했다. 말라붙은 들꽃이 물을 머금고 함초롬해지듯.

언제나 태평하게 웃는 여동생과 함께, 조금, 정말로 아주 조금 웃을 수 있게 되었다.

티오나는 그것을 볼 때마다 진심으로 기뻐하며 활짝 웃었다.

칼리는 나라를 떠나도록 인정한 후로도 티오네와 티오나에게 정을 베풀어주었다. 자신과의 계약을 해제하면서도【스테이터스】를 봉인하지는 않았던 것이다. 재계약 가능, 흔히 말하는 다른 신과의 '컨버전 대기' 상태였다. 이 덕에 강화된【스테이터스】의 힘을 남긴 채 어린 소녀 단둘이서도 여행을 계속할 수 있었다. 칼리의 말로는 '귀여운 딸에게 주는 작별 선물'이라고 했지만 티오네는 이제 와서 무슨 말 같지도 않은 소릴 하냐고 쏘아붙여주고 싶었다.

투기장 속에서 지옥을 보았던 티오네와 티오나는 어지

간한 일은 넘어설 수 있었지만, 역시 싸움 이외에는 무지했던 두 사람인 만큼 당황하는 일도 많았다. 금전감각은 물론이고 대인관계는 특히 최악이어서, 지나가던 행상에게 티오나가 몇 번이나 속고, 도적에게도 헤아릴 수 없을 만큼 습격을 당했다. 모조리 역습을 가해주었지만.

그렇게 자급자족에서는 무적이었으므로 그야말로 당시의 두 사람은 야생소녀라 해도 과언이 아니었을 것이다——덧붙이자면 코이네 공통어는 굴욕스럽게도 여동생에게 배워 어떻게든 쓸 수 있게 되었다——.

티오네와 티오나가 처음으로 찾아간 다른 종족의 공동체는 멜렌과 비슷한 바닷가의 어촌이었다. 입에 풀칠을 하기 위해 몬스터 물고기 퇴치를 받아봤더니 생각처럼 잘 되질 않아, 미친 듯이 분노한 티오네는 마지못해 마을에 있던 【파밀리아】에 임시 가입하기로 했다. 【스테이터스】를 갱신하면서 티오나와 함께 Lv.3으로 【랭크 업】한 것도 이 어촌에서 있었던 일이었다.

하지만 티오네는 불성실하고 오락을 좋아하는 신들에게 결코 마음을 열지 않았다. 그것은 단원들에게도 마찬가지였다. 새로이 컨버전하려면 1년을 기다려야 한다는 【파밀리아】의 규칙을 받아들여, 자신들이 파벌에 몸을 두는 것은 1년뿐이며 그동안에는 임시 경호원이나 노동력으로 일하는 대신, 그 후에는 계약을 해제하고 해방시켜줘야 한다는 확약을 입단 전에 반드시 받아놓았다.

그 후로는 어느 나라, 어느 도시를 찾아가도 이 조건을 철저히 고수했다. 티오네와 티오나의 전력을 아쉬워해 붙들어놓으려는 신이나 단원들은 끊이질 않았지만 티오네는 귀를 기울이지 않았다. 건방진 태도 탓에 기존 단원들과 충돌하고 싸운 끝에 헤어지는 경우도 자주 있었다.

티오네가 유일하게 곁에 있도록 허락했던 것은 티오나뿐이었다.

일단 강하지 않으면 상대를 결코 인정하지 않았으며, 이를 만족하더라도 자신의 품에서 여동생 이외의 사람은 배척했다. 텔스큐라에서의 트라우마가 원인이었는지, 목숨을 잃지 않았던 여동생을 제외하고는 다른 사람과의 접촉을 한사코 거부했던 것이다. 무언가를 두려워하듯.

여러 세계를 엿볼 때마다 여러 가지 발견을 했다.

그러나 언제까지고 티오네와 티오나는 둘뿐이었다.

텔스큐라 시절부터 전혀 변함이 없었다. 자신의 반신에게만, 반쪽에게만 마음을 열었다. 아무리 넓은 하계의 대지를 여행하고 돌아다녔어도 티오네와 티오나는 둘만의 세계에서 살아왔다.

남을 잘 따르는 티오나가 티오네의 자세를 어떻게 생각했는지는 모른다. 그러나 그녀는 계속 따라왔다. 티오네와 마찬가지로, 기댈 곳이 자신의 반신밖에 없다는 것을 본질적으로 이해한 것처럼.

티오나는 결코 티오네의 손을 놓으려 하지 않았다.

『티오네~ 조금만 더 있으면 또【파밀리아】나갈 거야?』

『그래. 싫어?』

『음—여긴 주신님도 다른 사람들도 착해서, 서운하지만…….』

어느 날 문득 그렇게 물었던 티오나는 여느 때처럼 웃었다.

『그렇지만 역시 티오네만 있으면 되니까.』

안도했던 것과 동시에, 세계에서 튕겨져나가는 감각을 느꼈던 것은 결코 기분 탓이 아니었으리라.

티오나는 태양이었다.

찬란하게 빛나 짜증나기 이를 데 없었다. 그녀가 바보처럼 웃고 있으면 처음에는 참을 수 없이 화가 났지만, 그 웃음을 계속 보는 사이에 꾹 쥐었던 주먹을 내리게 된다.

인정하자. 구원을 받고 있다고.

사소한 일로 싸우고, 아무 일도 없었다는 듯 밥을 먹고, 생글생글 웃는 그녀의 곁에서 또 자신이 미소를 짓는다. 그거면 된다. 이 바보 같은 여동생만 있으면 된다. 다른 사람과의 유대를 모르는 당시의 티오네는 티오나 덕에 둘만의 세계도 받아들이고 있었다.

목적 없는 여행은 이어졌다.

둘뿐이어도 괜찮다고 생각하며 자신들의 자리를 찾아 헤매는 모순된 여정. 결코 빼앗기는 일이 없도록【파밀리아】에 몸을 두면서 '그릇'과 강함을 갈고 닦고, 인연을 맺은 자들에게 등을 돌렸다. 무언가를 기대하면서 만남을 추구하지 않는 두 사람의 행로는 하염없이 이어졌다.

그리고 5년 전.

티오네와 티오나는 무단으로 어떤 배에 밀항해 '세계의 중심'── 미궁도시에 도착했던 것이다.

"그러니까, 심심풀이 삼아 잠깐 이야기를 들려주는 정도여도 된다는 게야."

"……."

입을 비죽 내밀며 부루퉁해진 어린 여신을 앞에 두고 레피야는 지극히 난감한 표정을 지은 채 입을 다물고 있었다.

어린이로 변장한 칼리와 바체에게 납치당한 레피야는 바로 조금 전 정신을 차렸다.

지금 있는 장소는 바위굴 같은 공동이었으며, 넓이는 변두리 술집 정도였다. 표면은 시커먼 바위로 이루어졌으며, 물론 레피야는 이곳이 어디인지 알 도리가 없었다.

'공기가 눅눅한 걸 보면…… 기수호, 아니, 바다 부근?'

들키지 않도록 입술을 살짝 핥은 레피야는 주위의 정보를 통해 상황을 정리해보았다.

시간은 알 수 없지만, 몸이 딱딱하게 굳은 것을 보면 5시간 이상이 지났을 것이다. 던전의 룸에서 휴식을 취할 때와 상황이 흡사했다. 밤이 다가오지 않았을까.

공동 안에 있던 사람은 자신을 제외하면 눈앞에서 책상다리를 하고 앉은 칼리, 그 외에는 감시를 위한 아마조네스가 넷. 레벨은 아마 이쪽과 비슷하거나 위. 자신의 두 손에는 사슬이 칭칭 감겼다.

'미스릴이나 다른 정제금속도 아닌 그냥 쇠사슬인 것 같으니까…… 뜯으려고 마음먹으면 뜯을 수 있을 것 같지만요…….'

완벽하게 몸을 움직이지 못하는 것은 아니다. 구속만이라면 빠져나갈 수 있겠다고 판단한 레피야, 그러나.

"관두려무나. 너도 알 텐데? 섣불리 움직였다간 여기 있는 자들이 일제히 붙들어놓을 게야."

"……."

"작은 목소리로 영창을 해보겠다는 속셈도 별로 권하지는 않네."

가면을 쓴 칼리가 생각을 간파한 것처럼 웃음과 함께 충고했다. 입을 꾹 다문 레피야에게 다시 말을 잇는다.

"이 녀석들도 텔스큐라에서는 어엿한 전사거든. 쥐 발소리도 들을 수 있고, 영창은 **수도 없이 박살내봤단다**. 미처 영창을 마치기도 전에 목구멍이 짓이겨져 피에 꽉 잠긴 채 숨을 쉬지 못하는 그런 상황은 너도 싫겠지?"

"……흐윽?!"

그 말에 등골이 서늘해졌다. 투기장에서 매일같이 살육전을 벌였던 아마조네스들은 대전 상대의 마법 영창을 차단할 수단을 익혀두었다는 것이다. 그야말로 한 치의 망설임도 없는 잔혹한 방법으로.

낯빛이 새파랗게 물든 레피야에게 칼리는 음음 고개를 끄덕였다.

"뭐, 얌전히 있어준다면 해를 끼치지는 않을 게야. 일이 끝나면 풀어주지."

"전, 아이즈 씨를…… 티오나 씨와 티오네 씨를 낚기 위한 '미끼'란 소린가요?"

"글쎄, 과연 어떨지."

Lv.4로 올라갈 자격을 얻었다고 생각했더니 이 모양이다. 적의 손에 붙들린 못난 자신을 진심으로 원통하게 여긴 레피야는 마음속으로 【파밀리아】 동료들에게 사죄하며 눈앞의 칼리를 노려보았다. 여신은 언급을 이리저리 회피하며 상대해주려 하질 않았다.

"그대가 티오네나 티오나의 이야기를 들려준다면야 가르쳐주지 못할 것도 없겠지만?"

"……그러니까 그건."

"딱히 약점을 캐내겠다느니 그런 속셈은 아니라니깐. 본녀의 곁을 떠난 후의 두 사람 이야기를 듣고 싶을 뿐이야."

그렇게 말하며, 조그만 오른손으로 레피야의 뺨을 차닥차닥 두드렸다.

아우, 아우. 몸을 꿈틀거리며 신음하는 엘프 소녀에게 칼리는 미소를 지었다.

"둥지를 떠난 딸에 대해 알고 싶다는 부모의 심경이랄까?"

자애의 눈빛을 짓는 어린 여신을 보고, 레피야는 말문이 막혀 갈팡질팡했다.

한참 고민한 끝에, 빤히 바라보는 여신의 시선을 견딜 수 없어 입을 열었다.

"별로 대단한 이야기는, 못하지만요……."

"괜찮아, 괜찮아. 별로 대단하지 않은 이야기를 듣고 싶은 게야."

칼리의 채근에 레피야는 띄엄띄엄 말하기 시작했다.

티오나는 레피야가 부럽다고 여길 정도로 아이즈와 사이가 좋다거나, 티오네는 단장 핀에게 구혼을 되풀이할 정도로 푹 빠졌다거나…… 맥락 없는 이야기뿐이었다.

"아하하하하하하하하하하!! 티오네가, 사랑에 빠진 소녀?! 거짓말이겠지? 이거 걸작이로고! 으하하하하하하하하하하하하하!"

"너, 너무 웃으시네요……."

두 손을 땅에 짚은 채, 속옷이 다 보이는데도 마치 박수라도 치듯 두 발바닥을 쾅쾅 몇 번이나 굴러댔다.

처음 만났을 때부터 사랑에 빠진 소녀였던 티오네밖에 모르는 레피야는 가면 안에서 보이는 눈꼬리에 눈물을 머금은 칼리에게 땀을 삐질삐질 흘렸다.

배를 잡고 웃음을 터뜨린 어린 여신은 경련이 잦아든 후 겨우 몸을 일으켰다.

　"그래, 그랬군. 그 거칠어졌던 아이가 사랑이라……. 그렇구먼. 달라졌구먼. 그 녀석은 평생 뾰족하고 날카로울 거라 생각했더니, 역시 불변의 존재인 우리와는 다르단 게지."

　그녀가 늘어놓은 말에는 감회가 있었다. 조금 전 레피야가 여신에게 느꼈던 자애와 비슷한 것이었다.

　주신인 칼리를 설득할 수 있다면, 그녀의 정에 호소한다면 무익한 싸움도 막을 수 있지 않을까. 권속들에게 품은 그녀의 사랑은 분명 진짜일 것이다.

　그렇게 생각한 레피야는 칼리에게 애원했다.

　"저기, 싸움을 그만두게 해주시면 안 될까요? 티오나 씨도 티오네 씨도 분명 싸우고 싶지 않을 거예요. 칼리 님이 자비를 베풀어주신다면……."

　레피야의 그 설득에.

　조용한 표정을 지었던 칼리는—— 악귀의 가면 안에서 엷은 웃음을 지었다.

　"아니 된단다."

　아연실색한 레피야를 향해 단언했다.

　"본녀는 투쟁과 살육을 추구하여 이 하계에 내려왔단다. 물론 아이들은 사랑스럽지. 그러나 유일무이한 오락을 포기하다니, 그건 싫다네. 사양하겠어."

"……!"

지극히 자기본위적인 발언에 레피야의 몸에 열기가 깃들었다. 현재의 상황도 잊고 그녀의 목은 목소리를 높였다.

"주신님이 그딴 식이니까 텔스큐라에는 살육이 끊이지 않는 거잖아요!! 수많은 사람이 죽어버렸잖아요!!"

"어허, 이런. 착각하지 말려무나. 텔스큐라는 본녀가 오기 전부터 그런 나라였단다. 본녀의 이기심으로 국가의 역사와 문화를 뒤틀어버리다니……. 그거야말로 신의 폭거, 하계에 대한 모독이지. 아이들의 입장에서는 속이 끓는 일 아니겠느냐?"

사실만을 늘어놓는 칼리에게 레피야의 거칠어진 목소리는 기세를 잃었다.

"그, 건……."

"본녀는 아이들에게 '은혜'를 내려주었을 뿐이야."

견디지 못하고 레피야가 시선을 돌려보니 아마조네스들은 아무 말도 없이 주위에 서 있을 뿐이었다. 그것은 충성을 맹세한 주신에 대한 말없는 긍정이었다.

"로키의 아이야. 왜 본녀가 티오나와 티오네를 텔스큐라에서 떠나보냈는지 알겠느냐?"

"……?"

"그 녀석들이 처음이 아니었단다. 텔스큐라에서 나가고 싶다고 했던 것은."

"!"

"오는 자는 막지 않고 가는 자는 쫓지 않고……. 나가고 싶다고 하면 본녀는 풀어주고말고. 물론 '팔나'를 내리면서까지 길렀던 은혜가 있으니…… 놓아주는 대가는 받지만."

하지만 결과는 어땠느냐고 칼리는 물었다.

그 후 텔스큐라를 나가고 싶다고 했던 것은 티오나와 티오네뿐. 다른 아마조네스들은 본국에 남아 투쟁의 나날을 보냈다. 원해도 이루어지지 않으리라고 처음부터 체념한 의지박약자라면 애초에 구제할 가치는 없다는 것이다.

모두 자식들의 의지에 따른 것. 텔스큐라는 아마조네스의 성지가 될 수밖에 없었기에 되었던 것이라고 칼리는 말했다.

"본녀가 자비로운 여신이라고 착각했느냐, 로키의 아이야?"

"큭……."

"자식을 구하는 영원한 등불 따위 화덕의 여신에게나 맡기면 되는 게야. 본녀는 다른 신들과 전혀 다를 바가 없어. 하계에 '미지'와 흥분을 추구하는 쾌락주의자란다."

냉혹한 웃음을 지으며 칼리는 일어났다.

레피야의 감시를 아마조네스들에게 맡기고 그 자리를 떠나려 한다.

"기다리세요! ……당신의 목적은 대체 뭐죠?!"

설득이 불가능하다는 것을 깨달은 레피야는 나가려 하

는 뒷모습을 반사적으로 저지하고 그렇게 물었다.

"목적이라. 이래저래 많다만, 어디 보자. 지금은⋯⋯."

발을 멈춘 어린 여신은 붉은 머리카락을 너울거리며 돌아보았다.

"투쟁의 결말. 살육의 끝에 태어날 '최강의 전사'란 어떤 것인지⋯⋯ 그걸 보고 싶구나."

눈을 크게 뜬 레피야를 향해 칼리는 입가를 귀밑까지 찢으며 웃었다.

🔥

하늘이 창연한 어둠에 물들었다.

멜렌에는 밤이 찾아왔다. 흘러가는 구름이 별의 광채와 달의 윤곽을 가리고 끊임없이 이동한다. 이따금 틈새에서 엿보이는 달의 형상은 금색 빛으로 넘쳐났다.

"슬슬 때가 됐네⋯⋯. 티오나, 준비해."

"알았어."

쪽잠을 마친 티오네와 티오나는 폐공장에서 어두워진 하늘과 도시를 바라보고 있었다.

아르가나에게 전달받은 시각은 이미 다가왔다고 봐도 좋을 것이다. 오늘에야말로 과거를 청산하기 위해, 두 사람은 【칼리 파밀리아】가 있는 곳으로 쳐들어갈 준비를 했다.

"저기, 티오네."

"왜?"

"어제 로키하고 무슨 이야기 했어?"

전혀 생각지도 못한 데에서 들어온 질문에 티오네는 한순간 움직임을 멈추고 말았다.

"……그걸 지금 물어봐?"

"그냥 갑자기 궁금해서 말이지~."

정말로 그냥 갑자기 궁금해졌던 것임을 이해하고 티오네는 한숨을 쉬었다. 변덕스러운 고양이 같은 여동생에게 한손을 휘휘 내저었다.

"진짜 별거 아니었어. 들어봤자 소용없을걸."

"그렇구나."

"나 항구까지 가는 길 좀 확인하고 올게."

태연한 자세를 보이며 티오네는 폐공장을 나왔다.

그러나 그런 확인은 하지 않고, 오솔길로 접어들었을 때 발을 멈춘 채 벽에 기대서서 밤하늘을 올려다보았다.

『──아나, 티오네. 같이 한잔 안 할라나?』

아르가나에게 참패를 맛보았던 그날 밤, 다시 말해 어젯밤.

참을 수가 없어 아이즈와 티오나의 곁에서 달려나가 혼자 발코니에 있었을 때, 티오네는 주점에서 돌아온 로키에게 붙들렸다.

『……관둬. 그럴 기분 아니야.』

『음~. 아나, 티오네. 고민 있으면…….』

『언제든 의지하라고? 쓸데없는 참견 마. 이럴 때만 주신 행세야.』

아르가나에게 패배했던 굴욕과 주체할 수 없는 감정에 마음이 거칠어졌던 티오네는 여느 때보다도 쌀쌀맞은 태도를 보였다.

그런 티오네에게 로키는 전혀 신경 쓰지도 않는 기색으로 말했다.

『아이다. 내가 아니고, 핀을 생각해보면 되는기라.』

그 이름을 듣고 흠칫, 티오네는 어깨를 떨었다.

『지금 티오네는 처음 만났을 때랑 비슷하데이. 그때보담도 쪼끔 더 날카로울 지경인기라.』

『……윽.』

『그러니께 핀하고 처음 만났을 때를 함 생각해보란 소리데이.』

표정을 유지할 수 없는 티오네에게 로키는 웃음을 지어보였다.

『둥글어져서 엄청 귀여워진 티오네가 내는 더 좋데이.』

——아주 제멋대로 지껄이고 앉았네.

그 말을 결국 입 밖에 내지 못한 채, 티오네는 발을 끌며 주신의 앞을 떠나갔다.

"……단장님."

어젯밤을 돌이켜본 티오네는 꺼져 들어갈 것 같은 목소리로 중얼거렸다.

지금 자신이 서 있는 장소가 흔들린다는 데에 위기감을 느꼈다. 안 돼. 되돌아갈 수는 없어. 그렇게 필사적으로 자신에게 되뇌었다.

"…………."

그런 언니의 애절한 중얼거림을 티오나는 모두 듣고 있었다.

들키지 않도록 그 자리를 떠나 폐공장으로 돌아가며, 티오네와 마찬가지로 하늘을 쳐다보았다.

오라리오에 도착해, 단둘만의 세계를 벗어던졌던 그 날의 일이 먼 옛날처럼 느껴졌다.

백대리석 거탑만이 아니라 눈앞에서 올려다본 도시의 거대 시벽에 압도되었던 것이 지금도 기억난다.

오라리오에 들어가는 데에는 며칠이나 되는 시간이 필요했다. 티오네는 있는 대로 짜증을 부렸으며, 자신도 진저리를 쳤을 정도였다. 듣자하니 도시 밖에서 '팔나'를 받은 사람은 엄격하게 심사를 한다는 것이다. 다른 나라나 도시의 밀정을 막기 위해서였다. 무소속이어도 예외는 아니라고 했다. 그야 Lv.3—— 제2급 모험자에 해당하는 쌍둥이 자매가 주신도 【파밀리아】도 없이 나타났으니 오라리오라 해도 당황했을 것이다.

도시에 들어가면서 길드는 조건을 제시했다. 그것은 반

드시 도시 내의 【파밀리아】에 입단하라는 것이었다. Lv.3의 전력을 호락호락 놓치고 싶지 않으니 목줄을 채워 놓으려는 속셈이었다.

『들어오기는 쉬우나 나가기는 지극히 어렵다』. 그러한 설명을 들은 티오나가 오라리오에 품었던 첫인상은 '귀찮고 답답한 곳'이었다. 분명 티오네도 그랬을 것이다. 하지만 오라리오는 티오나와 티오네를 지루하게 만들지 않았다.

도시에 들어간 바로 다음 날, 수많은 이들이 두 사람에게 밀려들었다. 무소속 Lv.3이 도시문을 들어선다는 정보가 눈 깜짝할 사이에 퍼져, 뛰어난 아마조네스 자매——용모도 고운 미소녀 자매——를 획득하고자 수많은 던전계 【파밀리아】와 신들이 혈안이 되었던 것이다.

티오나와 티오네가 오라리오에 관심을 보였던 이유는 물론 던전이었다. 아마조네스의 피가 끓어 실력을 시험해 보고 싶어졌다. 하지만 미궁에 내려가려면——정확하게는 모험자 등록을 거쳐 길드의 확실한 지원과 환전제도를 이용하려면——파벌 입단이 반드시 필요했다.

이제까지 같으면 적당히 찾아낸 【파밀리아】에 임시 입단을 해봤겠지만, 권유하러 온 파벌의 숫자가 보통이 아니었다. 여인숙 앞에 몇 겹이나 되는 인파가 생길 지경이었다. 자신의 파벌이야말로 티오나와 티오네를 확보하겠다고 살기를 풍기며 다툼까지 벌였다.

떠들썩한 스카우트 소동에 티오네가 노골적으로 짜증을 내는 가운데, 티오나는 수많은 모험자들 앞에서 외쳤다.

『그럼 승부하자!』

자신들에게 이긴 사람의 【파밀리아】에 들어가겠다고, 손쉬운 방법으로 제안했던 것이다.

그 자리에 있던 모험자들은 모조리 참가했고—— **전멸했다.** 연속전투에서 오는 피로를 내다보고 어부지리를 노렸던 【파밀리아】의 잔꾀까지도 산산이 박살나버렸다. 텔스큐라의 생활에서 싸움에 지나치게 익숙해졌던 두 아마조네스는 오라리오의 상급 모험자마저도 격퇴해버렸던 것이다.

그로부터 매일같이 티오나와 티오네에게 달려드는 모험자는 끊이질 않았으나, 모두 퇴치해버렸다. 덧붙이자면 당시의 소동은 『허걱, 【아마존】?!』이라며 공포의 대상이 되는 무용담으로서 5년이 지난 지금도 전해져 내려온다.

티오나와 티오네의 눈에 들어오는 【파밀리아】는 좀처럼 나타나질 않았다.

그리고 오라리오의 모험자라 해도 이 정도밖에 안 되나, 하고 실망을 품기 시작했을 때—— 그들이, 【로키 파밀리아】가 나타났다.

티오네가 로키네를 보고 처음 생각했던 감상은 '아니꼬운 자식들'.

노출도가 심한 자신들의 의상에 콧김을 씩씩거리며 흥

분하는 여신, 나약해 보이는 얼굴에 쓴웃음을 짓는 파룸, 한쪽 눈을 감은 채 바라보는 절세미모의 엘프, 재미나다는 듯 수염을 문지르는 드워프. 이제까지 만난 모험자들과는 달리, 분명히 값을 매기는 듯한 그 시선이 마음에 들지 않았다.

『우린 셀 수도 없을 정도로 동포를 죽였는데, 그래도 데려갈 거야?』

싱싱한 아마조네스가 있다는 말을 듣고 만나러 와봤다는 그들에게 티오네가 시험 삼아 그렇게 위협하자,

『너희가 같은 잘못을 되풀이했을 때는 우리의 사람 보는 눈이 잘못됐다는 뜻일 뿐이야. 뭐, 그럴 걱정은 없을 것 같지만.』

파룸 두령—— 핀은 다 안다는 투로 대답했다.

——뭐야 이 자식.

그의 말에 티오네는 신경이 곤두서 악감정이 치밀었다. 핀의 첫인상은 티오네에게는 최악 중에서도 최악이었다.

승부에 이기면 입단한다는 조건을 확인하고 드워프 동료에게 말을 거는 핀에게 티오나는 말해주었다.

『네가 두목이잖아? 그럼 남에게 맡기지 말고 직접 싸워. 아니면 역시 무서운 거야, 겁쟁이 파룸?』

그 도발에 한순간 어리둥절했던 핀은 다시 쓴웃음을 지었다.

『베이트도 그렇고, 요즘 젊은 애들은 건방진 것들이 많

구먼.』

『처음 만났을 때는 너도 그러지 않았던가, 가레스?』

가레스와 리베리아가 그런 이야기를 나누거나 말거나 핀은 승낙하고 티오네와 싸우게 되었다. 신이 난 티오나는 그대로 가레스와 싸우기로 했다.

당시 티오네는 빈약한 파룸을 우습게 보고 있었다. 자신보다 조그만 이딴 종족에게 질 리가 없다고 생각했다. 또한 여행 도중 자신보다 강한 사람은 몇 번이나 만났지만 아르가나나 바체 같은 괴물은 없었으며 그것도 편견과 방심을 조장시켰다.

하물며 오라리오 제1급 모험자의 명성 따위에는 무관심했다.

파룸 용사의 이름을, 티오네는 알지 못했다.

『———.』

승부는 한순간이었다. 조그만 몸에 팔을 붙들려, 티오네는 허공을 날고 있었다.

격앙해 다시 덤벼들었지만 결과는 마찬가지. 티오네는 철저하게 패배했다. 티오나는 어떤가 싶어 쳐다보니 가레스에게 맞고 날아가 기절한 상태였다.

길바닥 위에 쪼그리고 앉아 아연실색한 티오네에게 파룸 용사가 말했다.

『약속했지? 우리 【파밀리아】에 들어오도록 해.』

유유히 자신을 내려다보는 수컷의 눈에, 티오네는 태어

나서 처음으로 맛보는 감각—— 가슴이 두근거리는 것을 느꼈다.

오라리오에 오고 나서 티오네는 달라졌다.

핀과의 만남이 소녀를 바꿔놓았다.

경멸하던 파룸에게 혼쭐이 났을 때 가슴을 꿰뚫렸다. '사랑'이었다.

무력을 자랑하던 자신을 꺾은 사내에게, 강한 수컷에게 마음을 빼앗기는 아마조네스들은 많다. 그 수컷의 아이를 낳고 싶다고 생각한다. 티오네도 마찬가지였다.

일말의 불만이 있다고 한다면, 핀은 어디까지나 이지적일 뿐 거친 수컷은 아니었다——는 생각도 순식간에 배신당했다. 한번 '마법'을 사용하면 핀은 순식간에 흉전사로 돌변했다. 핀은 사나운 전사의 얼굴을 감추고 있었던 것이다.

어떡해, 운명의 상대야——!!

티오네의 조건을 차례차례 만족해나가는 핀은 그야말로 이상적인 수컷, 영웅이자 용사였다.

알면 알수록, 곁에 있으면 있을수록 마음을 빼앗기고 말았다. 그는 다정하고 총명하며 강했다. 운명이야, 운명이라고!

싸우는 것밖에 몰랐던 아마조네스 소녀는 순수했다.

그렇기에 누구보다도 풋풋한 소녀가 될 가능성을 내포

했던 것이다.

『단장님! ……단장님의 취향은 어떤 여성인가요?』

『음— 인격만 제대로 갖추었다면 그걸로 충분한데……
굳이 따지자면 조신한 사람이 취향이려나?』

정식 입단한 【로키 파밀리아】에서 하루하루 살아가는 한
편 티오네는 변해갔다. 의식적으로 노력했던 것도, 여동생
이 질릴 정도로 무의식적인 부분도 포함해 모두. 정말 웃
기는 이야기지만 핀의 취향에 맞추고자 필사적이었다. 지
저분한 말투도 행동거지도 교정했다. 조금이라도 지적인
느낌을 주도록 어중간한 길이였던 머리도 허리까지 길
렀다. 핀과 언제나 함께 있는 리베리아처럼.

사랑에 빠진 소녀를 넘어서, 사랑에 불타는 아마조네스
의 탄생이었다. 그러나 그것도 싫지는 않았다. 내일을 맞
이하는 것이 즐거워졌다. 티오나는 그런 그녀를 보며 열
받을 정도로 느물느물 기뻐하며 웃었다.

던전의 전투도 티오네의 피를 끓게 만들기에는 충분
했다. 입단 직후 동반했던 '원정'은 일찌감치 두 사람을
Lv.4로 끌어올려줄 만한 '모험'이었다. 한 사람은 물론이
고 티오나와 둘이 덤벼서는 절대로 공략할 수 없을 지하미
궁은 동료들과의 연대감을, 다른 사람들과의 유대관계를
길러주었다.

【로키 파밀리아】에는 신비한 소녀도 있었다.

아이즈 발렌슈타인. 【검희】라는 별명을 가졌으며, 신

못지않은 미모를 가진 금발금안의 모험자. 당시【랭크 업】 최고속도 기록을 가졌다고 들었을 때는 놀랐다. Lv.2가 된 나이야 자신들이 더 빨랐지만, 이쪽은 태어났을 때부터 목숨을 걸고 싸웠던 전투부족이다. 게다가 티오네와 티오나는 첫【랭크 업】에 5년이 걸렸는데 금발금안의 소녀는 1년. 핀 일행을 포함해 역시 오라리오의 모험자들은 머리가 이상하다고 경탄했다——. 아이즈라는 소녀는 특히 이단이었던 셈이지만.

아이즈는 단원들과 어지간해서는 교류를 가지지 않았다. 홈에서 보이는 모습은 항상 안뜰에 달라붙은 것처럼 검을 휘두르는 모습이었으며, 문득 정신이 들고 보면 '원정'도 없는데 던전에 틀어박혀 있었다. 그녀와 1분 이상 대화를 나눌 수 있는 사람은 로키, 그리고 리베리아 같은 간부들뿐이었다.

세상과 동떨어진 듯한 소녀에게 티오네는 처음에는 별로 다가서려 하질 않았지만, 그녀의 여동생은 달랐다.

『아이즈란 애, 옛날 티오네랑 비슷하네.』

『뭐?』

대체 어디가. 의아한 표정을 짓자 티오나는 여느 때처럼 웃었다.

『응, 역시 저런 애는 그냥 놔둘 수가 없겠어! 쟤랑 친구하고 올래!』

그 후로는 휩쓸리듯 셋이 행동을 함께 하게 되었다. 티오나의 공세에 처음에는 당황했던 아이즈도 시간이 지나면서 조그만 웃음을 짓게 되었다. 훗날 아이즈를 동경해【로키 파밀리아】에 입단한 레피야도 여기에 가담했다.

사랑하는 사람이 생겼다.

동료가 생겼다.

그토록 찾아 헤매던 자리를 발견했다.

이날을 위해 슬픔과 괴로움이, 끔찍한 과거가 있었던 것이다.

그렇게 자신에게 되뇌면 과거와 결별할 수 있을 것 같았다. 실제로 그랬다.

하지만 지금은──

『둘만 있던 시절로, 돌아간 것 같네.』

티오나가 중얼거린 말이 티오네의 뇌리에 되살아났다.

"…………."

오라리오에서 보내던 하루하루를 회고하던 티오네는 앞을 보았다.

이 이상의 망설임을 닫아놓고 폐공장으로 돌아간다.

"가자, 티오나."

"알았어."

악연을 끊기 위해, 과거를 청산하기 위해 자매는 출발했다.

"아이즈 씨, 항구에서 아마조네스들을 봤다는 어부가 있었어요!"

멜렌 시내.

계속해서 티오네와 티오나, 【칼리 파밀리아】의 소식을 추적하던 아이즈에게 제2급 모험자 나르비가 정보를 가지고 달려왔다.

"……항구 부근에서, 감시하자. 뭔가 발견하면 섬광탄이나 '마법'을 하늘로 쏴."

"알았어요!"

"상대를 발견해도, 나나 리베리아가 올 때까지 덤비면 안 돼."

말수가 적은 입으로 아이즈는 어떻게든 말을 쥐어짜내지시했다. 적의 두령 자매를 경계하는 【검희】의 지시에 나르비와 다른 소녀들은 고개를 끄덕였다. 리베리아나 다른단원들에게 전달하고자 아이즈의 앞을 떠났다.

"레피야…… 티오나, 티오네."

머리 위를 올려다본 후, 아이즈는 소란으로 넘쳐나는 대로를 달려나갔다.

"시벽 파수꾼에게 들었다만, 티오네와 티오나로 보이는 자의 모습은 발견하지 못했다는군. 물론【칼리 파밀리아】도."

"그럼 잠복한 곳은 멜렌 시내 아니믄…… 시벽 없는 기수호 방면이겠데이.”

리베리아의 보고를 듣고 로키는 중얼거렸다.

장소는 거점으로 이용 중인 여관, 시내를 전망할 수 있는 발코니였다.

“그리고 아이즈 쪽이 정보를 얻었다고 한다. 항구에서 움직임이 있었다고 한다.”

“음, 그럼 마 확실하겠구마. 알았데이. 내도 이제부터 어항 쪽으로 간다.”

난간에 기대 서 있던 로키는 돌아보며 고개를 끄덕였다.

방안의 빛을 등으로 받으며, 리베리아는 주신의 곁으로 다가갔다.

“원래의 목적이었던 식인꽃 건도 정리되지 않았는데 할 일이 산적했군.”

“아, 그쪽은 아이쭈 덕에 대충 감 잡았데이.”

“뭐?!”

대수롭지 않다는 듯 말하는 로키에게 리베리아가 고개를 휙 돌렸다.

“나중에 말해주꾸마.”

로키는 그런 그녀에게 손을 휘휘 저으며 시선을 앞으로 돌렸다.

“근데 이번 사건에 얽힌 ‘실’ 쪽을 모르겠데이…….”

로키는 날카로운 눈빛으로 시내의 야경을 노려보았다.

"게임판 밖에서 개미들을 내려다보는 기분도 나쁘진 않네."

시내에서도 가장 비싼 고급 숙소.

그곳의 최상층에서 이슈타르는 호화로운 의자에 앉아 있었다.

"로키의 간부 중에서 하나라도 줄여놓으면 득 보는 셈이지. 원한을 산다 해도 화살은 그 촌뜨기들에게 돌아갈 테고…… 그놈들이 쓸모가 없어지면 계획 실행은 늦어지겠지만, 다른 세력을 부르면 그만이야."

당사자들에게서 떨어진 안전지대에서 여유를 가진 여신은 맛나게 곰방대를 빨았다.

연기를 토해내며, 창밖에 펼쳐진 호수와 항구를 내려다본다.

"이슈타르 님……."

"돌아왔어, 아이샤? 무슨 일이야?"

"시킨 대로 운반은 했는데, 그게 대체 뭐지?"

이슈타르의 곁에 나타난 것은 다리가 긴 여걸이었다. 보고를 위해 찾아온 그녀는 아름다운 얼굴을 딱딱하게 굳히고 있었다.

"아, 너희는 처음 보겠구나……. 나도 잘은 몰라. 다만 그걸 써서 몰래 돌아다니는 녀석들하고 좀 인연이 있을 뿐."

"……."

"뭔가 하고 싶은 말이라도 있어, 아이샤?"

가늘게 뜬 눈꺼풀 사이에서 자수정처럼 요사스럽게 빛

나는 여신의 눈에 여걸은 숨을 멈추었다. 그녀의 오른손은 이내 무언가를 떠올린 것처럼 경련을 일으키고, 시선은 얼른 다른 곳을 향했다.

"……대기장소로, 돌아갈게."

"응. 부탁해."

방에서 나가는 여걸에게 희미한 미소를 지으며 이슈타르는 다시 곰방대를 입에 물었다.

"레나~, 내 갑옷은 가져왔겠지이~?"

── 이슈타르가 있는 최상층에서 떨어진 여관의 대형 객실.

오라리오에서 돌아온 소녀 아마조네스에게 거녀 프뤼네는 무장을 받아들고 있었다.

"여, 여기……. 도끼도, 같이."

"왜 이렇게 늦었어어, 못 생긴 게에~. 어제 나갔던 주제에 아슬아슬하게 돌아오고 말이야."

"상회를 거쳐서, 도시의 검문을 빠져나오는 데 시간이 걸렸어…… 미, 미안해."

아직 어린 단원이 겁을 먹은 가운데 프뤼네는 장비가 든 자루를 한 손으로 낚아챘다.

자루의 주둥이를 벌리자 붉게 물든 중후한 갑옷이 광택을 뿜어냈다.

"꼐꼐꼐꼐꼐! 오늘에야말로 박살을 내주겠어, 【검희】이~!"

희열과 분노가 뒤섞인 추악한 웃음을 지은 프뤼네는 객실 구석으로 시선을 돌렸다.

"준비해에, 하루히메에!"

"…………네."

순백색 천을 머리부터 뒤집어쓴 소녀가 꺼져 들어가는 목소리로 중얼거렸다.

가슴을 한 손으로 누르며 고개를 푹 숙인 그녀는 초연한 움직임으로 거녀의 뒤를 따랐다.

"와라, 와라…… 티오네."

어둠에 몸을 숨긴 채 아르가나는 티오네의 이름을 부르고 있었다.

동여맨 모래색 장발을 출렁이며, 뱀과도 같은 두 눈을 사납게 빛낸다.

그녀의 뒤에서는 수많은 아마조네스들이 바닷바람을 받으며 그 순간을 기다렸다.

"명상을 하나, 바체? 웬일이지?"

"…………."

한편 아르가나가 있는 곳과는 다른, 암굴과도 같은 동굴 내부.

레피야가 사로잡힌 장소보다도 훨씬 넓은 공간에서 칼리는 땅바닥에 앉은 모래색 머리카락의 아마조네스에게 물었다.

"얼른 티오나랑 싸우고 싶더냐?"

"…………."

"후후, 물어볼 필요도 없었구먼."

베일로 입가를 가린 전사는 말없이 눈을 감았다.

그 눈동자 또한 언니의 것과 마찬가지로 전의에 넘쳐났다.

"본녀도 기대되느니라…… 연회가 시작될 게야."

칼리는 가면 안에서 사납게 웃었다.

여신의 선언이 공동 내에 울려 퍼지고, 녹아들었다.

기수호가 겁을 먹은 듯이 떨리고 수면에 파도를 일으켰다.

긴 밤이 시작되려 했다.

5장 태양과 달의 듀오

Гэта казка іншага сям'і

Duet ў месяцы і сонца

© Kiyotaka Haimura

멜렌 항구는 타원을 그리는 거대한 기수호, 롤로그 호수의 형상을 따라 세워졌다.

중앙에서 동쪽으로 가면 교역항과 어항이 있으며, 멜렌 내에서도 가장 북적거리는 구역을 이룬다. 반면 서쪽은 어떤 '거대 함선'을 정박시킨 광대한 선착장과 조선소로 이루어졌다.

선착장 쪽은 문제의 배가 입항하지 않았을 때는 교역항에서 미처 받지 못한 여객선을 받기 위해 개방되었으며, 지금도 많은 배가 정박 중이었다. 육지를 도려내듯 세워진 조선소는 어떤가 하면, 수리 도중인 배나 건조 중인 상선이 있었다.

던전에서 몬스터가 진출해 바다에서도 피해가 끊이지 않는 지금의 시대에는 선체를── 특히 선저를 튼튼한 정제금속으로 코팅하는 것이 주류였다. 물론 '미스릴'을 비롯한 정제금속은 값이 비싸므로 이런 처리는 부유층의 개인 소유 선박 내지는 대형선에 한정된다.

오라리오는 던전에서 나오는 광석── 경도가 높은 '노스틸' 같은 것을 팔아 여기서도 이익을 올린다. '드롭 아이템' 거래는 상업계 【파밀리아】나 상인에게도 인가가 나오기 때문에 그들도 모험자들에게서 사들인 광석을 적극적으로 거래한다.

조선공의 모습은 어디에도 보이지 않았으며, 조선소는 어둠에 잠겼다. 마석등은 모두 꺼져 만들다 만 목제 선박이 우툴두툴한 윤곽을 드러내고 있었다. 주위에 감도는 것은 오라리오의 현관에 어울리지 않을 정도로 불길한 정적뿐이었다.

그런 조선소 한 곳에 아르가나가 있었다.

"기다렸다, 티오네, 티오나."

아르가나는 그 자리에 나타난 티오네와 티오나를 아마조네스의 언어로 맞이했다. 그녀의 뒤에는 수많은 아마조네스가 있었다.

웃음을 지은 그녀에게 티오네는 같은 언어로 물었다.

"여기선 조선공들이 늦은 밤까지 일하고 있었을 텐데……어떻게 했어?"

"재웠지."

혀를 차는 티오네의 옆에서 이번에는 티오나가 말했다.

"레피야는?"

"칼리와 바체가 데리고 있다. 여기에는 없어."

더듬거리던 코이네 공통어와는 달리, 아마조네스 언어를 말하는 모습은 유창하고 막힘이 없었다.

아르가나는 팔을 뻗어 도시 변두리 쪽을 가리켰다.

"이 너머로 가라, 티오나. 길은 금방 알 수 있을 거다. 바체가 너를 기다린다."

그 지시에 티오네와 티오나는 한번 얼굴을 마주 보았다. 그리고 이내 함께 고개를 끄덕인다.

서로를 둘로 나눠 연계를 막으려는 상대의 요구를 자매

는 받아들였다.

"티오나, 지지 마."

한순간 구름 틈새에서 얼굴을 비친 달빛을 받으며 티오네는 입을 열었다.

그녀의 앞에 있는 아르가나를 노려본 채, 등 뒤의 동생에게 말한다.

"……알았어. 티오네도."

짧은 말을 나누고 티오나는 달려나갔다. 언니와 헤어져, 아르가나가 가리킨 방향으로 향했다.

"티오네, 너는 이쪽이다."

"……."

경계를 기울이며 티오네는 그녀의 안내에 따랐다.

수많은 아마조네스와 함께 어둠을 틈타 이동해, 항구에 정박된 어떤 대형선으로 올라탔다.

"여기서 싸우자고? 금방 들킬 텐데?"

눈썹을 모으며 티오네가 지적해도 아르가나는 웃을 뿐이었다. 대신 다른 아마조네스들이 재빨리 움직여 배 안으로 사라졌다.

"들키든 말든 상관없어. 아무도 다가올 수 없을 테니까."

그녀의 말이 방아쇠가 된 것처럼 배는 천천히 움직였다.

티오네가 놀라고 있으려니, 선저에서 튀어나온 여러 자루의 노가 움직이며 금세 항구를 떠나갔다.

"즉석 투기장이지. 우리나라 것보다는 좁지만."

노를 젓는 아마조네스들의 손에 배는 호수를 가르며 나아갔다.

진동을 발밑으로 느끼며 티오네는 중얼거렸다. 머리 좀 썼네.

'먼 바다까지 나가면 방해를 받을 일도 없을 테니…….
어느 한쪽이 죽을 때까지 승부를 계속할 수 있단 말이군.'

배의 동력—— 노를 젓는 아마조네스들은 상급 모험자에 필적하는 텔스큐라의 전사들이다. 설령 같은 인력선으로 쫓아온다 해도 속력의 차이 때문에 접근은 불가능할 것이다.

아무도 방해할 수 없는 해상의 링.

아르가나가 바라는 '의식'을 치르기에는 그야말로 제격이었다.

칼리가 지혜를 귀띔해준 것이 아닐까, 티오네는 그렇게 짐작해보았다.

"——찾았다."

티오네와 아르가나가 배로 이동하고 있을 때, 아이즈의 눈은 아득한 거리에 있는 그 광경을 포착했다.

항구 부근의 건물 위, 몸을 숨긴 지붕에서 일어나 후방으로 말했다.

"나르비, 사람들을 불러줘."

"네!"

대답을 듣자마자 아이즈는 달려나갔다.

다른 단원들보다도 앞서, 조선소 방향으로 서둘러 이동했다.

'티오네……!'

티오네와 아르가나가 탄 배가 발진하는 것을 보고 아이즈도 적의 노림수를 깨달았다.

기수호를 나가기 전에, 호협에서 바다로 나가버리기 전에 잡아야만 한다.

금색 탄환으로 착각할 만한 아이즈의 질주가 더욱 가속했다.

그러나 그때——

『—— 오오오오오오오오오오오오오오오오오오오오오오오오오오오오오오오!!』

"?!"

깨진 종을 두드리는 것 같은 울음소리가 울려 퍼졌다.

"저건, 식인꽃?!"

"이럴 때!"

배에서 하역한 수많은 짐을 놓아두는 창고 구역을 폭발시키며 출현한 것은 합계 일곱 마리나 되는 기다란 몸. 극채색 꽃잎이 활짝 피며 추악한 입과 이빨이 평화로운 항구 도시를 공포에 몰아넣었다.

아이즈의 뒤를 따라 지붕 위를 이동하던 단원들이 경악해 소리를 질렀다.

"으, 으아아아아아아아아아아아아아아아!!"

식인꽃이 나타난 것은 시내 한복판, 교역항 부근. 하늘
로 뻗어나가는 그 거대한 몸을 올려다보며 항구에 남아 있
던 선원들이 비명과 함께 도망쳤다.

어째서, 왜 지금, 정말로 **우연**──?

찰나 동안 무수한 의문이 아이즈의 뇌리를 가르고 지나
갔다. 하지만 생각할 틈도 없이 선택의 기로에 놓였다.

자신의 전방에서는 티오네를 태운 배가 멀어져간다.

자신의 후방에서는 식인꽃이 내려친 촉수에 정박 중인
여객선이 산산이 부서지고 있었다.

교역항에서 눈 깜짝할 사이에 비명이 확산되는 가운데,
눈을 크게 뜬 아이즈는 고뇌를 꽉 억누르는 심정으로 외
쳤다.

"──먼저 몬스터를!!"

발판에 착지한 것과 동시에 브레이크를 걸며 돌아섰다.

티오네를 태운 배에 등을 돌린 채, 아이즈는 일반인들을
먼저 구하고자 했다.

"식인꽃?!"

아이즈와 단원들이 식인꽃을 공격하는 그 광경을 티오
네도 보았다.

쭉쭉 가속하는 배 위에서 아연실색하고 있으려니 아르
가나가 말했다.

"저건 단순히 발을 묶기 위한 용도야. 그 이상도 이하도

아니지. 마음에 두지 마."

"……저 식인꽃은, 결국 너희와도 관련이 있었단 말이군."

"무슨 소리인지 모르겠는걸. 우리도 발을 묶어놓을 방법까지는 듣지 못했으니까."

티오네의 험악한 표정에 아르가나는 동문서답처럼 말할 뿐이었다.

티오네가 조바심을 내는 사이에도 배는 기수호에서 호협을 넘어, 마침내 바다로 나갔다. 멜렌이 시야 너머에서 작아지고, 호반도 멀어져갔다.

"그런 건 아무래도 상관없어. 자── 싸우자고."

때는 무르익었다고, 아르가나는 이제까지 보지 못했던 기쁨의 웃음을 지었다.

티오네는 입을 꾹 다문 채 돌아서서, 이에 호응하듯 '의식'의 상대와 대치했다.

"…………."

시선 너머에서 금발금안의 모험자 일행이 몬스터와 맞서 싸운다.

허공에서 내리꽂히는 촉수에 두 쪽으로 갈라져 가라앉는 배, 교역항에서 도망치는 선원과 상인, 손가락으로 가리키며 굳어버린 어부들. 여자와 아이들의 찢어지는 비명이 시내 방향에서도 들렸다.

시야에 비친 모든 광경을 앞에 두고, 그 인물은 이리저리 도망치는 데미휴먼의 파도를 거스르듯 그 장소를 떠났다.

그 인물의 움직임을 로키는 놓치지 않았다.

장소는 발칵 뒤집힌 듯한 소란에 휩싸인 어항이었다. 어부들도 교역항 방향에서 잇달아 밀려드는 사람들에게 혼란스러워하며, 높은 곳에 위치한 시내 안쪽으로 가도록 유도하고 있었다.

리베리아는 아이즈 일행과 연계해 항구 일대에 그물을 펼치고 소수의 단원과 함께 어항 구역에 대기하고 있다가, 즉시 원군으로 가세하고자 했다. 그때 로키가 그녀를 붙들었다.

"──리베리아."

"왜 그러지, 로키? 이럴 때에."

"여기서 떠야 쓰겠데이. 식인꽃을 호수에 푼 흑막…… 범인을 쫓아야 하니께. 탐정놀이데이."

농담처럼 말하면서도 진지한 표정으로 말하는 로키에게 다른 단원들과 함께 리베리아는 놀랐다.

"우리도 말인가? 저 몬스터는?"

"저 정도면 아이쭈네만 가지고도 될기라. 그보다도 저기로 몽땅 달려가는 기 적의 의도라 안하나."

마치 짠 듯한 타이밍에 나타난 식인꽃의 무리가 '발을 묶어놓는' 역할일 뿐임을 간파한 로키는 너도 알아차린 것 아니냐며, 입을 다문 리베리아를 흘끔 쳐다보았다.

"쪼끔, 적도 예상 몬한 일이 일어난 것 같데이…… 아마 꼬랑지를 드러낼기라."

"지금이 기회란 말인가?"

"하모. 발뺌 몬할 증거를 현장에서 확보할 수 있제."

로키는 조금 전의 인물이 숨은 방향을 노려보고 있었다.

다른 단원이 이해하지 못하겠다는 표정을 짓는 가운데, 현재의 멜렌을 에워싼 '계략'을 이미 들었던 리베리아는 한순간의 침묵을 거쳐 물었다.

"……식인꽃 쪽은 네 말대로 아이즈 정도면 어떻게든 되겠지. 그러나 티오네와 티오나는 어떻게 하려는 거지?"

리베리아가 함정의 냄새를 맡으면서도 식인꽃을 즉시 섬멸하고자 한 이유는 아이즈나 자신 중 어느 한쪽이 티오네와 티오나의 뒤를 쫓기 위해서였다.

목적을 위해 그 아이들을 내팽개칠 수 있겠느냐 하는 파벌 부단장의 우려에, 로키는 전혀 비관하지 않는 기색으로 대답했다.

"내는 내 얼라들을 믿는데이. 암~것도 걱정할 거 없다."

그 말에 리베리아는 아무 말도 할 수 없었다. 대신 주신에 대한 신용을 한숨으로 바꿔 입술에서 뱉었다.

"게다가 시내에서 '마법' 갈겨서 불바다 만들 수도 없는 노릇 아이가? 니도 '내는 몬한데이~' 그랬잖나. 시가전은 아이쭈한테 맡기면 된데이."

"……하는 수 없지. 알았다."

"그라면 리베리아는 이쪽 부탁한데이."

"그래. 아리시아, 따라와라!"

"아, 네!! ……어라, 저요?"

엘프 단원 아리시아를 부른 리베리아는 재빨리 그녀의 가늘고 긴 귀에 입을 가져다댔다. 무언가를 속삭이자 아리시아는 놀란 표정을 지은 후 이내 고개를 끄덕였다.

마법직 엘프들이 달려가는 가운데, 로키는 남은 단원들을 불렀다.

"나은지도 얼마 안 됐는데 미안타. 라크타하고 엘피는 따라온나. 내 좀 지켜줘야 쓰겠데이. 힐러…… 리네는 부상자가 나올지도 모르니 여기 남고."

"아, 알겠습니다!"

재빨리 지시를 내린 로키도 당황하는 흄 바니 소녀들을 거느리고 움직였다.

"그러면…… 이제부터가 '체크'데이."

티오나는 아르가나가 가리킨 방향을 향해 일직선으로 달리고 있었다.

조선소 뒤쪽, 잡다한 부품들이 놓인 구역을 지나 호반에 가까운 잡목림 안으로 들어갔다.

길은 금방 알 수 있다고 아르가나가 말했다. 무슨 말일까 생각하면서도 나무 사이를 나아가자── 어떤 냄새가 티오나의 코를 간질였다.

"이 냄새는……."

아는 냄새였다.

킁킁, 개처럼 코를 울린 티오나는 그것이 무엇인지를 순식간에 깨달았다.

곰팡이 냄새 속에 섞인 강렬한 쇠 비린내. 그 석조 방에서, 투기장 안에서 익숙해졌던── 텔스큐라의 냄새.

아마도 일부러 녹슨 무기로 피부를 갈라 체액을 이정표처럼 떨어뜨렸을 것이다. 아르가나의 진의를 이해한 티오나는 잊을 수 없는 피 냄새를 따라 숲속을 달려나갔다.

"여긴……."

숲을 빠져나간 곳의 눈 아래 펼쳐진 것은 얼마 전 동료들과 호수욕을 즐겼던 장소와 비슷한 하구였다.

그쪽보다도 폭이 좁은 만큼 사람들의 눈에 잘 뜨이지 않는, 숫제 깊은 계곡이라 해도 좋을 정도였다. 가장 큰 차이점은 백사장이 존재하지 않으며, 담수가 아니라 바다에서 흘러든 해수가 파도를 이루며 암벽을 침식한다는 점이었다.

"해식굴……?"

파도에 도려져나간 암벽에는 몇 사람이 거뜬히 지나갈 수 있을 만한 구멍이 입을 벌리고 있었다.

낭떠러지를 내려가 바로 앞까지 다가가보니 구멍은 먼

곳까지 이어졌다. 시커먼 바위 표면이 마치 암굴처럼 터널 형상을 그렸다. 가만히 서서 관찰하던 티오나는 해식굴 안으로 발을 들였다.

물이 빠질 때여서인지 바닷물은 무릎 정도밖에 차지 않았다. 한동안 나아가자 해변과 비슷한 단차에 막혀 바닷물은 끊어졌다. 까만 바위너설을 맨발로 차닥차닥 밟으며 더 전진하니 마치 개미굴처럼 복잡한 갈림길이 나타났다.

"어쩐지 던전 같네."

이러니 찾지 못할 수밖에. 설령 해식굴을 발견했다 쳐도 안쪽에 숨은 사람을 발견하기란 지극히 어려웠으리라. 레피야를 납치한 칼리 일당은 이곳에 잠복했던 것이다.

'자연스럽게 생긴 것에…… 나중에 손을 대서 더 팠던 모양이네.'

가느다랗게 존재하는 천장의 균열에서 희미한 달빛이 스며드는 가운데, 어두운 해식굴 벽에는 마석등이 매달려 있었다. 피의 이정표가 이어지는 길 하나로 들어가, 때로는 경사로를 내려가면서 티오나는 장대한 동굴을 달려나갔다.

이윽고.

"드디어 왔느냐, 티오나."

"!"

탁 트인 공동에 도착했다.

머리 위쪽이 높은 통 형태를 이루었으며, 넓다. 이곳도

새까만 바위 표면이 그대로 드러나 마치 거대한 석관의 내부를 연상케 했다.

주위를 켜켜이 에워싼 바위 위에는 텔스큐라의 전사들이 보였으며, 가장 높은 장소에서는 환영의 말을 보내는 칼리가 책상다리를 하고 앉아 있었다.

그리고 티오나의 정면.

말없이 그녀를 기다리던 것은 까만 비단 베일로 입가를 가린, 모래색 머리카락의 아마조네스.

"바체……."

"…………."

시선을 보내는 티오나의 말에 반응하지 않는 대신 바체는 눈으로 대답했다.

모래색 앞머리 밑에서 두 눈이 날카로운 안광을 머금었다.

"……칼리, 레피야는?"

"여기하곤 또 다른 공동에 잡아두었단다. 걱정하지 않아도 풀어줄 게야. ……'의식'에 결판이 난 후에."

여신은 잃어버린 보물을 발견한 어린아이처럼 피 같은 두 눈을 가늘게 떴다.

"이런 날이 올 줄은 몰랐구나. 사제끼리, 피차 이렇게나 성장한 모습으로 투쟁을 벌이게 될 날이 올 줄은 말이지."

열기가 깃든 말을 절절히 중얼거린 것도 잠시.

흘끔 티오나의 몸 곳곳을 바라보고, 칼리는 연민의 눈빛을 보냈다.

"뭐, 하나는 별로 성장하지 않았다만⋯⋯."

"그러니까 몸 이야기는 하지 말라구—!!"

정말로 유감스럽다는 듯이 논평하는 옛 주신에게 티오나는 두 팔을 휘저으며 고함을 질렀다.

덧붙이자면 아르가나도 티오네만큼 가슴둘레가 있었으며, 나아가 바체는 두 사람을 능가할 정도의 융기를 가졌다. 여동생과 여동생의 가슴둘레 대결에서는 완패였다.

"——자세 잡아, 티오나."

새빨개진 얼굴로 화를 내는 티오나를 보며, 바체가 처음으로 입을 열었다.

촌극을 끝내겠다는 듯, 비단 베일 안에서 억양 없는 목소리로 말했다.

"목숨을 걸고 싸워."

간결하면서도 명쾌한 한 마디와 함께, 오른팔을 슬쩍 내미는 자세를 잡았다.

"⋯⋯안 싸우면 안 돼?"

"새삼스레 무슨 소리를 하는 게냐, 티오나."

"나, 바체하고는 별로 싸우고 싶지 않아⋯⋯."

위에서 들려오는 칼리의 목소리에 눈을 돌리지 않은 채 눈앞에 선 여전사를 직시했다. 언니와 싸우고 싶지 않다고 했던 옛날과 마찬가지로 자신의 본심을 말했다.

"네게 책을 읽어주었던 것이⋯⋯⋯⋯ 잘못이었다."

바체는 꼼짝도 하지 않은 채 싸늘한 어조로 두 사람의 과거를 부정했다.

티오나는 얼굴을 찡그린 것과 동시에 깨닫지 않을 수 없었다.

마지막으로 헤어졌던 10년 전보다도 바체가 두른 공기는 더욱 날카로워졌으며, 한기마저 띨 정도로 연마되었다는 것을.

자신이 상상할 수 있는 영역을 아득히 초월할 정도로 강하고 냉혹해졌음을.

'진정한 전사'에 다가갔음을.

"바체…… . 에르네아를 죽였어?"

"그래. 아르가나는 베르나스를…… . 그리고 우리는 Lv.6이 됐다."

그것은 바체나 아르가나와 마찬가지로 【파밀리아】의 두령 후보 필두였던 전사들의 이름이었다. 당시의 티오나가 전율을 느낄 만큼 강대했던 Lv.5 아마조네스. 그녀들을 죽이고 이룬 시련―― '위업'을 달성해 바체는 Lv.6에 이르렀다.

아르가나와 마찬가지로.

그녀 또한 고독 항아리 속에서 상잔을 거쳐 살아남은 텔스큐라의 괴물.

"싸우지 않을 수 없게 해주지."

그리고 아르가나가 '독사'라고 한다면.

지금 무시무시한 살기를 해방시킨 눈앞의 전사는——.

"——【디 아스라(잡아먹어라)】."

초단문영창.

아이즈와 비슷한 길이의 영창으로 발동하는, 바체의 유일무이한【마법】.

"【베르구스】."

내질러진 바체의 오른손을 흑자색 빛의 막이 감쌌다.

흔히 화려하게만 생각하는 '마법'의 심상을 갈아엎듯, 그 빛의 막은 끈적끈적 유동을 되풀이했으며 흉흉한 기운을 띠었다.

【베르구스】. 바체의 오른손에 부여되는 인챈트.

속성은—— '맹독'.

'의식' 속에서 수많은 동포들을 해쳤던, 방어가 불가능한 독니였다.

그렇다. 아르가나가 '독사'라고 한다면 바체는—— '독충'.

그녀의 '마법'이야말로 '고독의 왕'을 자청하기에 어울리는 무기였다.

『————————————————————

——아아!!』

'마법'의 발동이 계기가 된 것처럼 주위를 에워싼 아마조네스들이 일제히 발을 구르기 시작했다.

진동과 함성. 흥분과 포효. 투기장에서 이루어지는 '의식'을 재현하듯 석관 속에서 열광이 소용돌이를 이루었다.

"……큭!"

바체의 '마법'은 필독(必毒)이자 필살.

저항에 실패하면 눈 깜짝할 사이에 죽음에 이른다. 자신의 목숨을 노리는 옛 스승에게——혹은 또 다른 언니에게——티오나는 주먹을 겨눌 수밖에 없었다.

투기장으로 비교한다면 아레나에 해당하는 공동의 중앙 부분에서, 서로를 노려본다.

"흐하하. 자아, 시작해보거라."

입술을 귀밑까지 찢어 웃는 여신의 눈앞에서—— 티오나와 바체는 충돌했다.

"——하루히메에, 시작해에."

두꺼운 구름이 달을 가린 밤하늘 아래.

"예."

그 소녀는 체념한 듯 대답했다.

"【——커져라 뚝딱】."

시작되는 노래, 입에 오르는 노랫소리.

"【그 힘에 그 그릇. 수많은 재물에 수많은 바람】."

덧없이 자아내는 가녀린 목소리와는 달리, 그곳에서 태어나는 것은 강렬한 '마력'.

"【종소리가 알릴 그 순간까지 부디 영화와 환상을】."

저 멀리서 울려 퍼지는 깨진 종을 두드리는 것 같은 울음소리와 모험자들의 기합성 뒤에서, 그 누구에게도 들키지 않고 '영창'이 이어졌다.

"【──커져라 뚝딱】."

노래를 이어나가던 옥구슬 같은 목소리는 금색 빛까지도 낳았다.

엷은 안개 형태의 '마력'이 빛의 구름을 이루며 환상적인 빛의 입자를 피워올렸다.

얼굴을 가린 두건이 펄럭 떠올랐다.

"【신찬을 먹어치운 이 몸. 신들께 바친 이 빛】."

소녀는 이 노래를 싫어했다.

이 노래는 누군가를 상처 입히는 일은 있어도, 누군가를 구하는 일은 없었으므로.

"【메에 이르러 뫼로 돌아가, 부디 그대에게 축복을】."

운명에 저항하지 못하는 어리석은 자신에게 구원은 없다. 구원을 바라는 것은 부끄러운 일이다.

그러나 이 '빛'만은 언젠가 축복의 빛이 될 수 있을까?

어리석은 자신은 구원을 받지 못하더라도, 누군가를 구할 한 줄기 희망이 될 수는 있을까?

그런 순간이 찾아온다면, 자신의 몸도 마음도, 이 '빛'도 누군가에게 바치고 싶었다.

두건 너머에서 드러난 아름다운 옥색 눈동자를 내리깔

며, 소녀는 그 노래를, '빛'을 해방했다.

"【──커져라 뚝딱】."

광휘가 '힘'이 되었다.

🔥

『오오오오오오오오오오오오오오오오오오오오오오오오
오오오오오?!』

깨진 종을 두드리는 것 같은 울음소리가 단말마로 바뀌
며 하늘로 치솟았다.

아이즈의 검이 호를 그리며 꽃머리를 절단해 마지막 식
인꽃이 격파되었다.

"몬스터가 전멸했어요!"

"피해는?!"

"부상자는 아직 아무도……. 주민들은 피난시켰고요!"

나르비를 중심으로 한 단원들의 목소리가 잇달아 빠르
게 오가며 화물을 내리는 구역에 퍼졌다.

식인꽃과의 교전은 사실 이번이 처음인 사람도 많았지
만, 아이즈 일행이 수집한 개체정보를 토대로 별 어려움
없이 구축에 성공했다. Lv.2, Lv.3인 단원이 대부분이었
어도 어엿한【로키 파밀리아】의 구성원은 모두 비범했다.

몬스터가 출현한 후로 5분도 지나지 않아 일어난 일이
었다.

'주위의 빛이 사라졌어……. 전투 때문일까?'

일곱 마리 중 네 마리나 되는 식인꽃을 물리친 아이즈는 마석등 불빛이 거의 사라진 교역항에 조그만 위화감을 느꼈다. 식인꽃이 날뛴 것은 사실이지만 모든 광원이 사라질 만큼이었나 하고.

"……!"

그러나 그것도 한순간.

티오나 일행의 얼굴을 떠올린 아이즈는 즉시 그 자리를 떠나려 했다.

——못 보내줘어.

그러나 갑자기 두꺼비의 조소를 들은 기분이 들었다.

다음 순간.

"해치워라, 애들아!!"

"?!"

늠름한 여걸의 목소리가 터지고 무수한 그림자가 허공으로 치솟았다.

"아니?!"

"【칼리 파밀리아】?!"

주위에 숨어 있었는지, 수수께끼의 그림자들은 경악한 【로키 파밀리아】의 단원들에게 무기를 내리쳤다. 창고 옥상에서, 난잡하게 쌓인 화물 뒤에서 도약을 거쳐 머리 위로부터 밀려드는 온갖 무기들을 소녀들은 튕겨내거나 회피했다.

아이즈를 포함해 아군은 열 명, 반면 적은 스물 이상.

일행은 완벽하게 포위된 형태로 기습을 당했다.

"다들——?!"

적은 모두 터번으로 얼굴을 가려 용모를 감추고 있었다. 목 아래쪽의 노출된 피부는 갈색, 의상은 방어구를 최소한으로 갖춰 기동력을 중시한 배틀클로스. 틀림없이 아마조네스일 것이다.

나르비 이하 제2급 모험자 동료들은 최소 두 명 이상의 적에게 습격을 당했다. 기습을 회피한 아이즈는 가세하고자 했으나.

"너는 내 거야아~."

"———."

등 뒤에 나타난 거대한 그림자가 아이즈의 몸을 덮쳤다.

"으라아!!"

"!!"

무시무시한 종단 일격을 신속의 반응속도로 회피했다.

포장되었던 항구의 지면이 산산이 박살나고 대량의 연기와 파편이 치솟는 가운데, 아이즈는 간격을 벌린 것과 동시에 몸을 돌려 상대를 시야 정면에 두었다.

빈틈없이 칼끝을 겨누고 있으려니…… 흙먼지 너머에서 거대한 실루엣이 일렁거렸다.

"……!"

"께게게게게게계, 역시 제법이야아~."

놀라움에 물든 금색 눈동자에 비친 것은 찬란하게 빛나는 금속의 광채였다.

2M이 넘는 장비자의 거구를 에워싼 풀 플레이트 아머.

색깔은 악취미스럽다고 밖에 형용할 수 없는 기분 나쁜 붉은색이었으며, 양손의 건틀렛으로는 두 자루의 대형 배틀액스를 단단히 들었다. 그리브에서 헬름까지 한 치의 빈틈도 없는 완전방어 사양이었으며 찬란하게 빛나는 정제 금속의 재질을 보아도 얼마나 단단할지 짐작이 갔다. 분명 제1급 무장일 것이다. 그러나 동시에, 뭐랄까, 여러 가지 의미에서 형상이 무시무시했다. 사용자의 체형에 딱 맞춘 오더메이드일 텐데…….

아이즈의 뇌리에 떠오른 것은 명검을 찾고자 고물상을 뒤지다 본 극동의 '토우(土偶)'라 불리는 흙인형. 눈앞의 갑옷 인물은 이를 더욱 옆으로 펑퍼짐하게 늘려놓은 듯한 인상이었다.

'저 몬스터 같은 체형……이 아니라…… 지금 그 목소리는…….'

다소 실례되는 감상을 머리에서 떨쳐낸 아이즈는 상대의 목소리에 기억을 자극받아, 그녀의 이름을 중얼거리고 있었다.

"프뤼네 자밀……?"

갑옷 입은 인물은 그 굵은 몸을 비비 꼬며 짐짓 탄식했다.

"어머나아, 들켜버렸어어~? 갑옷 너머로도 알아보다니 이…… 아름다운 것도 죄라니까안~."

언동으로 봐도 틀림이 없으리라 판단한 아이즈는 버들잎처럼 고운 눈썹을 한껏 찡그리고 말았다.

【안드로크토노스】프뤼네 자밀은 【이슈타르 파밀리아】의 단장이다.

──습격자는 【칼리 파밀리아】가 아니라 【이슈타르 파밀리아】?

그렇다면 다른 습격자들은 바벨라일 것이다.

대체 왜?

아이즈의 마음속에는 조바심을 수반한 의문이 끊이질 않았다. 오라리오의 대형 파벌에게까지 방해를 받는다면 티오나와 티오네를 지원할 길이 멀어진다.

그런 아이즈의 심중 따위 알 바 아니라는 양, 대치한 프뤼네는 헬름의 바이저를 철컹 들어 올리더니 그 두꺼비 같은 얼굴을 드러냈다.

"뭐, 상관은 없지이~. 네가 여기서 뒈져버리면 결국 아무도 모를 테니까아~."

【검희】아이즈 발렌슈타인과 【안드로크토노스】프뤼네 자밀에게는 악연이 있다──고는 해도 프뤼네의 적대시에서 오는 일방적인 것이었으며 아이즈는 전혀 짚이는 구

석이 없었지만──.

과거에 세 차례 그녀와 격렬하게 싸운 적이 있었다.

한 번은 아이즈가 질시와 선망을 샀던 Lv.2 루키 시절에.

두 번째는 그로부터 2년이 지나 던전에서 우연히 마주쳤을 때.

세 번째는 아이즈가 Lv.5로 【랭크 업】한 직후.

첫 번째의 승부는 패배가 확실하리라 깨달은 리베리아와 다른 동료들의 개입 덕에 유야무야되었으며, 두 번째는 무승부, 그리고 세 번째는 사실상 아이즈의 완승이었다.

"왜 지금, 우리를 습격해?"

"말도 못하게 될 호박한테 가르쳐줄 필요가 있을까아?"

모든 교전의 이유는 프뤼네의 '마음에 들지 않는다'는 감정에서 비롯된 것이었다. 처음에는 최단기록을 가진 건방진 계집애에게 모험자의 '세례'를 내려주고자 했을 뿐이었다. 그런데 그 '건방진 계집애'는 심상찮은 속도로 강해져, 결국은 지위도 명성도 실력마저도 프뤼네를 능가해버렸던 것이다.

『프뤼네보다 강하고 프뤼네보다 아름답다.』

프뤼네는 결코 인정하려 들지 않았지만 타인의 평가는 달랐다. 용납할 수 없었다.

파죽지세로 제1급 모험자의 자리에 오른 아름다운 소녀를, 프뤼네는 증오했던 것이다. 바로 프레이야를 증오하는 이슈타르처럼.

열린 바이저 너머로 프뤼네의 커다란 눈에 핏발이 내달렸다.

아이즈는 순식간에 팽팽해지는 살기와 분노, 나아가서는 과거의 경력 때문에라도 전투는 피할 수 없으리라 판단했다.

그리고 다음 순간, 어떤 사실을 깨달았다.

'——빛의 입자?'

밀려 올라간 바이저의 안쪽, 바깥으로 드러난 프뤼네의 얼굴에서—— **빛의 입자**가 피어 올라가는 것이었다.

"오늘에야말로 짓밟아 주겠어, 【검희】이!!"

요란한 소리를 내며 바이저를 내리자 솟아나던 빛의 입자도 차단되었다.

그 직후, 거녀는 두 손에 든 대형 배틀액스를 치켜들고 돌진했다.

"————."

그녀의 육박은.

아이즈의 예상을 아득히 뛰어넘을 정도로 빠르고 압도적이어서, 틀림없는 '위협'이었다.

"————?!"

방금 전까지 아이즈가 서 있던 지면이 조금 전의 광경을 되돌린 것처럼 폭발했다.

오른손의 대형 배틀액스를 내리친 프뤼네는 종이 한 장차이로 회피한 아이즈를 왼쪽 배틀액스로 추격했다. 이번에는 막아낸 【검희】의 무기는 너무나 강한 충격에 검신이 지릉지릉 떨렸다.

　　──무거워!!

　아이즈의 경악은 그칠 줄 몰랐다.

　Lv.5여야 할 프뤼네 자밀은 Lv.6인 【검희】와 **호각에 이를 정도의** 힘과 속도로 접근전을 펼치고 있었다.

　"께게게게게게계, 왜 그러시나, 【검희】이～～～?!"

　"……큭?!"

　종횡무진 날아드는 두 개의 날을 한 자루의 검으로 온 힘을 다해 받아냈다.

　주위에서 싸우던 일행과 아마조네스들이 숨을 멈추고 쳐다볼 정도로 격렬한 전투. 맞부딪치는 칼날과 칼날이 교역항에 요란한 불꽃과 충격음을 뿌려댔다.

　'【랭크 업】? 이 사람도 Lv.6이……?!'

　공격의 위력, 동작의 속도, 지각범위, 모든 요소를 고려해도 적의 【스테이터스】는 Lv.5의 것이 아니라고 아이즈의 감각이 외치고 있었다.

　길드에 보고하지 않았다, 혹은 공식 정보가 갱신되지 않았다──. 프뤼네의 【랭크 업】이 알려지지 않은 이유야 그럴듯한 후보를 얼마든지 열거할 수 있었다. 그녀는 정말로 Lv.6에 이르렀는지도 모른다.

　그러나 이 위화감은 무엇일까.

　상대에게서 전해지는, 마치 천상의 감로에 도취된 것만

같은 전능감은──.

"아이즈 씨?!"

일진일퇴의 전투를 거듭하는 아이즈와 프뤼네를 보고 동료 단원들이 이름을 외친다.

두 아마조네스를 동시에 상대해 싸우는 나르비나 다른 소녀들이 【검희】의 생각지도 못한 고전에 비명을 질렀다.

"시끄러워, 소란 떨지 마아!"

귀에 거슬린다는 양 프뤼네가 한쪽 도끼를 투척했다. 목표는 나르비. 그녀와 싸우던 같은 편의 아마조네스들까지도 휘말려들 텐데 아랑곳 않고 내던진 폭거의 도끼는 소녀들을 한꺼번에 산산이 분쇄해버릴 만한 위력을 생생히 띠고 있었다.

급속도로 밀려드는 대형 배틀액스에 전투 중이었던 나르비는 아마조네스들과 함께 얼어붙었다.

"큭?!"

한번 프뤼네에게서 간격을 벌린 아이즈는 질주했다. 사선 너머로 파고들어, 고속 회전하는 대형 칼날을 검으로 튕겨냈다.

"께게게게겍, 얼간이이!"

자신의 몸을 던져 나르비를 지킨 아이즈를 프뤼네는 조롱하며 이때라는 양 몰아붙였다. 대형 배틀액스의 터무니없는 위력에 자세가 흐트러졌던 아이즈를 향해, 나머지 도끼를 내리치려 했다.

"크윽?!"

정면에서 검으로 받아내는 꼴이 된 아이즈의 무릎이 꺾이면서 지면에 균열이 일었다.

그야말로 바늘에 꿰인 나비처럼 된 소녀에게 입가를 쭉 찢으며 웃은 프뤼네는 이어서 커다란 목소리로 외쳤다.

"지금이다아! 샬레이, 그걸 써어!!"

목소리가 향한 곳은 전장 밖이었다.

습격에 가담하지 않은 채 건물 옥상에 숨을 죽이고 있던 아마조네스가 미리 정해둔 대로 의례용 지팡이를 아이즈 일행에게 겨누고, 무언가를 **외웠다.**

"~~~~~~~~~~~~~~~~~~~~~~?!"

그 직후 찢어지는 고주파가 아이즈와 프뤼네를 엄습했다.

가슴을 꿰뚫는 듯한 불쾌한 소리에 아이즈는 견디지 못하고 도끼를 뿌리치고 몸을 굴리다시피 그 자리를 이탈했다.

"지금, 그건……?"

고막 안에서 울려 퍼지는 이명에 눈썹을 찡그렸지만 몸에 이상은 없었다. 외상도 보이지 않았다.

애초에 조금 전의 초음파는 프뤼네까지도 직격해버렸다. 시선을 돌려보니 갑옷을 걸친 거녀에게도 변화는 없었다. 다만 추가공격은 가하지 않은 채, 무엇이 그리 재미난지 웃음을 지으며 이쪽을 살폈다.

의문을 느낀 아이즈가 그 사실을 깨달은 것은 직감이라고 할 수밖에 없었다.

──설마.

불길한 예감에 떠밀리듯 입을 열었다.

"……【눈을 뜨라, 폭풍】."

초단문영창을 방아쇠로 삼아 전개되어야 할 '바람'의 인챈트는 아이즈의 부름에 호응해주지 않은 채 침묵했다.

"……?!"

"께게게게게게게게게게게게겍, 성공했구마안~!!"

발동하지 않는 아이즈의 【에어리얼】을 보고 프뤼네가 오늘 최대의 홍소를 터뜨렸다.

그런 프뤼네의 환희와 자신의 몸에 일어난 사태에 아이즈는 해답을 떠올렸다.

"'커스'……!"

"바로 그거지이~~~~~!"

그것은 순수한 '마법'과는 달리, 말 그대로 표적을 저주하는 힘이다.

발동자에게 페널티를 주는 대신 '마법'에는 없는 주술적인 효과를 발휘한다. '내성' 어빌리티 같은 것도 무의미하며, 한정된 방법이 아니고서는 방어도 해제도 불가능하다.

아마도 이번에 사용된 것은 '마법봉인'.

'커스'를 맞은 대상의 '마법'을 봉인하는 힘이다.

'저 사람은, 원래 '마법'을 쓰지 못하니까……!'

'마법'을 발현시키지 못했던 프뤼네에게는 저주를 받든 말든 아무런 타격이 없는 것이다. 아마 프뤼네가 아이즈를 붙들어놓은 사이에 '커스'를 사용하기로 미리 계획을 짜놓았으리라.

대인전에서 【에어리얼】 사용을 피했던 것이 화근이 되고 말았다.

아이즈의 비밀병기가 봉쇄되었다.

"안티 스테이터스나 커스는 【맹자】 오탈을 위해 준비해뒀던 거지만…… 께게게게겍, 마침 딱 좋은 실험이 됐는거얼."

혼자 중얼거린 프뤼네는 '마법'을 쓸 수 없게 된 아이즈를 노려보며 헬름 안에서 입맛을 다셨다.

"【나인 헬】도 같이 무력화해주려고 했지만 말이야아! 제법 눈치가 빠른데에!"

"……!"

"'마법'도 못 쓰는 엘프 따위 아무 짝에도 쓸모가 없으니까안~!"

리베리아에 대한 모욕에 아이즈는 그렇지 않다고 받아치려 했지만, 그 말은 돌격해 덤벼든 프뤼네의 도끼에 가로막히고 말았다.

무시무시한 공격에 방어한 검이 찢어지는 소리를 내며 울렸다.

"'바람'을 못 내는 너도 마찬가지야아! 지금의 나는 당해

낼 수 없다고오오오오오오오오!!"

"크윽……!"

이런 '커스'는 술사를 쓰러뜨리면 해제할 수 있지만 '마법 봉인'을 쓴 프뤼네의 동료는 이미 자취를 감추었다. 게다가 이런 상황에서는 추격할 수도 없을 것이다.

'커스'의 제한시간을 기대하는 것도 하수다. 애초에 티오나와 티오네를 따라가야만 하는 아이즈에게는 시간이 없었으므로.

여전히 Lv.6의 힘을 발휘하는 거녀에게, 아이즈는 눈꼬리를 틀어올리며 검사의 능력만으로 맞섰다.

──마치 동화 속의 영웅처럼.

용감하게 싸우는 【검희】의 모습을, 그 수인 소녀는 창고 뒤에서 바라보고 있었다.

"…………"

긴 다리의 여걸을 비롯한 호위 아마조네스들에게 에워싸인 가운데, 옥색 눈동자에 온갖 감정이 오갔다.

머리에 뒤집어쓴 두건 밑에서 아이즈와 같은 금색 장발이 자신을 부끄러워하듯 찰랑거렸다.

✦

티오네와 아르가나를 태운 대형선은 이미 먼 바다로 나

갔다.

육지에서 떨어져, 그녀들의 곁에 닿는 것이라고는 해안에 세워진 등대의 빛뿐이었다.

다가오는 자가 없는 선상에서는 티오나가 싸우는 해식굴과 마찬가지로 아마조네스들의 열광과 함께 격렬한 구타의 소리만이 울려 퍼졌다.

"쉭!"

티오네의 상단 발차기가 아르가나를 포착했다. 이를 팔로 방어하고 뛰어 물러난 아르가나는 의아하다는 듯 고개를 갸웃했다.

"어제 싸웠을 때보다 움직임이 좋은걸, 티오네? ……어째서지?"

그녀의 말대로 티오네의 움직임은 정밀도가 높아졌다. 재빠르고 적확해 사실상 아르가나와 호각의 공방을 펼치고 있었다.

"네가 느려진 건 아니고?"

누가 말해줄까 보냐. 티오네는 내심 혀를 내밀었다.

티오네와 티오나는 멜렌에 들어오기 하루 전에 Lv.6으로 막【랭크 업】했다. 치솟은 능력에 아직 감각이 따라오질 못했던 것이다. 흔히 말하는 육체와 정신의 갭. 미미하다고는 해도 제1급 모험자끼리의 전투 속에서는 그것 또한 치명적이다.

싸움에 임하기 전에 티오나와 대련을 했던 것은 이 때문이었다. 마치 아이즈가 Lv.6 도달 직후 몬스터의 대군을 상대로 몸을 풀었던 것처럼, 실전을 방불케 하는 모의전 속에서 심신을 조정했던 것이다.

지금의 티오네는 육체라는 명마에 단단히 고삐를 매 제어하고 있었다. 어제처럼 어수룩한 짓은 하지 않는다. 티오나도 바체에게 시종 밀리기만 하지는 않으리라.

'그렇다고는 해도 '힘' 같은 건 저쪽이 위구나…….'

Lv.6으로 【랭크 업】한 것은 최근이라고 들었지만, 어쨌거나 아르가나와 바체 쪽이 경험에서 우위에 있다. 【어빌리티】만 보자면 저쪽이 위다.

그러나 【로키 파밀리아】 수뇌진과의 차이만큼 크게 벌어지지는 않았다는 사실 또한 티오네는 어제의 충돌을 통해 눈치 채고 있었다.

남은 것은 '기술'과 '허허실실'에 달렸다. 더욱 승리에 굶주린 쪽이 이긴다.

"아하, 그렇군. 내가 느려졌던 거군!"

티오네의 조롱도 아르가나는 웃어 넘겨버렸다. 살육전 속에서라면 어떤 일이 됐든 철저하게 즐기는 여전사는 흉악한 웃음을 지었다.

"그러면 더 빠르게…… 강하게 가줘야겠지."

"!"

전의와 살의가 부풀어 오른 것과 함께 아르가나는 질주했다. 티오네는 이를 받아쳤다.

정면 돌격을 견제하는 발차기. 이를 흘려낸 아르가나가 두 손을 낫처럼 휘둘러 좌우에서 연격을 가했다.

아르가나의 손톱은 몬스터처럼 뾰족했다. 굳게 쥔 철권이 아니라면 공격은 그야말로 날카로운 뱀의 이빨로 변한다. 티오네는 몸을 숙여 이를 피하고 초근거리 육탄전에 나섰다.

"하하하하하하하!! 좋구나, 티오나. 옛날로 돌아간 것 같아!"

"시꺼, 지껄이지 마!!"

헤아릴 수 없는 전사를 죽였던 아르가나를 상대로 수세에 몰리는 것은 하수 중의 하수다. 전투욕의 덩어리인 그녀의 열화 같은 공세에 견딜 수 있는 사람은 아무도 없다. 이쪽에서 먼저 나서야만 한다. 노도와 같은 난타가 티오네와 아르가나의 몸을 후려갈겼다. 적에게 한 발 맞는다면 두 발 되갚는, 그야말로 미친 듯이 날뛰는 맹우들과도 같은 불 파이트. 목숨을 걸었던 과거의 단련이 더욱 처절한 투쟁으로 바뀌어 현재에 부활했다.

『오오오오오오오오오오오오오오오오오오오오오오오!!』

날카로운 '기술'과 숨이 멎을 만한 '허허실실'을 자아내면서도 원시의 전투를 방불케 하는 그 광경에 갑판 주위에선 아마조네스들의 환호했다. 드높아지는 포효는 힘의 파도로 바뀌어, 배에 다가오려던 몬스터들마저 두려워하며 도망쳐버렸다. 배에 달린 마석등이 흔들거렸다.

"큭?!"

아르가나의 손톱이 티오네의 뺨을 스쳐 피를 뿌렸다.

그 피를 받은 아르가나는 긴 혀로 자신의 뺨에 묻은 티오네의 피를 핥았다.

"크윽…… 이 뱀 같은 게?!"

분노와 격통에 물든 어린 시절의 기억이 즉시 되살아나 티오네의 머리에 피가 치솟았다.

스킬 【버서크】가 자신에게 '힘'을 부여해주거나 말거나 어린 시절의 굴욕을 주먹에 실었다.

"역시 네 피는 맛있구나, 티오네?"

"이게……!!"

"언제나, 언제나 네 피를 끝까지 빨고 싶었지."

공격을 피하면서 아르가나의 눈이 사랑에 빠진 소녀처럼 열기를 머금었다.

파충류를 연상케 하는 뱀의 눈에 티오네가 혐오감을 한껏 자극받고 있으려니, 다시 적의 손톱이 아래팔을 할퀴고, 아르가나의 붉은 혀가 피를 빨았다.

"──?!"

티오네는 그때 문득 위화감을 느꼈다.

사소할 뿐이라고 생각했던 그 변화는 이윽고 티오네의 상처를 더욱 늘려나갔고, 피를 흘리게 만들었고, 뱀의 혀를 기쁘게 했다.

엇갈려 지나가며 뺨의 상처를 핥는 아르가나에게 분노

의 팔꿈치를 날렸지만 적의 몸은 이미 그곳에서 사라진 후였다.

공격이 빗나가는 횟수가 많아졌다.

——잠깐만.

스킬 덕에 티오네의 '힘'이 올라간 것처럼, 상대의 움직임 또한——.

"느리구나, 티오네."

"——————."

내지른 주먹이 손에 가로막혀 흘려나가고, 시야에서 아르가나의 모습이 사라졌다.

사행하듯, 티오네가 뻗은 팔을 향해 자기 몸의 팔다리를 감고 아르가나는 휘감기듯 소녀의 등 뒤를 차지했다.

귓가에 속삭이는 목소리가 들리고, 그와 함께 송곳니가 티오네의 목덜미에 박혔다.

"——크아아아아아아아아아아아아아아아아아아아아아아아?!"

살과 피부를 찢기는 격통, 예고했던 대로 피를 쭉쭉 빠는 소리.

몸속을 혀로 유린당하는 감각은 지네가 기생한 것 같은 착각을 불러 일으켰다. 맹렬한 혐오감에 소름이 온몸을 뒤덮었다. 티오네는 체면도 내팽개치고 자신의 몸과 함께 아르가나를 던져버렸다.

티오네는 갑판에 나뒹굴었지만, 아르가나는 가볍게 낙

법을 치며 재빨리 일어났다.

"너, 이 자식……?!"

출혈이 멎지 않는 목을 붙들고 티오네는 비틀거리며 일어났다.

입술을 피로 물들인 아르가나는 눈을 가늘게 뜨며, 이번에도 맛나다는 양 피를 혀로 핥아냈다.

텔스큐라에서 몇 번이나 보았던 광경.

대전자의 비명도 아랑곳 않고 피를 빠는, 상식에서 벗어난 여전사.

분노와 고통으로 몸을 떨며, 티오네는 확신을 담아 입을 열었다.

"피를 빨아서, **강해지는 거지**……?!"

티오네의 지적에, 씨익.

아르가나는 입가를 틀어 올렸다.

"알아차렸구나."

"바체와 같은 '마법'이야……?!"

"내 건 '커스'지."

노출된 자신의 피부를 손으로 문지르며 아르가나가 말했다.

"'커스'의 이름은 【칼리마】. 네 말대로 '팔나'를 얻는 자의 피를 빤 만큼 내 【어빌리티】가 상승해."

"……?!"

"칼리의 말로는 '블러드 드레인'이라나. 이걸 아는 사람은 칼리하고 바체뿐……. 너를 훈련시킬 때는 쓰지 않았으니까 못 알아차린 것도 무리는 아니지.

【칼리마】. '커스'. '블러드 드레인'.

아르가나의 입에서 흘러나오는 단어를 듣고 티오네는 기억의 잔재가 하나의 선으로 이어지는 것을 느꼈다.

아르가나의 흡혈행위는 대전자를 두려움에 빠뜨리는 시위행위 내지는 자기암시의 일종이라고 생각했다. 하지만 그게 아니었다. 모두 의미가 있었다. 그 끔찍한 커스의 이름이 공포의 별명으로 쓰이게 되는 것도 포함해서.

너무나 큰 충격에 이성을 잃은 티오네는 거칠기 그지없는 원래의 어조로 내뱉었다.

"피를 빨아먹은 만큼 강해진다고……?! 반칙이잖아, 빌어처먹을!!"

"그렇지도 않아. '커스'를 해제하면 【어빌리티】는 원래대로 돌아가고, 조금만 빨아서는 얼마 강해지지도 않는걸. 아까처럼 직접, 많이 빨지 않는 한은."

"……'커스'의 대가는?"

"【어빌리티】 중에서 '내구'만 엄청나게 줄어들어."

나불나불 떠들어대고 앉았네. 마음속으로 욕하면서도 티오네는 전율했다.

조건을 만족하면 '내구'를 현저히 잃으면서도, 【스테이터스】에 천정부지로 부스트가 가해지는 비기.

'마법'보다도 희귀한 '커스' 중에서도 틀림없이 '레어 커스'일 것이다.

피를 제물로 바쳐 힘을 얻는, 강함과 끔찍함을 겸비한 아르가나만의 능력이었다.

"티오네, 네가 전에 물었지? 동포들을 죽이고도 아무 생각 안 드느냐고."

호흡이 흐트러진 티오네에게 아르가나는 과거의 이야기를 꺼냈다.

"난 패자 놈들의 혈육을 먹고 강해져. 놈들은 사라지지 않아. 죽음은 사라지지 않아! 내 안에서 강함의 양식이 되어, 언젠가 함께 '최강의 전사'에 이를 거야!"

이제까지 먹어치운 동포의 혈육에 감사와 기도를 바치듯, 텔스큐라가 낳은 괴물은 환희를 터뜨렸다.

"쓸쓸할 이유가 있나! 우리의 피는 한데 섞여 계속 하나가 될 텐데!!"

뱀이 웃었다. 어린아이처럼 기뻐한다. 패자의 피를 빨고, 자신과 함께 감동하는 것이 구제라고 믿는 흉전사는 두 눈을 형형히 빛냈다.

"칼리도 고대하고 있어. 우리가 '최강의 전사'가 되기를. 그러니까 티오네…… 너의 혈육도 먹어줄게."

"빌어처먹을……!!"

주위의 아마조네스들도 숨을 멈추는 가운데, 티오네는 이를 갈아붙였다.

"호수에서 네 얼굴을 보았을 때…… 운명을 믿었어."

해식굴에서 격렬한 전투가 펼쳐졌다.

칼리와 아마조네스들이 내려다보는 가운데, 검은 바위로 이루어진 아레나에서는 티오나와 바체가 육탄전을 되풀이했다. 티오네와 아르가나가 그렇듯, 맨손 격투전이었다.

바체는 티오나에게 없는 무기, 【베르구스】를 기점으로 공격을 펼쳤다. 오른손을 감싼 흑자색 빛의 막은 '맹독'의 결정이어서 그녀가 내리친 지면은 치이익 소리와 함께 연기를 내며 주먹과 같은 색으로 물들었다.

방어할 수 없는 바체의 '마법' 앞에 티오나는 황급히 회피할 수밖에 없었다.

"너를 놓아준 칼리를, 한때는 저주했어. 너는 내 손으로 죽이겠다고…… 그렇게 결심했는데."

"……!"

"아르가나도 마찬가지."

무표정하고 억양 없이 이어지는 말과는 달리 그녀의 공격은 가혹하기 그지없었다. 티오나가 필사적으로 훔쳤던 절도 넘치는 체술을 구사하고 독수(毒手)라는 이름의 필살기를 자신의 몸통에 꽂아 넣으려 한다.

"이렇게 목숨을 걸고 싸우는 건…… 나와 너의 숙명이야."

"바체, 너 이렇게 말 잘했구나."

"그래. 나는 흥분하면 말이 많아지는 타입이거든."

변함없는 표정으로 대답하는 바체를 보며, 티오나는 레피야가 이곳에 없어서 다행이라고 생각했다. 지금 바체가 사용하는 아마조네스의 언어에 레피야의 코이네 공통어까지 뒤섞였다면 지금쯤 바보인 자신의 머리는 폭발했을 것이다. 그리고 이미 당하고 있었다. 그만큼 상대의 공격은 격렬했다.

'티오네하고 대련을 해둔 덕에 몸은 생각대로 움직이지만…… 역시 바체의 '마법'이~!'

저것 때문에 적의 품으로 파고들 수가 없다. 티오나는 과거 독수에 스쳤던 바체의 대전 상대가 몸부림을 치며 굴러다니는 광경을 본 적이 있다. 그대로 냉담하게 상대의 목숨을 빼앗는 그녀의 전투는 어린 시절의 티오나에게는 엄청난 트라우마였다.

'아~! 이젠 뭔가 이것저것 생각하는 건 무리! 그런 건 티오네나 다른 사람들이 있어야 한다고!'

미궁 속에서는 어떤 순간에든 타개책을 강구해야만 하는 모험자에게는 바람직하지 못한 생각을 하면서, 티오나는 뒤죽박죽 고민하는 것을 그만두고 앞으로 나갔다.

"난 말이야! 바체가 책을 읽어주고, 가끔씩 몸을 닦아주곤 하는 게 기뻤는데 말이지!"

"……그냥, 변덕이었어."

독수의 위협에 몸을 드러내며 티오나는 공세에 나섰다. 무시무시한 '기술'의 숙련도를 자랑하는 바체의 모든 공격을 근거리에서 회피할 수 있을 리가 없어 그녀의 '마법'은 티오나의 몸을 스쳤다.

피부가 순식간에 아픔을 느끼고 지독한 냄새와 연기를 풍겼다.

그만큼 바체의 방어 횟수도 많아졌다.

"큭!!"

"~~~~~~~~~~~~~~~~~~~~~?!"

눈을 날카롭게 뜬 바체의 공격이 티오나의 몸 한복판을 향해 날아들었다. 팔을 들어 직격은 면했지만 독수를 받아낸 왼팔이 처절한 비명을 질러댔다. 피부가 타들어가 아픔에 잠긴 티오나는 역시 장기전이 되면 불리하다는 사실을 깨닫고 가속했다.

독수를 맞으면서도 과감하게 공격하는 티오나를 칼리는 흥미진진하게 바라보며 엷은 웃음을 지었다.

"호오, '내성'이로군. 오라리오에서 익힌 모양이야. 하지만 언제까지 버틸까? 어중간한 몬스터의 독과 바체의 이빨은 차원이 다르단다."

훈련 시절, 바체는 아무리 고통을 주더라도 티오나에게 '마법'만은 쓰지 않았다.

그녀의 다정함——일 리가 없다. 바체가 자신의 '마법'을 발동시킬 때는 대전 상대를, 사냥감을 반드시 해치울 때뿐. 대항책을 강구하지 못하게 하려는 것은 물론, 어빌리티【내성】을 발현시킬 기회 따위도 절대 주지 않으려

했다.

그렇기에 필독이자 필살.

──진짜 포이즌 베르미스의 '극독'보다 힘들지도.

던전에서 꿈틀거리는 몬스터 이상의 '고독'에 한기가 느껴졌다.

한편으로 티오나는 자신의 몸이 안쪽부터 타들어가는 것을 느꼈다.

언니와 같은 스킬【버서크】. 대미지를 입을 때마다 공격력이 상승한다.

넘쳐나는 힘을 느끼며 티오나는 잔재주 없는 정면 돌격을 감행했다.

"!!"

예상치 못한 돌격에 바체의 눈이 처음으로 크게 뜨였다.

봇물 터진 듯한 기세로 급속히 접근하는 이쪽을 향해 바체의 독수가 날아들었지만 티오나는 이를 무시했다. 어깨를 얻어맞으면서도 육탄공격── 스킬【버서크】의 힘을 실은 박치기를 꽂았다.

"으윽?!"

막무가내의 공격을 풍만한 가슴으로 받은 바체의 자세가 허물어졌다.

어깨를 태우는 격통에 이를 악물며 티오나는 왼발을 축으로 힘차게 회전해 오른발을 쳐들었다.

'티오네가 좋아하는 그거──!!'

『살을 내주고 뼈를 가른다』.

티오나는 혼신의 돌려차기를 바체의 안면에 꽂았다.

다음 순간,

쩌엉!!

살과 뼈를 후려치는 처절하고도 둔중한 소리가 울려 퍼지고, 아마조네스들의 환성이 뚝 그쳤다.

공동 전체가 정적에 잠겼다. 칼리는 책상다리를 한 채 잠자코 두 전사를 내려다보았다.

정적이 고막을 꿰뚫는 가운데.

티오나는 두 눈을 경악으로 물들였다.

아슬아슬하게 뺨 옆에 왼팔을 대고 돌려차기를 막아내며 버틴 바체에게 놀란 것이 아니었다.

그녀의 왼팔을, **온몸을 감싼** 흑자색 빛의 막에 놀란 것이었다.

"에……?"

치이이익, 자신의 오른발이 그런 소리를 내는 것을 들으며 티오나는 중얼거렸다.

뭐야 이거.

"너는 모를 테지만……."

차디찬 눈으로 이쪽을 바라보기만 하는 바체를 대신해 칼리가 말했다.

"Lv.6에 이르러 바체의【베르구스】도 강해졌단다. 위력도, **범위도** 말이지."

【랭크 업】의 은혜. 다른 【어빌리티】와 마찬가지로 '마력'도 격상했다.

오른손에만 부여할 수 있었던 바체의 인챈트는 아이즈의 '바람'과 마찬가지로 온몸에 두를 수 있게 되었다.

이제 그녀의 요염한 갈색 몸은 끔찍한 검은색과 보라색 빛의 막에 휩싸여, 그야말로 독충과도 같은 색채를 띠었다.

"앗~~~ 뜨거어~~~~~~~~~~~~~!!"

멈춰버린 시간이 다시 흐르고, 티오나는 비명을 지르며 견디지 못하고 후퇴했다. 변색된 오른발에 제대로 힘이 들어가지 않았다. 그러나 바체는 아랑곳 않고 추가공격을 펼쳤다.

"갑옷, 이라고까진 할 수 없겠지만 내 '마법'은 상대에게 아픔과 고통을 강요해."

"아윽?! 으극?!"

"공격을 펼치지 않고 멍하니 서 있겠다면, 당연히 내가 죽일 거야."

기분 나쁜 빛을 머금은 바체의 팔다리가 발을 구르는 티오나의 온몸을 연속으로 후려쳤다.

원래 바체의 완력만으로도 몸을 부수기에는 충분했는데, 온몸에 부여된 독수까지 더해지니 제1급 모험자의 튼튼한 육체라 해도 눈 깜짝할 사이에 허물어지기 시작했다.

뼈에 균열이 일고, 피부가 짓무르고, 입에서는 연신 피를 토했다.

　——어라. 잠깐만. 어떻게 해치우지?

　공격을 맞아도 안 되고. 공격을 해도 안 되고.

　그건, 다시 말해, 확실하게, 상대가 쓰러지기 전에 자신이 먼저 죽는다는 뜻이 아닐——.

　연격을 맞아 뿌옇게 흐려져가는 시야 속에서 티오나의 마음을 절망이라는 이름의 독이 좀먹었다.

　"마음이 꺾였나, 티오나?"

　"으——아아아아아아아아아아아아아아아아아아아아아아아아아?!"

　바체의 오른손이 티오나의 얼굴을 붙들고 그대로 허공에 들어올렸다.

　얼굴이 맹독에 그을려, 요란한 연기를 피우면서 티오나는 절규했다. 상대의 손목을 붙잡고 얼굴에 파고드는 다섯 손가락을 필사적으로 떼어내려 했지만 바체의 괴력은 티오나의 완력으로도 풀 수 없었다.

　얼굴을 과일처럼 짓이기고자 하는 압박은 반대로 더욱 강해졌다.

　"티오나……. 내가 너를 그렇게까지 열심히 훈련시켰던 이유를, 알겠어?"

　"…………!!"

　시야가 검은색과 보라색으로 꿈틀거리는 독의 빛으로 덮여가는 가운데 바체의 싸늘한 목소리가 울려 퍼졌다.

"이 날을 위해서야. 강해진 너를, 내 '먹이'로 삼기 위해서야."

"아윽?!"

"확신했어. 처음 만났을 때부터. 너는 강해질 거라고. ……그리고 강해진 너를 죽이고, 나는 더 높은 경지로 올라갈 수 있을 거라고."

【랭크 업】. 하계 주민의 '그릇'을 더 높은 차원의 단계로 옮기기 위한 의식.

힘을 꽃피운 티오나를 타도해서—— 먹어서, '위업'을 이루는 것이 목적이었다고, 바체는 그렇게 털어놓았다.

"나는 아르가나를 언니라고 생각한 적은 한 번도 없어. 그건 괴물이고 포식자야."

차디찬 눈이 한순간 내면의 공포를 드러냈다.

"나는 그것에게 먹히고 싶지 않아. ……죽고 싶지 않아."

티오나와 티오네의 처지와 마찬가지로.

바체의 곁에도 태어났을 때부터 언니가—— 괴물이 있었다.

그녀가 입을 다물게 된 것도, 표정을 없앴던 것도 다른 이유가 아니었다. 한번 입 밖에 내뱉었다가는 온몸을 잠식하는 공포를 놓치지 않으려 했기 때문이었다.

바체는 알고 있었다. 재능도 능력도 나눠받은 쌍둥이인 자신은 설령 텔스큐라에서 도망친다 해도 강자에 굶주린 아르가나에게 땅 끝까지 쫓길 운명이라고. 끔찍한 피의 유대가 반드시 두 사람을 만나게 하리라고.

과거 친언니에게 죽을 뻔했다가 칼리의 제지로 목숨을 건졌을 때, 바체는 매달려야 할 진리를 깨달았다.

"강함이야. 강함이 필요해. 아무것도 빼앗기지 않을 힘이."

몸속에 봉인해두었던 죽음에 대한 공포와 삶에 대한 갈망을 뒤섞어, 바체는 이를 투쟁심으로 승화시켰다.

생존본능과 투쟁본능에 지배당한, 어떤 의미에서는 가장 순수한 전사가 탄생한 것이다.

냉혹하고 잔인한, 강함을 하염없이 탐식하는 전사가.

"나는 너희와 아르가나를 죽이고 '최강의 전사'가 되겠어."

고독의 왕이 되고자 하는 바체를 칼리는 아주 재미난다는 듯, 사랑스럽다는 듯 내려다보았다.

"크윽!!"

얼굴이 독에 타들어가는 티오나는 이를 악물며 힘을 쥐어짜내 발차기를 날렸다.

바체의 몸을 걷어차 간신히 구속에서 벗어났다. 발차기를 날린 왼발도 독에 타들어가 티오나는 몇 번이나 몸을 굴리며 꼴사납게 거리를 벌렸다.

"아, 아아……?!"

격통과 함께 술에 취한 듯한 감각이 얼굴 전체를 좀먹었다. 강력한 독소 때문이었다. 부자연스럽게 열기를 띠는 온몸, 이상할 정도의 발한. 입에서 토해낸 핏덩어리는 시커멓고 탁했다.

떨리는 팔다리로 몸을 지탱하고 엎드린 티오나의 눈에서, 너무나 극심한 고통에 한 방울 눈물이 흘러내려 떨어졌다. 또 다른 언니라고 생각했던 사람이 들려준 잔혹한 고백 또한 소녀의 마음에 균열을 일으켰다.

아파.

아파, 아파, 아파!

괴로워괴로워괴로워!!

"티……오, 네……."

티오네── 티오네!!

살려줘티오네!!

아파, 괴로워, 이젠 싸우고 싶지 않아!

이젠 싸움 같은 건──.

몸은 독에 잠식당하고 마음에는 균열이 생겨, 티오나의 의식은 지금과 과거의 경계를 잃었다.

어두운 마음 밑바닥, 어린 시절의 티오나가 울고 있었다.

이젠 싸우기 싫다고 울부짖었다.

『──────────────────

──────아아!!』

가슴을 들썩이며 움직이지 못하는 티오나에게 전사들은 외쳐댔다.

『일어나, 싸워!』

『목숨을 걸고!』

바체는 싸늘한 눈초리로 뚜둑, 빛이 준동하는 자신의 오른손을 울렸다.

칼리의 시선 아래, 그녀는 소녀의 곁으로 천천히 다가갔다.

"크, 아……?!"

격렬한 소리를 내며 티오네의 등이 나무통을 파괴하고 갑판 벽에 충돌했다.

그녀의 몸은 피투성이였다. 찢겨나간 상처에서, 입에서 피를 흘리고 피부에는 헤아릴 수 없는 타박상이 남았다.

티오네를 쳐 날려버린 아르가나는 동포들의 환성에 휩싸이며 말했다.

"끝이냐, 티오네?"

"큭……!"

뺨을 팔로 닦아, 자신의 것과 티오네의 것이 섞인 피를 핥는다.

얼마나 거센 격전이었는지를 말해주듯 아르가나의 몸 또한 상처를 입고 있었다. 그녀의 의상도, 허리에 감긴 용의 인피도 너덜너덜했다.

"너는 더 이상 전사가 아니다만…… 이 정도로 싸울 줄은 몰랐다. 인정해주지. 너는 진정으로 강해졌다. 티끌처럼 조그마했던 그 무렵보다도 훨씬."

아르가나의 목소리가 멀게만 느껴졌다. 이명이 들렸다.

빌어먹을. 젠장. 티오네는 마음속으로 요란하게 욕설을

토해냈다. 피를 너무 흘리고 머리가 몽롱해 마치 의식에 엷은 막이 낀 것 같았다.

벽에 등을 묻은 채 갑판에 주저앉은 티오네의 목은 당장이라도 풀썩 꺾일 것만 같았다.

"모험자라……. 별로 기대는 하지 않았다만, 기대가 되는걸. 그 보어즈는 얼마나 강할지."

아르가나가 무언가를 말하고 있었다.

무언가를, 지껄여댄다.

"아, 맞아. 그 전에 진수성찬이 또 있었지. 티오네, 너는 여기서 내게 먹히겠지만……"

아르가나가, 무언가를——

"만약 바체가 졌다면…… 하하, **티오나도 내가 죽여주지.**"

——그 순간.

빠직.

티오네는 자신의 마음이 전에 없을 정도로 **열받는** 소리를 듣고, 시야가 시뻘겋게 타오르는 것을 보았다.

꺾이려던 고개가 올라가고, 온몸 구석구석이 폭발하듯 열기를 띠고—— 다음 순간, 질주했다.

"_____."

아르가나는 여기에 반응하지 못했다.

내지른 주먹은 회피를 용납하지 않았다.

티오네가 내디딘 발이 갑판을 부수고, 권격이 아르가나의 광대뼈에 꽂혔다.

"아윽?!"

아르가나의 몸이 허공을 갈랐다.

이번에는 그녀가 나무통을 부수고 나무 벽에 꽂혔다.

입에서 피를 흘린 아르가나는 멍하니, 붉게 물든【독사】의 모습을 보았다.

"때려죽여버리겠어……!!"

온몸을 자기 피로 물들인 티오네는 주먹을 부르쥐고 있었다.

그것은 '분노'였다.

공격을 받았을 때보다도, 피를 빨리는 트라우마와 함께 굴욕에 몸을 태웠을 때보다도, 노기를 터뜨렸던 과거의 그 어떤 순간마저도 능가할 정도의 순수한 '격노'였다.

온몸을 휩쓸며 불태우는 감정과 함께 티오네가 외쳤다.

"그 녀석을 죽였다간 네년을 때려죽여버리겠어!!"

"……!!"

아르가나와 아마조네스들이 숨을 멈출 정도의 격노였다.

티오네 자신도 영문을 알 수 없는 분노였다.

이제까지 느낀 적이 없는 극심한 불꽃이었다.

왜 이렇게나 자신이 화를 내는지 이해하지 못한 채, 입을 가르고 나오는 말만이 폭주했다.

"그 멍청이에게 손가락 하나라도 댔단 봐! 그 멍청이의 웃음을 빼앗았단 봐!! 네년을 절대 용서하지 않을 테니까!!"

말이 터져 나올 때마다 티오네는 자신의 감정을 깨달을 수밖에 없었다.

그 웃음을 증오했다.

그리고 그 웃음에 구원을 받았다.

언제부터? 상관없다. 해야 할 일은 뻔하다. 안 그래?

그건 자신의 반신이며—— 하나뿐인 여동생이니까.

"네가 그 녀석을 죽이게 놔둘 것 같아!!"

지킬 것이다. 티오네가, 티오나를.

하나뿐인 여동생을, 지켜야만 하는 것이다.

투기장에서 동포에게 표적이 되었던 여동생을 지켰다. 늘 먼저 잠드는 여동생을 곁에서 지켰다.

태양처럼 자신을 비춰주었던 티오나를. 티오네는 조용히 지켜왔다.

그리고 앞으로도.

"……정말 너희는 이상한 아마조네스야."

마치 자신들과 비교하듯, 아르가나는 티오네와 티오나를 평가했다.

동족상잔으로 이루어진 텔스큐라에서도 자매의 유대를 잃지 않았던 시시한 기적에 웃음을 보였다.

"서로 사랑하는 거군, 너희는."

"뭐야?!"

"너는 아무것도 모를 테니 가르쳐주지. 기왕 이렇게 된 거."

자리에서 일어나며 아르가나는 여흥이라는 양 말했다.

"티오나는 너를 지켜주고 있었다."

🕯

──티오네, 티오네.

어린 자신이 어둠 속에서 언니의 이름을 연신 불러댄다.

울며 소리치는 그 조그만 등을 티오나는 한 발짝 떨어져 바라보고 있었다.

소녀는, 어린 날의 자신은 '전사'가 되지 못했다.

자신은 '전사'의 길에서 벗어났다.

누구보다도 단순한 티오나가 '전사'가 되지 못했던 원인은 무엇일까.

간단하다. 티오네였다.

언니가 눈물을 보였던 그 날부터, 셀다스를 죽이고 티오네가 울음을 터뜨렸던 그때부터 티오나의 가슴에 어떤 감정이 싹트기 시작했다.

──지켜야 해.

동정했던 것이 아니다. 그저 당연한 일이었다. 그녀는 자신의 반신이니까. 자신이 자신을 지키는 데에 이유는 필요가 없다. 그 정도는 당연했다.

티오나는 그 날부터 같은 방을 쓰는 룸메이트들을 **죽였다**. 정확하게는 '의식'에 스스로 나섰다. 티오네의 대전 상대가 룸메이트로 잡혀버렸을 때, 칼리에게 부탁해 자신과 언니를 바꿔달라고 했던 것이다. 아르가나와의 수련 때문에 너덜너덜해진 티오네의 마음을 지키기 위해.

티오네가 자신과의 '의식'이 다가옴에 따라 고민하는 것을 알았다. 티오나도 싫었다. 그렇기에 칼리에게 애원했다. 부탁을 들어주는 대신 주신이 제시하는 조건을 받아들이겠다고. 하룻밤 사이에 치러진 연속 '의식'. 몇 명이나 되는 동포의 몰살. 티오나는 이것도 달성했다. 티오네에게 들키지 않은 채.

하나뿐인 유대가 있었기에 티오나는 '전사'가 아닌 티오나 히류테로 있을 수 있었다.

울음을 터뜨리던 티오네를 보지 않았다면, 티오나 또한 그쪽으로 가버렸을지도 모른다.

가슴의 공허함을 메우기 위해 싸우는 아마조네스가 되었을지도 모른다.

천진난만한 웃음을 지으며 피를 뒤집어쓰고, 살육을 자행하는, 무구한 버서커로.

티오나는 그것을 알았다. 종이 한 장 차이였음을. 바보인 자신을 붙들어 매준 것은 언니의 존재였다.

티오네는 달이었다.

어디로 가면 좋을지 몰라 어둠 속에 멍청히 서 있던 티오나에게 달빛 대신 길을 알려주었다. 잠들었을 때 달처럼 조용히 다가와주었다. 티오나는 밤의 티오네를 좋아했다. 낮에는 화만 내고 솔직하지 못한 그녀가 솔직해질 수 있는 시간. 부드럽게 다가와주는 시간. 달의 요람.

티오나는 티오네의 곁에서만은 편안히 잠들 수 있었다.

──티오네, 티오네.

어린 자신이 울고 있었다. 이제는 일어설 수 없다고 말한다.

싸우는 것은 좋았다. 하지만 죽이는 것은 싫었다. 마지막 룸메이트를 '의식'에서 죽였을 때, 어린 날의 자신은 가면 안에서 울고 있었다. 괴로웠다. 몸이, 마음이 아팠다.

──티오네, 도와줘.

여느 때처럼 머리를 잡아당기고 욕하면서 손을 잡아줘.

어둠 속에서, 마음의 늪에서 과거의 자신을 보아야만 했던 티오나는 가만히 가슴을 쓸어내렸다.

눈을 감고, 다시 뜬 그녀가 고개를 들자── 시선 너머에는 티오네가 서 있었다.

──지지 마, 티오나.

조금 전에 막 헤어졌던 언니의 말이 떠올랐다.

달빛에 젖은 그 뒷모습을 떠올렸다.

어린 시절 자신의 뒤에 서 있던 티오나는 발치에 떨어져 있던 한 권의 '책'을 주웠다.

울다 지친 그녀에게 그 '책'을 내밀었다.

──조금만 더 애써보자.

──티오네도 애쓰고 있어.

티오나는 웃었다. 태양처럼.

어린 자신은 눈을 연신 깜빡이고 '책'을 받아들어, 표지에 손을 댔다.

이야기의 페이지는 펄럭펄럭 소리를 내고, 수백 수천 장의 페이지가 넘어가고, '영웅담'의 주민들과 만났던 어린 자신은—— 웃었다.

씨익, 과거의 자신과 현재의 자신이 웃음을 나누고, 손을 잡았다.

"————아아!!"

티오나의 눈이 힘차게 뜨였다.

혼탁했던 의식이 빛을 되찾아, 티오나는 벌떡 일어났다.

"!"

다가왔던 바체는 경악해 땅을 박차며 간격을 벌렸다.

재기한 티오나를 그녀는 경계하고, 다른 아마조네스들은 큰 목소리로 칭송했다.

"호오, 일어났구나."

그런 가운데 칼리는 가면 안에서 웃음을 지었다.

"허나 어떻게 할 테냐? 형세는 변하지 않았구나. 너는 여전히 불리하지."

티오나의 몸은 지금도 【베르구스】에 타들어가 연기를 뿜는다.

여신의 목소리가 귀에 들렸지만 티오나는 독에 찌든 얼

굴을 북북 문지른 후—— 두 주먹을 허리에 대며, 큰 목소
리로 외쳤다.

"하~나도 안 아파!!"

바체는 눈을 휘둥그렇게 떴다.
"하~나도 괴롭지 않아!!"
칼리는 입을 반쯤 벌리고 있었다.
"아직아직, 할수있어할수있어!!"
주위의 아마조네스들은 석상처럼 움직임을 멈추었다.
"난 절대 지지 않을 거야!!"
그리고 티오나는 더욱 환하게 웃었다.
독에 침식당한 피부 따위 아무렇지도 않다는 양 질끈 주
먹을 쥐고 거칠게 자세를 잡았다.
티오나가 도출한 바체의 독수 대항책.
완전무시—— 똥배짱.
생각하는 것이 영 서툴다고 자타가 공인하는 소녀는 바
보의 극치였다.
"풉—— 크하하하하하하하하하하하하하하하하하하하하
하하하하하하하!!"
쩌억, 입을 벌린 채 굳어버렸던 어린 여신은 결국 웃음
을 터뜨리더니 배가 터질 듯이 굴러다니며 박장대소했다.
두 손으로 배를 붙들고 파닥파닥 두 다리를 구르며 미친

듯이 굴러다녔다.

머리 위에서 울려 퍼지는 칼리의 요란한 웃음소리를 들으며, 바체는 표정을 무너뜨리지 않은 채 험악한 기운을 띤 두 눈을 가늘게 떴다.

"……내 독수는 위세만으로 떨쳐낼 수 있는 것이 아니야."

"응. 사실은 엄청 아프고 엄청 괴로워."

"그렇다면."

바체의 말을 가로막으며 티오나는 말했다.

"하지만 난 웃을 수 있어."

바체는 눈을 크게 떴다.

"아무리 아프고 괴로워도, 슬퍼도—— 난 웃을 수 있어!"

말 그대로 티오나는 얼굴에 웃음을 짓고 있었다.

열세에 어울리지 않을 정도로 환하게 만면에 미소를.

——텔스큐라에서 무엇이 티오나와 티오네의 명암을 갈라놓았을까. 그것은 분명히 '영웅담'과의 만남이었다.

바체의 목소리가 읽어주던 이야기에 귀를 기울이던 것을 기억한다.

주인공의 우스운 대사에 오랫동안 웃음이 멈추지 않던 것을 기억한다.

영웅의 말에 용기를 얻었던 것을 지금도 떠올릴 수 있다.

"난 바보니까…… 이런 것밖에 못하지만!"

그것은 괴로운 하루하루에 굴하고 아름다운 이야기로 도피했던 것뿐인지도 모른다.

동화 같은 '영웅담'으로 자신을 위로했던 것뿐인지도 모른다.

하지만 분명히 티오나는 수많은 이야기에서 많은 것을── 웃음을 얻었다.

"그래도 한껏 웃을 거야!!"

자신이 웃으면 언젠가 티오네가 웃어줄 것 같았다.

자기라도 웃지 않으면, 그 빛바랜 피와 재의 세계는 전혀 변하지 않을 것 같았다.

그래서 웃었다.

'영웅담'에 구원을 받은 티오나는 둘뿐인 세계에서도 밝게 웃었다.

그리고 티오네도── 그날, 웃어주었다.

"웃어서, 괴로운 일 같은 건 다 날려버릴 거야!"

티오나에게는 좋아하는 '영웅담'이 있다.

『아르고노트』.

영웅이 되기를 갈망하던 청년의 이야기.

눈물이 나올 정도로 티오나를 웃게 만들었던 우스꽝스러운 영웅담.

『나는 웃을 거야.

아무리 바보 취급을 당해도, 아무리 비웃음을 산다 해도, 입가에 웃음을 지을 거야.

안 그러면 정령도, 운명의 여신님도 웃음을 지어주지 않을걸.』

　──웃자.
　자신을 격려해주었던 동화 속의 영웅처럼.
　아름다운 이야기의 주민들처럼.
　아무리 아파도, 괴로워도, 허세를 부리더라도.
　누군가의 몫까지.
　기분 좋은 내일을 맞이하기 위해 웃는 거야.
　비장감도 뭣도 아니야── 단순하고, 생각하는 것을 싫
어하는 나한테는 그 정도가 딱 좋아!!
　"웃지 못하는 누군가의 몫까지, 내가 웃어줄 거야!!"
　그렇게 말하며 티오나는 만면에 웃음을 터뜨렸다.
　"기쁘게 웃어줄 때까지── 난 웃을 거야!"

　"장난하고 앉았어……!"
　아르가나의 입으로, 티오나가 자신보다도 더 많은 동포
를 해쳤다는 사실을 들은 티오네는 가슴에 밀려드는 감정
을 얼버무리기 위해 질끈 주먹을 부르쥐었다.
　모든 것을 깨달았다.
　마음이 깎여나갔던 티오네를 대신해, 티오나는 웃고 있
었던 것이다.
　──『아이즈란 애, 옛날 티오네랑 비슷하네.』
　그리고 지금은 아이즈. 옛날의 티오네와 마찬가지로, 웃

는 것이 서툰 소녀를 위해.

자신을 뒤에서 지켜주었던 그 어리석은 여동생의 웃음이 무슨 의미를 가졌는지를, 티오네는 겨우 알아차렸다.

"어디서, 내 영웅 행세를 해……!!"

티오나는 이야기를 동경했어도 누군가를 기다리지는 않았다.

지켜야만 하는 반쪽이 있었기 때문이다. 단순한 여동생은 밝게 웃고 또 웃었다.

지탱해준다고 생각했지만, 사실은 그녀야말로 자신을 지탱해주었다. 지켜준 줄로만 알았지만 그녀야말로 자신을 지켜주었다.

둘 다 똑같았다.

티오네와 티오나는 등을 맞대고 서로를 지켜주었던 것이다.

"내가! 영웅을 기다리는 왕녀 행세를 해야겠냐고!! 엿이나 먹으라지!!"

티오나는 오지 않는다. 온다 해도 후려갈겨 쫓아내줄 것이다.

눈앞의 적은 스스로 물리친다.

자신이 물리치고, 티오나를 지킬 것이다.

"아르가나── 네년을 죽여버리겠어."

"좋은 눈이야……. '전사'로 돌아왔구나, 티오네."

자신을 꿰뚫는 티오네의 눈빛에 아르가나는 등줄기가

오싹오싹해지는 것을 느꼈다.

그러거나 말거나 티오네는 입가에서 천천히── **붉게 물든 숨결**을 토해냈다.

"……변하지 않았구나, 티오나."

눈앞에서 웃는 티오나를 보며 바체가 중얼거렸다.

"너는 텔스큐라에서도 제일 바보였고…… 제일 맹수였지."

티오나는 어떤 궁지에 몰렸을 때에도, 아무리 위기에 몰렸어도 입에서 웃음을 잃지 않았다. 어떤 상황에서도 웃었다.

천진하고, 무구하고, 사나운 웃음을 지으며 승리를 쟁취했다.

소녀는 그 웃음 하나로 모든 것을 넘어섰던 것이다.

"바로 그렇지! 전혀 변하질 않았구나!! 친언니조차 변했거늘, 이 녀석은 여전히 바보 그대로야!!"

히익히익 숨을 몰아쉬면서 바체의 말을 긍정한 칼리는 우뚝, 발작을 멈추었다.

흐느적 몸을 일으키더니 소녀를 내려다보며 입술을 틀어올린다.

"──재미있어. 역시 본녀는 티오네보다도 네가 더 마음에 드는구나."

불변의 존재인 신들과의 공감대를 발견한 것처럼 칼리가 말했다.

티오나는 씨익 웃었다.

아프지 않다고 허풍을 떨며 자신을 고무시킨 소녀는, 이윽고 엷게 벌어진 입술에서 숨을 토해냈다.

그 숨결은, **붉었다.**

──이제부터야.

그것을 보고 바체는 표정을 다잡았다.

티오나가 토해내는 숨결이 붉다. 비유가 아니라 그녀의 숨결에는 붉게 변색될 정도의 열기가 깃들어 있었던 것이다.

【인텐스피드】. 티오나의 '레어 스킬'.

【버서크】를 거친 후에 발동되는 그 효과는, 빈사 상태에서 모든 【어빌리티】 수치에 높은 보정을 주는 것. 언니 티오네가 발현시킨 것과 완전히 똑같은 발동조건을 가진 공격특화형 【백 드래프트】. 다시 말해 궁지에 몰릴 때마다, 궁지에 몰릴수록 티오나와 티오네의 전투능력은 상승한다.

히류테 자매는 궁지에 몰렸을 때, 가장 강했다.

배 위에서.

해식굴에서.

'의식'이 가경을 맞았다.

그녀들을 에워싼 아마조네스는 일제히 발을 굴러 한층

더해진 기세로 포효와 환호를 거듭했다.

"투쟁의 결말……. 자아, 어떻게 될지."

여신의 중얼거림이 어둠에 녹아드는 가운데, 결전의 막이 열렸다.

🔥

그림자는 서두르고 있었다.

그 식인꽃이 항구에 출현한 것을 본 후로 계속 달려나갔다.

확인해야만 할 것이 있었다. 시내의 비명과 혼란에 등을 돌리고 이런 변두리까지 찾아왔다.

그림자가 도달한 곳은 티오나가 들어선 것과 같은 해식굴.

신중하게 안을 살핀 후 슬쩍 몸을 미끄러뜨린다. 소리를 내지 않도록 주의하며, 호흡을 죽이고, 개미집처럼 복잡하게 얽힌 갈림길을 망설이지도 않고 나아간다. 불도 켜지 않은 채 벽에 손을 짚으며, 어둠과 동화된 그림자는 계속해서 앞으로 나아갔다.

"_____."

그리고 그림자는 보고야 말았다.

한두 개가 아닌 검은 우리 속에서 꽃봉오리를 닫은 채 똬리를 튼 조그만 식인꽃 몬스터, 그리고 지면에 수없이 새겨진 자국── **도합 일곱 개의 우리가 밖으로 실려나갔**

음을 알리는 그 흔적을.

"됐다, 불 키라."

"?!"

아연실색 서 있던 그림자의 후방에서── 로키는 마석등을 작동시켰다. 단원들의 힘을 빌려 들키지 않도록 미행했던 여신은 그림자의 정체를 빛 아래 폭로했다.

로키의 호위로 따라왔던 소녀들은 경악해 말을 잃었다.

"이 얼굴은 또 의외네."

그림자는, 아니, 그는 2M에 이를 것 같은 체구의 소유자였다.

검은 머리카락에 검은 눈.

볕에 잘 그을린 몸은 근육질이었으며, 강인한 어부의 인상이 느껴졌다.

종족은 휴먼이었다.

"니 분명 로드라 캤제?"

"여신, 님……."

이름을 불린 후로도 【뇨르드 파밀리아】의 단장 로드는 아연실색하고 있었다.

마석등을 든 로키, 그 뒤에 선 소녀들을 보고 말문이 막혔다. 고스란히 추적당했음을 깨달은 것이다.

마지막으로 슬쩍 식인꽃을 쳐다본 그는, 뻣뻣해진 목소리를 쥐어짜냈다.

"노, 놀랐네요. 언제부터 따라오셨던 겁니까……? 하,

하하, 서둘러야 한다는 생각에 전혀 몰랐네요……. 아아, 빌어먹을."

어떻게든 수습을 해볼 생각인지 로드는 필사적으로 서툰 헛웃음을 지었다.

빤히 응시하는 로키의 곁에서 흄 바니 라크타가 견디지 못하고 힐문했다.

"다, 당신이 이 식인꽃을 호수에 풀어놨던 거야?!"

"——그래, 그랬다! 전부 내가 한 짓이다!!"

마침내 자포자기한 것처럼 불안정한 정서를 폭발시켰다. 로드는 눈꼬리를 틀어올리며 고함을 질러댔다.

"내가 한 짓이다, 왜! 내가 이 몬스터를——!!"

"아~ 마, 그딴 건 됐고."

로키는 로드의 말을 가로막으며 한쪽 손을 휘휘 내저었다. 그 몸짓에 로드가 굳어버린 가운데, 로키는 주황색 눈을 슬며시 뜨고, 고했다.

"니 언제까지 얼라가 이러게 놔둘긴데, 뇨르드."

정적이 동굴 속을 가득 메웠다.

로키의 목소리가 안쪽으로 울려 퍼지고, 아플 정도의 침묵이 이어진 후, 어둠 속에서 모습을 나타낸 자가 있었다.

뒤통수에서 묶은 갈색 머리카락을 찰랑이며, 샌들을 신은 모양 좋은 다리로 지면을 울리는 그는.

침통한 표정으로 입을 꾹 다문 남신, 뇨르드였다.

"뇨르드, 님……!"

"에, 엥? 어떻게 된 거야?"

"의도는 아니었지만 이중 미행이었던기라."

로드가 표정을 구기고, 라크타와 단원들은 곤혹스러워하며 사내와 신을 번갈아 쳐다보았다.

식인꽃이 항구에 출현했을 때 로키가 발견한 수상쩍은 인물, 이 아니라 신물은 뇨르드였다.

그리고 그녀 이외에도 그를 발견한 사람이 있었다. 그것이 로드였다.

이런 소동 속에서 도시 바깥쪽으로 향하는 주신을 무시할 수 없어 권속이 미행하고, 그 뒤를 로키 일행이 쫓아오는 형태가 되었다.

"그럼 아까 그 고백은……."

"주신을 감싸기 위해서제……. 니 참 좋은 얼라 됐데이, 뇨르드."

뇨르드가 이 식인꽃이 보관된 장소까지 왔을 때, 미행했던 로드의 충격은 얼마나 컸을까. 로키 일행이 나타나 뇨르드가 모습을 감춘 가운데 창졸간에 주신을 감싼 것도 그의 신뢰와 경애가 그렇게 시켰기 때문이었다.

권속에게 죄를 전가하려던 뇨르드의 떨떠름한 표정은 후회와 부끄러움으로 물들었다.

"뇨르드 님, 거짓말이죠?! 이딴 괴물을 호수에 풀어놨다니……!"

"아니. 전부 사실이다, 로드."

"왜요, 어째서요?!"

"……난 너희가 생각하는 것만큼 훌륭한 신이 아니었던 거지."

아무것도 부정하지 않는 주신에게 로드의 얼굴이 울음을 터뜨리려는 아이처럼 일그러졌다.

그와 시선을 마주치지 못하던 뇨르드는 로키 쪽을 보았다.

"로키, 이건 내가……"

"이미 내막은 다 알아냈데이, 뇨르드. 잡아뗄 생각 말그라."

그렇게 말하며 로키는 허리에서 꺼낸 조그만 자루를 뇨르드의 발치에 던졌다.

자루 주둥이에서 흘러나온 것은 여러 색깔이 뒤섞인 분말.

로드가 몬스터를 다가오지 못하게 하는 것이라고 호언장담했던 '마법의 가루'였다.

뇨르드의 고운 미간에 주름이 잡혔다.

아이즈에게서 받았던 자루를 던진 로키는 결정타라는 양 말했다.

"길드 지부, 그리고 시장한테 이미 우리 얼라들 보내났데이. 지금쯤 증거 확보해놨을기다."

"……!"

낯빛이 바뀐 뇨르드는 당황한 것처럼 한쪽 손으로 머리를 짚었다. 그를 대신해 놀라 소리를 지른 것은 로드였다.

"볼그 아저씨에, 길드까지⋯⋯?! 그, 그게 무슨 말입니까, 여신님?!"

갈팡질팡하는 로드에게 로키가 대답했다.

"마, 그러니께──."

"──너희 중 누군가가 흑막이 아니다. **너희 모두가 공범이다.**"

길드 지부 후문 부근의 무인창고.

창백해진 지부장 루버트를 앞에 두고 리베리아가 선언했다.

"무, 무슨 소릴⋯⋯?! 생트집은 길드를 모욕하는──!"

"그렇다면 네가 끌어안은 그 기재는 무엇이냐."

멜렌 항구의 혼란 때문에 일동의 뒤에 우뚝 솟은 길드 지부 또한 발칵 뒤집어진 듯한 소란에 휩싸인 가운데, 지부장이라는 사내는 혼자 빠져나와 어떤 물건을 반출하려 했다.

지적을 받은 루버트의 가느다란 얼굴이 경련하고, 그 바람에 그의 두 팔이 끌어안았던 물건 중 하나가 떨어졌다. 그것은 어떤 마석제품이었다.

"멜렌의 유사시에는 즉시 모험자를 파견해야 할 오라리오가 이러한 현재의 상황에서도 움직이지 않는 이유는⋯⋯

네가 모든 신호기를 가지고 나갔기 때문이다."

루버트가 지금도 꼴사납게 두 팔에 끌어안고 있던 것은 망원경과도 비슷하게 생긴 신호기. 이 마석제품의 인광을 연속으로 켜서 시벽 대기소에 신호를 보내면 멜렌은 몇 K 너머에 있는 오라리오에 순식간에 긴급사태를 전달할 수 있는 것이다.

"지금 모험자나 길드 본부 사람이 멜렌에 온다면 네가 저지른 뒤가 구린 짓들이 판명이 날 테니까. 이를테면 식인꽃의 사건…… 다시 말해 그런 것이렷다?"

"……큭?!"

한쪽 눈을 감고 모든 것을 꿰뚫어보는 리베리아의 눈빛에 루버트의 얼굴은 마침내 낯빛을 잃었다.

"사이가 나쁜 척을 했던 것도 공범관계가 탄로 나지 않게 하기 위해서였군요……."

"【로키 파밀리아】……!"

머독가문의 저택에서는 엘프 아리시아가 리베리아와 마찬가지로 볼그를 힐문하는 중이었다.

볼그가 든 것은 커다란 마대자루. 예의 그 '마법의 가루'가 들어 있음은 분명했다. 서둘러 자루를 감추려 했던 볼그는 체념한 듯 그 자리에 주저앉았다.

"전부 그 식인꽃하고 관련이 있었다니, 그게 무슨……?"

혼란에 빠진 권속의 질문을 어깨 너머로 들으며, 로키는 검은 우리 속에서 잠든 것처럼 움직이지 않는 식인꽃, 다음으로는 뇨르드의 발치에 흩어진 분말에 시선을 보냈다.

"그 가루에 섞인 건…… '마석'이제?"

"……그래."

로키의 지적을 뇨르드는 체념한 듯 긍정했다.

로드나 단원들의 경악에도 아랑곳 않고 로키는 말을 이어나갔다.

"남한테 안 들킬라꼬 '마석' 가루에다 물고기 가루며 비린내 나는 것들을 섞은 거…… 마, 레시피는 이기 맞나?"

"맞아. 잘도 알았군. 신들도 알아차리지 못하도록 내가 꽤 고심을 했는데……."

"아이쭈가 센서를 팍팍 발동해서, 일부러 머독네 저택에 잠입해다가 갖다 줬다 안하나. 그 덕에 지하실에 있던 '마석'도 찾았제."

뇨르드가 자조하는 웃음을 지었다.

그러는 동안에도 계속 혼란에 빠졌던 로드가 그들의 대화에 끼어들었다.

"자, 잠깐 기다려 보십쇼, 여신님! '마석'이라면 그거 아닙니까? 몬스터 몸속에 들어있다는……. 왜 그걸 섞으면 몬스터가 다가오지 못하는 '마법의 가루'가 되는 건데요?!"

"아, 니는 몰랐나? 거기 있는 식인꽃은 말이제, 인간보다도 몬스터—— 정확하게는 '마석'을 먼저 노린다 안하나."

　여기까지 말한 로키의 설명을 듣고 그녀의 권속들은 흠 칫했다.

　아이즈를 비롯한 제1급 모험자들이 수집한 식인꽃의 개 체정보. '더럽혀진 정령'의 촉수인 극채색 몬스터는 인류 보다도 '마석'을 노리는 성질을 지녔다.

　"'마석'이 섞인 가루를 바다에 뿌려놓으면 식인꽃은 거기 정신이 팔리가꼬 배는 습격을 안 했던기라."

　얼마 전 티오나가 '마법의 가루'에 대해 제시했던 '미끼' 라는 견해는 그야말로 정곡을 찔렀던 것이었다.

　이 '마법의 가루'는 식인꽃 전용 아이템이었던 셈이다.

　"하, 하나도 모르겠네요⋯⋯. 그런다고 왜 다른 몬스터 가 배를 습격하지 않는 건데요?!"

　"인간보다 몬스터를 먼저 노린다꼬 안했나."

　신음하는 로드에게 로키는 탄식과 함께 핵심을 짚어주 었다.

　"호수에 풀려나온 식인꽃은 말이제, **호수에 번식한 몬스 터를 잡아묵은기라**⋯⋯. 요즘 배가 습격당하지 않아서 멜 렌 근해는 평화로웠제?"

　눈을 휘둥그렇게 뜬 로드, 라크타 일행, 그리고 로키의 시선이 모두 남신에게 쏠렸다.

　"이젠 마 대충 알겠는데⋯⋯ 내 함 물어보꾸마. 니는 와 이런 짓을 했는데?"

로키의 물음에, 뇨르드는 그 자리에서 걸어나가 안쪽에 존재하는 샘에 팔을 담갔다.

그가 능숙하게 포획한 것은 한 마리의 물고기였다.

"……봐, 로키. 이 도도배스를."

그것은 도도배스의 치어였다. 치어라고는 하지만 몸의 길이는 어지간한 물고기 정도였으며, 일그러진 단단한 비늘도 돋아나려 했다.

"비늘이 말도 안 될 정도로 발달했지. 이게 전부 몬스터에게서 몸을 지키기 위한 진화의 과정이야."

"내도 안다. 몬스터가 지상에 넘쳐난 후로 생태계가 변한 기 여럿 있지 않나."

"그래, 그랬지……. 그런데 이 도도배스는 그나마 나은 편이야. 어떻게든 살아남았고, 아이들도 먹을 수 있으니까. 하지만 다른 물고기는…… 그렇게는 안 돼."

"그기 이유가? 식인꽃을 푼 이유?"

암담한 표정으로 뇨르드는 고개를 끄덕였다.

놀란 로드와 로키의 단원들에게 쓴웃음을 지으며 말을 이었다.

"하계의 바다는 끔찍해. 지난 500년 동안 몬스터가 너무 늘었어."

"그렇겠제. 육지는 그나마 어떻게든 돼도, 바닷속은 몬스터를 퇴치할 사람이 얼마 안 되니께."

"그래. 포세이돈네 애들이 열심히 애쓰고는 있지만 그것도 임시방편이야. 이대로는 고기를 잡을 수가 없게 된다고…… 멜렌만이 아니라, 전 세계 어느 바다에서도. 나는 그걸 도저히 용납할 수 없었어."

뇨르드의 고백에 어부인 로드는 얼어붙었다.

어업을 관장하는 신 뇨르드.

그는 하계에서 바다의 은총이 사라져버릴까 두려워했던 신 중 하나였던 것이다.

"얼마 전까지만 해도 멜렌의 어획량은 위험한 수준으로 떨어졌어. 물고기들이 몬스터에게 마구 잡아먹혀서. 오라리오야 돈으로 타국에서 수입할 수 있겠지만 우리 파벌은 그럴 수도 없어."

"…………."

"돈을 벌려면 고기를 잡아야 해. 고기를 잡으려면 바다로 나가야 해. 그리고 바다에 나갈 때마다…… 내 권속들이 죽어나갔어. 로드의 아버지도, 할아버지도 그랬지."

뇨르드는 서글픈 표정으로, 입을 다문 로키에게 웃음을 지어보였다.

"아이들에게 '은혜'를 주어도, 역시 죽어버린다고. 몬스터에게."

"뇨르드 님……!"

로드가 울먹이는 목소리를 냈다.

"아예 우리 파벌도 포세이돈네처럼 무력집단이 되면 어떨까…… 그런 생각을 한 적도 있었지만, 그랬다간 어부들

은 놀랄 테고, 그렇게 된다 해도 아까 말했듯 임시방편밖
에 안 돼. 어떻게 하면 좋을지 생각하다가……. 난 이 식인
꽃에 대해 알고 말았어."

뇨르드는 거기서 식인꽃을 보았다.

"언제고? 어케 알았노?"

"7년…… 아니, 6년 전이던가? 오라리오의 배수로를 따
라 흘러든 놈이 롤로그 호수에서 튀어나왔지."

당시에는 피해가 나오기는 했지만 마침 그 자리에 있던
떠돌이 【파밀리아】가 섬멸해주었다고 한다. 바로 식인꽃이
다른 몬스터를 노리는 틈을 타서.

'마석'을 노리는 식인꽃의 성질을 알아차린 뇨르드는 몬
스터의 발생원이었던 상류, 오라리오의 배수로로 침입
했다.

레이더 피시가 기수호를 거슬러 올라간다면 반대도 가
능할 터. 식인꽃도 도시에서 내려왔던 것이다.

미스릴 방책이 수리되기 전의 이야기였다.

"무단으로 도시 지하수로를 헤매다 보니…… 거기서 어
떤 이상한 휴먼을 만났어."

"어떤 놈이었노?"

"어디보자. 앞머리로 눈을 가리고, 피부는 햇빛을 전혀
받지 못한 것처럼 새하얀 게 건강해 보이지 않고……."

그 사내는 뇨르드가 방문 목적을 솔직하게 들려주자 교
섭을 청했다고 한다.

『이쪽의 조건을 받아들인다면 그 식인꽃을 빌려줄 수도 있지, 남신.』

그로부터 사내와 뇨르드의 밀약이 시작되었던 것이다.

뇨르드는 그에게 식인꽃을 호수와 멜렌 근해에 풀어달라고 하는 대신, 그가 제시한 짐—— 항구도시에서의 밀수를 알선해주었던 것이다.

"그래서 니는 길드 지부랑 시장까지 끌어들였나……?"

"그래, 맞아."

하아~.

깊은 한숨을 내쉬는 로키에게 뇨르드는 어깨를 으쓱했다.

이 멜렌에서 밀수를 하려면 길드 지부와 머독 가문을 포섭하는 것이 가장 손쉬운 방법이다. 멜렌 근해의 평화와 조업의 안전을 바라는 뇨르드의 계획에 볼그는 찬성했다고 한다.

길드 지부—— 정확하게 말하자면 루버트는 돈 문제로 구워삶는 데 성공했다.

"하기야 그넘의 가루를 만들라 치면 '마석'을 빼돌릴 수 있는 길드가 무조건 협조하고 나서야 하겠제……."

본부에서 '마석'을 얻어 횡령한 루버트.

저택 지하실에서 직접 가루를 제조하는 볼그.

그리고 몬스터가 줄어드는 호수와 바다에서 시치미 뚝 떼고 조업을 이어나가는 뇨르드.

이들 세 사람의 공범관계는 필연에 따라 이루어졌던 것이다.

멜렌에 드나드는 배에 볼그를 통해 가루를 넘겨주고, 안전성을 확보하면서 그들은 이러한 행동을 몇 년 동안이나 되풀이했다.

"가루 읎는 넘들이 식인꽃한테 당할지도 모른다 카는…… 그런 생각은 안 해봤나?"

"바다에서 몬스터가 줄어들지 않는다면 더 많은 아이들이 죽는다고…… 그렇게 생각했으니까."

슬쩍 웃는 뇨르드에게 로키는 다시 한 번 탄식했다.

어업과 바다, 그리고 그곳에 관여한 하계 주민들을 지나치게 사랑한 남신 뇨르드.

"이 문디자슥……."

자신들에게도 흔쾌히 힘을 빌려주었던 선량한 신의 말로에 로키는 겨우 그 말만을 할 수 있었다.

로드는 주신의 행위에 입을 꾹 다문 채 그저 고개를 숙이고만 있었다.

"내 함 확인하자. 주요 거래상대일 뿐이고, 니 이블스의 잔당이니 괴인들하고는 암 관계도 없는 거제?"

"무슨 말을 하는 건진 모르겠다만…… 아마 그럴걸?"

로키 일행이 쫓던 적의 진짜 몸통은 멜렌의 식인꽃 소동과는 관계가 없었다는 뜻이다.

왈칵 밀려드는 피로감을 억누르면서 로키는 물어봐야

할 것을 물어보았다.

"도시에서 식인꽃 실어다 준 넘들이 있었제? 내 보기에 이 동굴에 갖다놓고 호수에 풀어놓는 것 같던데, 그기 누고?"

"어— 으음—……."

"말해라."

"……【이슈타르 파밀리아】."

체념한 뇨르드는 솔직히 고백했다.

"하수도 놈들하고 우리의 창구랄까, 중개랄까, 아무튼 뭔가 곤란한 일이 생기면 곧잘 의지했어. 상회랑 한 패가 되어 도시를 드나드는 것 같았고, 식인꽃이 너무 강해지면 해치워주기도 하고……."

"우릴 낚을 미끼처럼 식인꽃을 항구에 풀었던 것도……."

"……그놈들, 이겠지."

갑자기 출현한 식인꽃에 눈을 의심한 뇨르드 자신이 여기까지 왔던 원인. 【이슈타르 파밀리아】. 로키는 그 파벌의 이름을 입 속으로 굴려보았다.

지금 얻을 수 있는 단서라면 이 정도일 것이다. 정보를 확보한 로키는 뇨르드와 정면으로 마주보았다.

"니가 했던 일에 대해선 내는 암말도 안할란다. 멜렌이 평화로워졌다 카는 것도 진짜인 것 같고. 캐도 길드에는 말해둘기라. 식인꽃도 이젠 몬 쓴다."

"그래……."

"그리고 위자료도 포함해서, 니들은 앞으로 짐말처럼 막 부려먹을팅게 각오하그라. 물어볼 것도 있고."

"……그래."

마지막에는 푹 고개를 떨구며 뇨르드는 승낙했다.

로키는 휙 주위를 둘러보았다.

"여그가 똥꼬마…… 칼리가 아지트로 삼은 곳이 틀림없제?"

"그래, 이슈타르와 뭔가 관계가 있는 것 같았어."

"레피야랑…… 그리고 티오나도 여그 있으려나?"

흐음. 고개를 끄덕인 로키는 권속들을 돌아보았다.

"라크타, 엘피. 레피야랑 티오나가 여그 있다고 애들한 테 좀 전해주고 데려온나. 전부."

"전부요?"

"그 말은 아이즈 씨랑 리베리아 씨한테도……?"

되묻는 소녀들에게.

로키는 씩 입가를 틀어올리며, 웃었다.

"전부데이."

시각을 거슬러 올라가.

멜렌에서는, 정확하게 말하자면 항구에서는 빛이 사라졌다. 아이즈 일행의 기습을 노린 【이슈타르 파밀리아】의 소행이었다. 식인꽃이 격퇴되었는가 싶었더니 느닷없이 항구 한복판에서 격렬한 전투——파벌의 항쟁이 벌어진 것이 아닌가 하고 벌벌 떨 만한 교전——가 벌어져, 주민들의 혼란은 극치에 달했다.

"이봐! 신호기는 어떻게 된 거야?! 왜 길드가 움직이질 않아?!"

"내가 알아?! 신호기가 없어졌다느니 지부장이 사라졌다느니 해서 그쪽도 난리가 아니라고……!"

모양뿐인 야트막한 시벽에서는 사내들이 말다툼을 벌이고 있었다.

길드 지부에서 쏘아져 나가야 할 신호가 없어, 문을 닫은 채 꼼짝도 않는 오라리오의 거대 시벽을 전망대 위에서 절망적인 눈으로 바라보았다.

"빌어먹을, 이렇게 되면 뛰어서라도 갈 수밖에——."

시벽으로 향한 망원경을 들여다보던 수인 남성이 우뚝 움직임을 멈추었다.

"어……."

"이봐, 왜 그래?! 이번엔 또 뭔데!!"

휴먼 사내가 낚아채듯 망원경을 빼앗아 같은 방향을 보았다.

"어……."

그리고 그 또한 말문이 막혀 파트너와 함께 굳어버렸다.

그들이 바라본 방향은 오라리오의 거대 시벽, 꼭대기.

흉벽 너머로 본 것을 수인 사내는 아연실색 중얼거렸다.

"……**광대** 엠블럼."

최강을 고하는 집단의 깃발이 바람에 나부끼고 있었다.

"역시 계집들한테는 못 맡긴다니깐……."

미궁도시 오라리오 도시 남서부, 시벽 위.

거대한 시벽 위에 웨어울프 청년이 서 있었다.

"야, 이 자식들아! 언제까지고 여자들이 으스대게 만들 거냐! ——간다."

『와아아아아아아아아아아아아아아아아아아아아아아아아아아아아!!』

베이트의 날카로운 눈빛과 말에—— 남자 단원들이 함성을 질렀다. 저마다 무기를 머리 위로 쳐들고 길길이 날뛰는 남자들의 목소리에, 곁에 있던 캣 피플 아키는 머리 위의 귀를 두 손으로 꼭 눌렀다.

그들이 멀리 내다보는 것은 빛이 사라진 멜렌의 교역항 구역. 그곳에서 폭죽처럼 연발로 빛나는 빛의 물거품—— 교전의 증거인, 수많은 검극의 광채였다.

"하하하. 베이트도 사기를 올리는 방법을 좀 익혔나 본데."

웃음을 흘리는 핀의 곁에서는 가레스와 라울이 이야기를 나누었다.

"헌데 조금 성질이 난 것 같구먼……. 이봐, 라울. 무슨 일 있었나?

"그, 그게요, 아까까지 있었던 술집에서 그【리틀 루키】를 만나는 바람에……."

그들의 모습은 하나같이 무기를 들고 방어구를 걸친 완전무장 상태였다.

"그런데 아키, 저기 있는 건 그【칼리 파밀리아】가 틀림없지?"

"아, 네! 분명, 티오네랑 티오나도……."

남성 단원들의 기백에 압도되었던 아키가 황급히 핀에게 대답했다.

도시에 남아있던 핀 일행에게 아키가 달려왔던 것이 조금 전. 로키의 심부름으로 그녀가 전달했던 사실은 세 가지였다.

【칼리 파밀리아】가 일으켰던 일에 대한 간결한 경위와 상황.

아이즈 일행의 무기를 포함한 장비를 모조리 확보하라는 지시.

그리고 모든 단원들을 집결시켜 **멜렌으로 쳐들어오라는 전령**.

"다들 모였어?"

"네, 모였습니다!"

아키에게서 전언을 전해들은 핀은 재빨리 시벽 위로 침입해 【파밀리아】의 단기를 세우도록 명령했다. 모든 단원이 깃발 아래 모이도록, 기치로 삼아.

트릭스터 단기가 교활한 웃음을 지으며 한데 모인 모험자들을 내려다본다.

"아무래도 다른 자들까지 우글우글 몰려드는 것 같구먼. 괜찮겠나?"

"【가네샤 파밀리아】가 움직이려 하지 않으니 괜찮아. '마법의 편지'를 길드에 보내놨겠지, 아키?"

"네, 그건 확실하게……."

트릭스터 단기는 단원 이외에 다른 자들까지도 불러들였다. 도시 측, 시벽 아래쪽에서는 신들이며 일반인들이 구경을 나와 무슨 일이 났나 【로키 파밀리아】를 올려다보았다.

로키가 썼던 '마법의 편지'──우라노스에게 보낸 멜렌 측의 현재상황과 길드 지부의 검은 행위를 시사하는 내용, 나아가서는 이를 빌미로 삼은 협박문을 줄줄이 적어놓은 메모──를 제출한 아키는 주신의 의도대로 착착 진행되어가는 현재의 상황에 지친 듯 한숨을 쉬었다.

"여자들 무기는?"

"모아왔네. 원정 중에 츠바키가 꾸준히 정비해주었던 덕에 일찌감치 마무리되었지."

"아이즈의 검은 내가 갖고 간다."

"엑, 제, 제가 티오네 씨랑 티오나 씨 무기 담당임까?"

이미 확보된 일행들의 무기가 단원들에게 전해졌다. 아이즈의 검은 베이트가, 리베리아의 지팡이는 핀이, 엄청나게 무거운 티오나의 우르가는 운 나쁘게도 라울이.

핀은 준비를 갖춘 단원들을 돌아보았다.

"자, 다들. 이제부터 소란스러운 자매를 마중하러 갈 거야. 겨우 그뿐이지만…… 이렇게 성가신 퀘스트도 없겠지."

짐짓 어깨를 움츠리는 핀의 말에 단원들도 너스레를 떨며 웃음소리와 비명으로 대답했다.

"무섭다——!!"

"저는 티오네 씨한테 얻어맞을지도 모르지 말입다!"

하지만 그들의 얼굴에는 동료에게 손을 댄 자들에게 분노하는 흉흉한 웃음이 퍼지고 있었다.

"로키가 전달하래. 웃기지도 않는 짓을 한 놈들에게—— 혼쭐을 내주자."

그 지시를 듣고 단원들이 눈꼬리를 치켜 올렸다.

핀은 웃음을 거두고, 개전을 알리는 호령을 터뜨렸다.

"전원, 간다!!"

아무런 망설임도 없이 달려나가며 핀 일행은 거대 시벽에서 뛰어내렸다.

벽을 박차고 착지한 군세가 향한 방향은 어둠에 잠긴 멜렌.

너무나도 강한 원군이 오라리오에서 발진했다.

6장

투쟁 끝에

"비, 빌어먹을, 그 엘프년……!"

어스름에 잠긴 실내를 창가에서 스며드는 달빛이 비추었다.

길드 뒤의 무인창고에서 루버트는 기둥에 밧줄로 묶여 이었다.

말할 필요도 없이 리베리아의 소행이었다. 조금 전 이 장소를 막 떠난 그녀는,

『조만간 길드의 사자가 올 거다. 그때 자신의 죄를 참회해라.』

그런 말을 남기고 가버렸다. 꼼꼼하게도 루버트가 서둘러 감추려 했던 발신기 무더기며 온갖 착복 자료——뇨르드의 보수에, 심지어 개인적으로 가담했던 밀수까지——도 곁에 방치해둔 채.

머잖아 본부의 감사가 시작될 것을 두려워한 루버트의 행동이 모두 화로 돌아온 셈이다.

"망할. 이 끈만 풀 수 있다면~~~~~~~~~?!"

눈에 핏발을 세우며, 얼굴 긴 사내는 몸을 이리저리 흔들었다. 그러나 하이엘프의 비전이 담긴 포승과 매듭은 일반인이 아무리 발버둥을 쳐도 빠져나올 수 없었다.

얼굴을 시뻘겋게 물들이며 괴로워하는 루버트. 그러나 문득.

『루버트 라이언——. 정말로 밀수에 가담했다니, 개탄스러운걸.』

"……?! 누, 누구냐?!"

어둠에 잠긴 창고에 정체를 알 수 없는 목소리가 울려 퍼졌다.

루버트는 얼굴을 좌우로 돌렸지만 사람 모습은 보이지 않았다.

기분 나쁜 어둠만이 그를 에워싸고 있었다.

『너는 야심가인 반면 우수하기도 했지. 지부에 보내도 언젠가는 화려하게 복귀하고자 결과를 내줄 거라고, 우라노스와도 이야기를 나누었는데……. 오히려 타락하고 말다니.』

"누구야, 누구냐고?!"

남자인지 여자인지도 알 수 없는, 어딘가 현실감이 없는 목소리에 루버트는 벌벌 떨었다.

그리고

"멜렌 근해의 평화를 지키기 위해서. 그런 대의가 있다면 정상 참작의 여지도 있었지만──."

어둠을 걷으며 그의 눈앞에 기분 나쁜 흑의가 모습을 나타냈다.

"유, '유령'?!"

길드 본부에서 그럴듯하게 나돌던 망령의 소문과 눈앞의 존재가 딱 맞아떨어져 루버트는 발광할 듯한 기세로 소리를 질렀다.

"──사복을 채우고 있었다면 이야기가 다르지. 너에게

는 후에 처분을 내리겠어, 루버트."

그 직후, 흑의의 소매에서 녹색 입자가 화악 뿜어져 나왔다.

창백하게 질렸던 루버트는 이를 들이마신 순간 흰자위를 까뒤집으며 꼴깍 의식을 잃었다.

"나 원. 설마 이런 곳까지 출장을 나오게 되다니……."

'유령'── 펠즈는 잠이 든 루버트를 내려다보며 애교 있는 몸짓으로 어깨를 으쓱했다.

길드의 주신, 우라노스의 오른팔인 흑의의 메이거스는 어둠에 잠긴 후드 안에서 투덜거렸다.

"【로키 파밀리아】도 사람을 막 부려먹는걸."

남의 말은 할 수 없지만.

그렇게 덧붙이며 펠즈는 머리 위의 창문── 여전히 소란스러운 창고 밖을 우러러보았다.

"어라, 내가 더 일찍 나왔는데…… 벌써 도착했나보네."

무시무시한 함성이 진격의 선율이 되어 쩌렁쩌렁 울려퍼졌다.

⊡

"뭐, 뭐지……?"

멜렌 안쪽, 교역항 구역.

아이즈 일행과 프뤼네 일행이 교전하는 주요 전장 밖.

감시를 맡았던 아마조네스들은 뒤를 돌아보았다.

비관계자를 들여보내지 않는 역할을 맡았던 그녀들은 시내 쪽의 소란이 분위기가 바뀌었음을 민감하게 깨달았다. 조금 전까지는 공포와 혼란을 띠고 갈팡질팡했다면, 이전에는 펄펄 들끓는 듯한…… 그렇다, 말하자면 '환성'.

푸른 어둠에 휩싸인 가운데 의아한 눈빛으로 뒤를 보고 있으려니── 그녀들의 시야에 가공할 기세를 띤 군세가 밀려들었다.

"억?!"

"로, 【로키 파밀리아】?!"

트릭스터 단기를 내걸고 돌진하는 것은 남자 모험자들. 멜렌 한복판을 일직선으로 가로질러 달려오는 【로키 파밀리아】였다.

굵은 함성을 이끄는 돌격에, 감시를 맡은 아마조네스들은 속절없이, 순식간에 휩쓸리고 말았다.

"핀, 와주었군!"

"늦어서 미안해, 리베리아. 상황은?"

"아이즈와 다른 단원들이 이 너머에서 발이 묶였다…….
그리고 티오네와 티오나가."

오라리오에서 사자가 왔다고 착각한 멜렌 주민들의 성원을 받으며 건물 지붕 위로 뛰어오른 핀은 리베리아와 합류했다. 재빨리 현재의 상황을 파악한 그는 그녀와 나란히 달리며 지시를 내렸다.

"가레스, 라울이랑 단원들을 데리고 시내 변두리 쪽으로 가줘! 서쪽이야!"

"서쪽? 거기 뭐가 있나?"

"티오나와 로키네가 그쪽으로 갔대. 베이트는?"

"그놈이라면 항구로 쳐들어가버렸네만!"

"아니, 괜찮아! 그쪽은 베이트한테 맡겨!"

"자네들은 어떻게 할 텐가?!"

대로에서 외친 가레스의 물음에, 핀은 지붕 위를 달리며 곁을 올려다보았다. 동료들에게서 은백색 지팡이 《마그나 알브스》를 받아든 리베리아는 살짝 고개를 끄덕였다.

"우리는——."

"흐우어어어어어어어어어어어어어어어어어!!"

"흐읍!!"

은색 검과 두 자루의 대형 배틀액스가 무시무시한 무투를 벌였다.

프뤼네의 강격을 모조리 튕겨낸 아이즈는 검을 되돌려 검광의 난무를 펼쳤다. 모든 각도에서 쇄도하는 무시무시한 양의 참격을 풀 플레이트 아머 차림의 거녀는 간신히 막아내고 있었다.

바이저 안에서 프뤼네의 얼굴이 실룩거렸다. 시종일관

공세를 펼치는 것은 대형 배틀액스가 아닌 단 한 자루의 검. 그녀가 자랑하는 풀 플레이트 아머는 이미 생채기투성이였다. 전투의 추이는 아이즈에게 기울고 있었다.

레벨이 같다 해도, '바람'을 봉인했다 해도 소녀는【검희】였다. 집념으로 단련했던 검기가 프뤼네의 '가짜 힘'과 함께 공격을 차단해버렸다. 압도적인 '기술과 허허실실'은 거녀의 기량을 확실히 웃돌았다.

"이이이, 못 생긴 게에에——!!"

격앙한 프뤼네가 혼신의 대각선베기를 꽂았다. 격노에 맡긴 초위력의 일격을 아이즈는 잔상마저 남길 만한 속도로 흘려냈다.

그대로 얼어붙어버린 프리네의 지각속도를 웃돌며 날아든 것은 '기술'을 수반한 신속의 회전베기.

"으——워어어어어어어어어어어어어어어어어어어어어어어?!"

회오리바람과도 같이 뿜어져 나간 수평 일격이 프뤼네의 갑옷 복부에 꽂혀 요란한 불꽃과 함께 금속을 갈랐다.

"커억……?! 젠장, 내, 내가 자랑하는 갑옷이이이이이이이이이이!!"

——얕았어!!

갑옷에 흉터를 새기는 데에서 그친 자신의 일격에 아이즈는 눈살을 찡그리며 씁쓸한 표정을 드러냈다.

회심의 일격이었음에도 결정타가 되지는 못했다. 프뤼

네의 후퇴 반응이 빨랐기 때문이 아니다. 이제까지 싸우며 줄곧 기회를 놓쳐버렸던 요인, 그것은 무장의 차이였다.

아이즈가 휘두르는 검은 대용품일 뿐 원래 쓰던 무기가 아니다. 반면 상대의 풀 플레이트 아머는 제1등급 무장. 피아의 차이는 제1급 모험자 사이의 전투 속에서는 쉽게 메울 수 없는 것이었다.

이미 너덜너덜해진 검신을 내려다본다. 상대는 갑옷은 물론 강한 공격까지 가진 강적이다. 앞으로 얼마나 견뎌줄까.

수평 일직선으로 갈라진 풀 플레이트 아머의 균열을 통해 대량의 선혈과 아름다운 빛의 입자가 넘쳐나는 가운데, 아이즈는 조바심의 빛을 내비치며 분노에 빠진 프뤼네와 시선을 교차시켰다.

그때.

『─────────────────────────

──!!』

"!"

원군이 도착했다.

함성을 터뜨리는【로키 파밀리아】단원들이 주위의 아마조네스들에게 즉시 달려들었다. 이제까지 고전을 면치 못했던 나르비 이하 소녀들은 바로 눈앞에서 펼쳐지는 남자들의 유린극에 아연실색했다.

그들의 연계 덕에 곳곳에서 바벨라들이 쓰러져갔다.

"뭐야아?! 이게 무슨 일──."

그리고 경악한 프뤼네에게 그림자 하나가 육박했다.

회색 머리카락을 나부끼는 웨어울프가 그야말로 굶주린 늑대처럼 달려들었다.

"끄익~~~~~~~~~~~~~~~~~~~~~~~~~?!"

메탈부츠의 광채와 함께 펼쳐진 날아차기.

간신히 도끼를 끼워 넣어 방어했으나 돌격의 기세가 실린 그 공격에 지면을 깎으며 후퇴할 수밖에 없었다.

"야, 아이즈."

"베이트……!"

착지한 베이트는 놀란 아이즈에게 의아하다는 표정을 지었다.

"상대는 칼리인지 뭔지 하는 놈들 아니었어? 저년은 이 슈타르네 괴물 두꺼비잖아."

로키가 불러온 원군이 도착한 거라고 재빨리 상황을 이해한 아이즈는, 프뤼네를 보고 진저리를 치며 턱짓하는 베이트에게 설명했다.

"나도, 모르겠지만…… 그래도 방해를 받아서, 티오나랑 티오네 있는 곳에 못 가서……!"

감정이 희박한 줄로만 알았던 소녀가 필사적으로 말을 이으려 하는 그 모습에.

잠자코 이야기를 듣던 베이트는 표정도 바꾸지 않고 입을 열었다.

"가라."

"어?"

"그 바보 아마조네스들 이야기는 들었어. 내가 가는 것보다 네가 가는 게 그 녀석들도 제대로 싸울 수 있을 거 아냐."

눈을 크게 뜬 아이즈를 내버려둔 채 베이트는 자못 지루하다는 듯 말했다.

"여긴 내가 맡을 테니."

그리고 호박색 눈으로, 붉은 갑옷의 거녀를 노려다본다.

"하지만 저 사람, Lv.6 능력을 가졌고, 나도 '마법'이 봉인돼서, 혼자선……!"

"사람 우습게 보지 마."

진심으로 짜증난다는 어조로, 이제 막 Lv.6에 도달한 웨어울프는 소녀의 말을 가로막았다.

"조금만 더 있으면……."

조용히 상공을 올려다본다.

"바람을 못 쓰는 지금의 너보단 내가 훨씬 더 강해져."

"!"

아이즈도 흠칫 고개를 들어 밤하늘을 올려다보았다.

캄캄한 어둠 속에 보이는 것은 흐르는 구름, 그리고 지금이라도 구름에서 고개를 드러내려 하는 **달빛**.

주무장 《데스퍼러트》를 베이트에게 받은 아이즈는 그에게 고개를 끄덕여 대답했다.

그리고 전속력으로 이탈한다.

"거기 서어, 【검희】이?!"

"너나 거기 서."

"컥?!"

항구의 전장에서 이탈하려는 아이즈를 미친 듯이 분노하며 따라가려던 프뤼네는 육박한 베이트에게 가로막혔다. 대형 배틀액스로 발차기를 막으며 요란하게 혀를 찬다.

"쯧! 방해하지 말라고오, 【바나르간드】!! 내 아름다움에 꼬랑지 흔들고 싶은 것도 이해하지마안, 지금은 너 신경 쓸 틈이 없단 말야아~!!"

"머리가 썩었냐, 두꺼비?"

징그러운 붉은색으로 통일된 풀 플레이트 아머 차림의 거녀에게 베이트는 노골적으로 불쾌하다는 표정을 지었다.

분노를 꾹꾹 눌러 담은 그의 심경을 아는지 모르는지 프뤼네는 고함을 질러 조소했다.

"꼐꼐꼐꼐꼐겍!! 【검희】의 새파란 엉덩이나 따라다니는 게 고작인 주제에 어디서 허세 부리고 있어어~! 【랭크 업】을 한 것 같다만 똥개의 능력이래봤자 뻔하지이~!"

그 직후 베이트의 분위기가 팽팽해졌다.

"이놈이고 저놈이고……."

두 눈에 험악한 빛이 깃들었다.

이내 그의 분노에 호응하듯 구름이 걷히고, 상공에 달이 모습을 나타냈다.

"께께께께께, 켁⋯⋯⋯⋯?"

울려 퍼지던 프뤼네의 홍소가 뚝 그쳤다.

그녀가 바이저 안에서 바라보는 광경에 변화가 발생했다.

어둠에 잠긴 항구를 비추는 금색 달빛, 조용한 진동을 되풀이하는 베이트의 몸, 지면에 드리워진 그의 긴 그림자가 슬렁슬렁 흔들렸다.

호박색 눈이, 그의 동공이, 짐승처럼 세로로 갈라졌다.

"서, 설마⋯⋯."

달빛을 등지고 날카로워지는 송곳니, 거꾸로 곤두서는 회색 털결.

프뤼네의 낯빛이 창백해지는 가운데, 지면에 드리워진 그림자는 흉흉한 늑대―― 【바나르간드】의 것으로 변해 갔다.

🐾

"나그 로이! 콜 디 루제!"

"네그루브 후 칼리?!"

'다, 다들 뭐라고 하는 건지 하나도 모르겠어⋯⋯.'

개미집처럼 길이 복잡하게 얽힌 해식굴 한구석의 어떤 공동.

사로잡힌 레피야는 사방에서 오가는 아마조네스들의 언어에 땀을 삐질삐질 흘리며, 조금 전부터 소란스러워지는 그녀들을 보고 눈치챈 것이 있었다.

　'침입자라든가, 누가 쳐들어왔다든가…… 그런 느낌, 이죠? 저렇게 당황하는 모습을 보면…….'

　그렇다면 아이즈 일행이 바로 근처까지 왔는지도 모른다.

　레피야는 꼴깍 목을 울렸다.

　'이대로 아무것도 하지 않고 있으면 안 돼요! 하다못해 내가 있는 곳만이라도 알려야……!'

　문제는 알릴 방법과, 어떻게 이 강인한 보초들의 눈을 속이는가였다.

　다급한 분위기라고는 하지만 네 명이나 되는 아마조네스는 레피야의 동향에 항상 눈을 빛냈다. 이쪽의 특기 따위 '마법' 전반뿐인데, 몰래 영창을 하려 들었다간 칼리의 말마따나 가차 없이 목을 와그작 짓이겨서…….

　머리에 떠오른 자신의 무서운 상상에 레피야는 휘휘 고개를 가로저었다.

　"……?"

　문득 레피야는 알아차렸다.

　고개를 위로 들자 시야에 들어온 것은 바위가 갈라진 틈이었다.

　쥐 한 마리 드나들 수 없는 틈새였지만 분명 달빛이 가늘게 스며들고 있었다.

——빛? 밖으로 이어진——.

그때 레피야는 떠올리고 말았다. 자신의 위치를 알릴 방법을.

상당히 무모한, 아니, 있을 수 없을 정도로 확률 낮은 도박이며 단행하기에는 엄청난 용기가 필요했다. 그러나 이정도라도 하지 않고선 자신은 정말로 짐짝이 된 채 아이즈와 동료들을 볼 낯이——.

사슬에 두 손을 묶인 채 부르르 몸을 떤 레피야는 각오를 다졌다.

'나는 마력 바보, 나는 마력 바보, 나는 마력 바보……!'

얼마 전 로키가 했던 말을, 용기의 주문으로 삼아 마음속에서 되풀이해 되뇌었다.

레피야는 각오를 다지고, 스읍~~~~~~~~ 크게 숨을 들이마셨다.

"……?"

공동 내에 있던 모든 아마조네스들에게서 의아함이 담긴 시선을 모은 직후.

"——【해방될 한 줄기 빛, 성스러운 나무로 지은 활대】!!"

"?!"

영창했다.

큰 목소리로, 감추지도 않고, 잔재주 없이, 전력으로 노래했다.

예상치 못한 행동에 아마조네스들이 놀란 그 순간, 레피야가 자세를 낮춘 장소를 중심으로 거대한 '매직 서클'이 전개되었다. 이어서 맹렬한 선황색 빛이 아마조네스들의 눈을 태웠다.

　——시야공격!!

　아마조네스들은 순식간에 그렇게 생각했으나 레피야의 의도는 다른 곳에 있었다.

　그녀의 진짜 목적은 공동을 가득 메울 정도의 광휘가 바위의 틈새를 빠져나가 **밖으로 치솟는 것**——.

　"【그대는 명궁——】!"

　"루 무나!!"

　"윽?!"

　영창을 속행하던 레피야. 그러나 그렇게는 안 된다는 양 아마조네스 한 사람이 달려들었다. 목을 향해 날아드는 단검에 레피야는 두 손을 묶은 사슬을 들어 간신히 방어했다.

　매직 서클은 사라지지 않았다. 꺼지게 둘 줄 알고. 선황색 빛을 공동 밖으로 계속 뿜어내며 레피야는 이 빛을 아이즈 일행이 발견해주기를 빌었다.

　'아이즈 씨, 아이즈 씨, 아이즈 씨——!!'

　다른 아마조네스들까지 손을 뻗는 가운데, 레피야가 마음속으로 동경하는 소녀의 이름을 불러대고 있으려니——

　꽝음.

"?!"

천장의 바위가 무너지고, 쏟아진 돌이며 파편과 함께 한 모험자가 공동 안에 착지했다. 레피야가 쏜 신호를 발견하고 지상에서 암반을 부수며 나타난 것이다.

——아이즈 씨!

레피야가 시선을 돌리자, 그곳에 서 있던 것은 가녀리고 가련한 여검사——가 아니라 어깨가 널찍하고 근육이 우락부락한 털북숭이 드워프였다.

"무사하냐, 레피야?"

가레스였다.

슈우우. 매직 서클의 빛이 사라졌다.

"……어쩨 유감스러워하는 것 같구먼."

"네?! 아, 아뇨! 전혀 <u>그그그그그그그그그그그그그</u>렇지 않아요! 기분 탓 아닌가요?!"

"미안하네, 아이즈가 아니어서."

지적을 받은 레피야는 땀을 왈칵 흘리며 변명했지만 어이없다는 표정을 지은 가레스는 진지하게 받아들이지 않았다. 짐짓 한숨을 쉬며 암반을 분쇄했던 거대 배틀액스를 어깨에 짊어진다.

"가, 가 레메?!"

예상치 못했던 가레스의 등장에 굳어버렸던 아마조네스들이 무기를 들고 움직였다.

기합성과 함께 한 아마조네스가 그에게 달려들었다.

정면으로 돌격하는 상대에게 가레스는 도끼를 들지 않은 굵은 팔을 들어—— 후려쳤다.

"_____."

꽈르릉! 반격을 당한 아마조네스는 무시무시한 소리와 함께 암벽에 격돌했다. 재기불능이었다.

다시 시간이 멈춰버린 아마조네스들과 마찬가지로 레피야는 말을 잃었다.

"티오나, 티오네를 처음 만났을 때가 생각나는구먼."

그렇게 말하며 가레스는 어깨에 짊어졌던 도끼를 툭 떨어뜨렸다.

5년 전, 그의 주먹에 정신을 잃으며 날아가 버렸던 티오나를 떠올리며 드워프 대전사는 뻣뻣하게 굳어버린 아마조네스들을 둘러보았다.

"자네들은 어지간히 체술에 자신이 있는 모양이네만——."

꽉 쥔 두 주먹에서 뼈를 울리는 둔중한 소리를 냈다.

"——풋내기야."

가레스는 오만하게 웃었다.

"~~~~~~~~~~~~~~~~~~?!"

언어를 알아듣지 못해도 상대가 자신들을 깔본다는 사실을 이해한 전사들은 격앙해 일제히 달려들었다.

다음 순간, 드워프 노병의 주먹이 울부짖고—— 낯이 창백하게 질린 엘프 소녀의 눈앞에서는 두들겨 맞고 날아간 아마조네스들이 잇달아 벽에 처박혔다.

푸른 밤하늘 속에서 달은 유유히 빛났다.

금색 빛을 가로막는 구름은 이미 자취를 감추고, 그 빛은 지상에 쏟아져 내렸다.

그리고 달이 내려다보는 곳, 멜렌 교역항 구역에서는 요란한 소리가 울려 퍼졌다.

금속이 부서지는 파쇄음이 잇달아 들려왔다.

"끄어, 어어어어어어어……?!"

고통에 찬 소리를 지르는 프뤼네의 얼굴이 밤공기 속에 드러났다.

그녀의 굵은 팔도, 짧은 다리도, 빛의 입자를 띤 몸통도 마찬가지였다. 그녀의 발밑에 흩어진 것은 붉은빛을 뿜어내는 무수한 금속조각이었다.

장갑 대부분을 잃은 제1등급 무장 풀 플레이트 아머.

이제 그녀를 지켜주는 자랑스러운 갑옷은 대부분이 파괴된 후였다.

다름 아닌, 그녀와 대치한 웨어울프에 의해.

"우, 웃기지 말라고 그래에……?! 이건 무슨, 【검희】보다도……?!"

피투성이가 되어 더욱 못 봐줄 지경이 된 두꺼비 얼굴이 초조함으로 물들어 뿌득뿌득 이 가는 소리를 냈다.

정면, 달빛을 역광으로 받은 늑대의 시커먼 그림자는 같잖다는 듯 침을 뱉었다. 그가 내디딘 발이 갑옷 파편을 산산이 짓이겼다.

은백색 메탈부츠의 광채가 거녀의 커다란 안구를 태웠다.

"으, 으워어어어어어어어어어어어어어어어어어어어어?!"

찢어지는 규환과 함께 프뤼네는 돌진해 도끼를 내리쳤다.

요란한 빛의 입자와 함께 날아든 그 혼신의 일격을, 무시무시한 속도로 차올린 메탈부츠가 터뜨려버렸다.

"———."

박살이 난 갑옷과 완전히 똑같은 말로를 걷는 배틀액스.

무기 파편이 얼어붙은 시야에 흩어지는 가운데, 거의 동시에 그녀의 몸에 깃들었던 아름다운 빛의 입자가 소실했다.

"엑, **타임오버**어——?!"

지체하지 않고 프뤼네에게 날아드는 메탈부츠의 일격.

"잠깐……."

거녀의 애원을 기다리지도 않고 바람의 비명과 함께 은백색 발차기가 꽂혔다.

"끄기야아아아아아아아아아아아아아아아아아아아아아아아아아악?!"

그 거대한 몸통에 직격해, 프뤼네의 몸은 진로 위에 있

던 모든 장애물을 파괴했다. 아득한 후방, 항구 구역도 넘어 롤로그 호수까지 날아가 버렸다.

요란한 물보라가 하늘 높이 치솟는 광경을, 아직도 분전하던 바벨라가 아연실색 올려다보았다.

"아, 아이샤……?!"

"……!"

창고 뒤에 숨어 전투를 지켜보던 아마조네스들도 얼굴이 창백하게 질렸다.

아이샤라 불린 다리가 긴 여걸은 얼굴에 감았던 터번을 내리고 뺨을 일그러뜨렸다.

"'수화(獸化)'였군……!"

오라리오에서 웨어울프는 가장 미궁탐색에 적합하지 않은 종족이라 불린다.

왜냐하면 이 수인종족은 지하미궁에 존재하지 않는 달밤에 진정한 실력을 발휘하기 때문이다.

'수화'. 한정된 수인에게만 확인된 현상이며, 짐승의 성향과 힘을 발휘하게 해준다. 간결하게 말하자면 '흉포해지고 강해지는' 것이다. 그리고 웨어울프의 '수화'는 달빛을 받는 것—— 달 아래에 있을 때 이루어진다.

웨어울프라면 누구나 발현하는 '스킬' 속성으로 알려졌으나, 이렇게까지 압도적인 신체능력 상승은 아마조네스들도 본 적이 없었다.

"【바나르간드】……!"

속도와 날카로운 공격으로 적을 찢어버리고 눈 깜짝할 사이에 먹어치운다는 흉포한 배틀 스타일.

긴 다리의 여걸은 별명의 유래를 깨닫고 몸을 떨었다.

"흐읍……?!"

그녀의 뒤에서 두건으로 얼굴을 가린 소녀 또한 겁을 먹고 있었다.

지금 웨어울프의 모습은 거꾸로 곤두선 회색 갈기 때문에 머리카락 길이가 늘어난 것 같은 착각을 주었다. 동공이 갈라진 호박색 눈은 아직도 흉포한 광채를 담고 있다. 같은 수인인 소녀의 꼬리가 무의식중에 떨렸다.

"——거기구나."

쿵. 코를 울린 흉랑(凶狼)—— 베이트의 시선이 숨어 있던 아마조네스와 소녀를 꿰뚫어 보았다.

호흡을 빼앗긴 그녀들의 곁으로, 그는 단숨에 접근했다.

"쳇!!"

혀를 찬 긴 다리의 여걸이 처음으로 움직이고 아마조네스들이 반격태세를 갖추었으나, 소용이 없었다.

대형 박도를 비롯한 무기는 그의 몸을 스치지도 못하고, 발차기 한방에 여걸들은 허공으로 날아가버렸다.

"이게?!"

"관둬, 레나!!"

제지도 듣지 않고 젊은 아마조네스 소녀가 뒤에서 시미터를 내질렀지만 베이트는 건틀렛을 휘둘러 아무렇게나 튕겨냈다.

허공에서 경직돼버린 소녀를 향해, 베이트는 가차 없이 배에 주먹을 꽂았다.

"후구욱?!"

비명을 지르며 날아가는 아마조네스에게는 눈길도 주지 않고, 베이트는 여걸들의 보호를 받는 수인 소녀의 코앞으로 육박했다.

"————."

"네년이 그 빛을 만들었구나."

아이즈와 마찬가지로 베이트는 프뤼네가 자랑했던 Lv.6에 해당하는 【스테이터스】를 눈치 채고 있었다. 그 빛의 입자를 잃은 순간 단숨에 그 반응이 사라졌던 것도.

이 전장에서 이채를 뿜는 무녀 같은 소녀에게서 원인을 발견하고, 베이트는 그 '힘'을 그냥 내버려둘 수는 없다고 공격을 가하고자 했다.

"아——."

그러나

순백색 천에서 엿보이는, 떨리는 옥색 눈을 보고 베이트의 손은 우뚝 멈추었다.

"크윽!!"

그 허점을 놓치지 않고 긴 다리의 여걸이 옆에서 소녀를 끌어안아 구했다.

"아, 아이샤 씨——."

"말할 시간 있으면 도망쳐!!"

소녀의 말을 가로막고 여걸은 전장에 지시를 내렸다.

부상을 입은 몸을 끌어안은 그녀의 신호에 다른 바벨라들도 퇴각했다.

【로키 파밀리아】의 단원을 남기고 아마조네스들은 한밤의 어둠으로 사라졌다.

"……."

항구에서의 전투가 끝났다. 겨우 주위에 정적이 찾아왔다.

기수호에서는 미미한 파도소리가 들렸다. 베이트는 여전히 치켜들고 있던 왼손을 축 늘어뜨렸다.

호수 밑바닥에는 거녀가 잠겨 있거나, 아니면 헤엄쳐 도망쳤을 것이다. 어찌 됐든 추격할 마음 따위 사라졌다.

그 옥색 눈동자를 떠올린 베이트는 뺨에 새겨진 푸른 문신을 짜증난다는 듯 일그러뜨리며 내뱉었다.

"각오도 없는 놈이 전장에 나오지 말라고……."

해식굴.

천연 투기장에서 가경에 접어든 '의식'은 기세가 전혀 수그러들지 않은 채 점점 치열해졌다.

"으랏차아!!"

"큭!"

【베르그스】의 독 갑옷도 더 이상 두려워하지 않고 일격 필살을 노리는 티오나에게 바체는 회피를 선택했다.

뼈와 함께 부숴버리려 하는 하단 수평차기를 허공으로 피하고 오른쪽 발꿈치를 쳐들어 소녀의 정수리에 꽂는다. 고양이처럼 준민한 동작에 빗나간 발꿈치 내려찍기는 지면을 분쇄하고, 독의 효과 때문에 바위가 순식간에 타버렸다.

"있지, 바체, 칼리! 내가 이기면 예전에 그랬던 것처럼 상 줘!"

회피행동 도중에 주운 돌을 큰 목소리와 함께 집어던진다. 날아드는 돌을 독수로 쳐낸 바체는 그대로 티오나와의 거리를 좁혔다. 높은 곳에서 두 사람의 격렬한 전투를 내려다보던 칼리는 어떤가 하면, 의아하다는 표정으로 눈살을 찡그렸다.

"정말로 그대는 자유분방하구면…… 뭐, 좋아. 말해보거라."

"내가 이기면 바체랑 아르가나랑 시합시키지 마!"

그 말에 칼리만이 아니라 바체의 눈도 경악으로 물들었다.

"'의식'을 좋아서 하는 사람은 나도 안 말려! 하지만 바체는 싸우고 싶지 않지? 죽고 싶지 않지?! 나랑 티오네처럼! 그러니까 시키지 마!!"

주신의 명령이 있다면, 어쩌면 바체는 아르가나의 살의로부터 벗어날 수 있을지도 모른다.

지금도 접근전을 전개하는 바체의 움직임이 살짝 둔해졌다.

"······현혹되지 말거라, 바체. 패배하면 살 수 있다느니, 그딴 헛소리는 통하지 않는다. 용납될까보냐. 이겨서 살아남는 게다."

"······나도 알아, 칼리."

무표정해진 바체는 즉시 공격의 기세를 되찾았다.

"에이 진짜, 왜 그러는데!!"

"왜고 자시고. 부탁하면 뭐든 척척 소원을 들어줄 거라 생각하지 말거라."

"노랭이~!!"

"노랭이라도 좋다."

싸워서 부상을 입으면서도 어린아이처럼 고함을 질러대는 티오나에게 어린 여신도 어린아이처럼 혀를 내밀었다.

"······역시 너희의 싸움을 지켜보기로 한 게 정답이었구나."

스윽, 가면 안에서 표정을 지우며 칼리는 말을 이었다.

"아르가나와 티오네 쪽은 반드시 '의식'을 성취시킬 게다. 그놈들은 싸움을 결코 멈추지 않은 채, 패자의 주검을 자신의 승리에 바치겠지."

"······!"

"아르가나와 티오네는 본질이 비슷하거든."

단언하는 칼리에게 티오나는 고개를 들며 외쳤다.

"안 그래!"

"아니, 그렇다."

칼리는 웃었다.

"티오네의 '분노'는 아르가나의 전의와 흡사하고, 어떤 의미에서는 이를 능가하지. 진정으로 분노했을 때, 놈은 가차 없이 적을 살육할 게야."

먼 곳에서 중얼거린 칼리의 말을 긍정하듯.

선상에서는 '살육전'이 격화되고 있었다.

"─────────────────────────아아아!!"

가공할 노성을 끌며 티오네의 주먹이 아르가나의 배에 직격했다.

터무니없는 그 위력에 아르가나는 대량의 피를 토해냈다.

"컥, 크하, 하하하하하하하하하?! 더 강해지는 거냐, 티오네?!"

"시끄럽다고 했지!!"

피에 젖은 가가대소에 티오네는 요란한 무투로 대답했다.

아르가나의 공격으로 아무리 자신의 목숨이 깎였다 한들, 아르가나가 아무리 피를 빤다 한들 티오네는 피에 젖은 손발을 결코 멈추지 않았다.

가차 없이, 망설임 없이, 그저 치열하게, 더욱 짙어져가는 붉은 숨결을 두른 채 아르가나를 파괴하고자 했다.

아르가나의 '커스', 티오네의 스킬【백 드래프트】.

이 두 요소의 관계성은 아르가나에게는 상성이 나쁘다고 하지 않을 수 없었다.

격감하는 방어력에, 격상하는 공격력.

단 일격. 단 일격이 독사의 목을 베는 검이 될 수 있다.

'기술'에서 앞서며 여전히 공격횟수가 많기는 하지만, 눈앞의 적을 타도하는 데 온 신경을 집중하는 티오네도 이를 간파하기 시작했다. 몸에 주먹이 꽂힐 때마다 아르가나는 심상찮은 양의 피를 토했다.

하지만 동시에 아르가나는 결코 '커스'를 해제하려 들지 않았다.

티오네에게 경의를 표하듯, 투쟁에서 등을 돌리지 않으려는 듯, 혹은 신성한 '의식'을 더럽히지 않으려는 듯.

온 힘을 다한 자신에게 집착하는 아르가나는 틀림없이 사지로 다가가고 있었다.

"나를 죽일 테냐, 티오네?! 그것도 좋지!!"

아르가나는 웃었다. 지금도 몸을 태우는 아픔과 흥분에 떨면서.

"내 피는 너의 살에 녹아들어 함께 살아갈 거다! 오늘까지 내가 먹었던 전사들도 함께! 다 같이 투쟁의 끝에 도달할 거다!!"

칼리의 뜻과 섭리에 가장 가까운 '전사'는 환희의 포효를 질렀다.

"우리가 '최강의 전사'가 되는 거다!!"

──시꺼. 닥쳐.

이미 티오네의 귀에 아르가나의 잡음 따위 들리지 않았다.

쓰러뜨린다── 죽인다. 이 여자만은, 자신의 손으로.

텔스큐라가 낳은 독사는, 자신과 티오나를 괴롭혔던 텔스큐라의 상징 그 자체는, 반드시 자신이 죽일 것이다. 죽여서 여동생을 지킬 것이다.

티오네와 티오나의 결정적인 차이── 텔스큐라에 대한 살의의 총량. 웃을 수 없었던 그녀가 쌓아두었던 분노와 증오의 어둠이다. 의도하지 않았지만 티오네의 얼굴은 착실하게 '전사'의 것으로 다가가고 있었다.

칼리의 예측은 적중했다.

한때 균열을 일으켰던 티오나와 바체의 '의식'과는 달리, 티오네와 아르가나의 살육은 흔들림이 없었다. 아무런 의문도 품지 않고, 망설임을 가지지 않고, 싸움을 이어나갔다. 티오네의 '분노'는 그녀 자신을 칼리가 바라는 투쟁의 끝으로 이끌었다.

모든 것이 칼리의 손바닥 위. 티오나와 바체의 '의식'은 자신이 직접 지켜보고, 불안요소가 없는 아르가나와 티오네에게는 바다 위로 나가도록 명령했다. 아무도 방해할 수 없는 먼 바다로.

모두 칼리의 신의에 따라 이루어지고 있었다.

"죽여주마, 티오네! 너도 나를 죽일 생각으로 덤벼라!!"

"아아아아아아아아아아아아아아아아아아아아아아
아!!"

환희와 분노가 뒤섞여, 주위 전사들의 목소리도 최고조
에 이르렀다.

여신이 바라는 종막은 시시각각 다가왔다.

'티오네……!'

칼리의 말을 위험시한 티오나의 얼굴이 일그러졌다.

공연히 크게 들려오는 심장 소리가 몸을 손끝까지 뜨겁
게 만들었다.

"흡!"

허점을 놓치지 않고 내지른 바체의 수도, 【베르구스】를
아슬아슬하게 피했다. 티오나가 즉시 그 자리에서 뛰어 물
러나자 그 직후 땅을 분쇄하는 철권이 날아들어 독 냄새가
파편과 함께 주위에 피어났다.

수도가 스친 뺨 바로 옆의 머리카락에서 연기를 뿜으며
티오나는 일단 간격을 벌렸다.

'그렇겠네. 걱정 같은 거 하기 전에 먼저 내가 이겨야
해…….'

그렇지 않으면 티오네에게 두들겨 맞을 거라고, 싸늘한

눈으로 빈틈없이 이쪽을 노려보는 바체와 시선을 나누었다.

온몸에서 굵은 땀을 흘리며 짙은 붉은색 숨을 토해낸다.

"크게 휘두르면 안 맞는구나……."

티오나는 조금 전부터 결정타를 노린 공격을 두세 차례 펼쳤다.

조곤조곤한 공격으로는 이쪽의 몸이 독에 침식당할 뿐이기 때문이다.

하지만 그런 큰 공격을 바체가 허용할 리 없었다.

"어떻게 할까~."

장기전은 불리하다. 그것은 아까부터 잘 알고 있었다.

아무리 웃는다 해도 역시 아픈 건 아프고 괴로운 건 괴롭다.

용납된다면 이 자리에 쓰러져 한껏 자고 싶었다.

'이런 말도 뭣하지만 그 신종 애벌레 몬스터랑 똑같네. 무기가 있으면 뭐 어떻게든 될 거 같은 기분.'

무기로 공격하면 바체의 목숨을 빼앗을 수도 있으므로 그럴 수는 없지만.

'우르가가 있다면………. 으음, 우르가라?'

정비를 맡겼던 무기를 떠올린 티오나는 자신의 주먹을 내려다보았다.

그 부식액과는 달리 줄줄 녹아내리지는 않는다. 변색될 정도로 극심한 아픔과 마비감, 열기에 침식되고는 있어도 원형은 유지되었다.

그리고 점점 붉어져가는 숨결.

"……."

티오나는 천천히 그 자리에서 스트레칭을 시작했다.

꾹꾹 무릎을 깊이 구부린 다음 후우 숨을 토해냈다.

"바체."

"…………."

마음이 흔들리지 않도록 검은 베일 안에서 굳게 입을 다문 바체를 바라보았다.

"──갈게."

그리고 마지막 승부에 나섰다.

티오나가 가장 먼저 했던 일은, 정면으로 치고받는 것이었다.

"?!"

서로의 공격, 서로의 반격, 서로의 방어. 모든 것이 맞물리며 바체의 온몸에 펼쳐진 독의 광막이 티오나의 피부를 태웠다. 엘프 마도사라면 맨발로 도망쳤을 것 같은 격투전 속에서 티오나는 회피를 버리고 공격을 거듭했다.

'무슨 생각이지?'

한 가지 재주밖에 모르는 바보처럼 정면에서 부딪쳐대는 티오나를 보며 바체는 눈을 날카롭게 떴다.

【베르구스】는 공수 양면에 작용한다. 티오나의 주먹을 바체가 맞든 방어하든 튕겨내든 분명한 대미지가 되어 쌓

이는 것이다. 아무리 '내성'이라는 은총이 있다 해도 이대로 치료하지 않는다면 티오나의 목숨은 앞으로 5분도 버티지 못한다. 그것이 바체의 견해였다.

조금 전까지 이어졌던 일격필살의 기술이 티오나에게 남은 유일한 승산이다.

그럼에도 스스로 수명을 깎아내려는 듯한 짓을 하다니.

마침내 생각을 내팽개치고 자포자기한 건가.

바체가 그렇게 생각하기 시작했을 무렵.

"——————."

바체의 공격은 허공을 가르고 있었다.

그 대신 피격 횟수가, 티오나의 주먹과 발에 맞는 비율이 높아졌다.

바위마저 부수는 바체의 강권이 펼쳐진다. 맞지 않는다. 사라진다. 측면에서의 충격. 어깨를 걷어차였다. 이내【베르구스】가 티오나의 피부를 태우는 소리. 즉시 이어지는 두 번째 충격.

'——이건.'

타이밍이 맞지 않게 되었다.

그것도 **가속하듯**.

소녀의 속도가 올라가고 있었다.

그뿐 아니라 주먹의 위력 또한.

눈을 크게 뜬 바체의 시야에, 곤경 속에서도 여전히 웃는 티오나의 입술이 확 들어왔다.

'설마——?!'

티오나의 【인텐스피드】는.

발동한 순간 【버서크】와 마찬가지로 대미지를 거듭할 때마다 능력보정의 효과가 높아진다.

빈사상태에 몰릴수록, 죽음에 가까워질수록—— 생존본능과 투쟁본능이 힘으로 바뀌어 타오른다.

——공격을 맞아도 안 되고, 공격을 해도 안 된다.

——뒤집어 생각해보면, 공격을 해도 【스테이터스】가 올라가며 공격을 맞아도 【스테이터스】가 올라간다.

바체의 독공이 대미지를 입힐 때마다 소녀의 힘은 강화되는 것이다.

"크윽?!"

티오나의 부스트가 거듭되었다.

공격이 빗나간다. 회피가 한 타이밍 늦는다. 방어가 꿰뚫린다.

극심한 위력의 주먹이 얼굴을 후려쳤다. 발끝이 치솟아 턱을 올려 찼다. 던지기가 허공에 뜬 몸을 땅바닥에 내팽개친다.

치솟는다, 치솟는다.

속도가. 내구가. 위력이. 속절없이 치솟는다.

치솟는다, 치솟는다, 치솟는다치솟는다치솟는다치솟는다—— 그치질 않는다.

"이젠 안 멈출거야아아아아아아아아아아아아아아아아아

아아아아아아아아아!!"

노도의 러시가 바체에게 잇달아 꽂혔다.

급속도로 상처가 늘어가는 바체의 몸. 【베르구스】의 빛을 유지할 수 없을 정도로 흔들렸다.

갈색 몸이 곳곳에서 피를 뿜어냈다.

'티오나, 넌——!'

불타고 있다. 티오나는 목숨을 불태우려 하는 것이다.

아픔으로부터도, 괴로움으로부터도 도망치지 않고 가장 가혹한 방법으로 바체를 타도하고자 한다.

티오나의 눈은 이미 흐려졌다. 목숨의 등불이 다해간다는 증거다.

그런데도—— 웃음만이 사라지질 않았다.

그 대신 그렇게나 두려워했던 죽음의 기척이 아르가나라는 형태를 띠고 바체에게 기어오려 했다.

"으......아아아아아아아아아아아아아아아아아아아아아?!"

죽음의 공포를 떨쳐내고자 바체가 처음으로 외치는 커다란 포효.

과묵한 가면을 깡그리 벗어던진 그녀는 눈꼬리를 틀어올렸다. 온몸을 분투시켜 힘을 긁어모으고 적을 죽일 고독을 마지막 한 방울까지 쥐어짜냈다.

티오나가 숨이 끊어지는 것이 먼저냐, 바체가 쓰러지는 것이 먼저냐.

죽음의 늪을 최후의 투기장으로 바꾸어, 티오나와 바체는 더욱 가속했다.

"" ── 아아아아아아아아아아아아아아아아아아아아아아아아아아아아아!!""

대열투(大熱鬪).

주먹의 난타와 발차기의 응수가 서로의 몸을 포착했다. 목숨을 다 태울 것만 같은 두 사람의 투쟁이 달아올랐다.

서로의 포효가 부딪쳐 쩌렁쩌렁 흔들렸다.

"하하하하하하하하하하하하하하하하하하하하하!! 이거다, 이거야말로 목숨을 건 '의식'!! 본녀가 고대하던 투쟁이니라!!"

드르르 공동을 뒤흔드는 소녀와 여자의 포성에 주위의 아마조네스들이 흠칫 몸을 젖히고, 칼리는 크게 뜬 눈을 형형히 빛냈다.

"티오나아!!"

고함과 함께 내지른 바체의 권포(拳砲)가 티오나의 복부에 직격했다.

커헉. 티오나의 숨이 온몸에서 뽑혀 나왔다.

"아직도 웃을 수 있겠어?!"

온몸이 산산조각이 날 만한 충격과 격통, 신경마저도 불태울 고독의 맹독.

지옥 같은 괴로움 속에서 티오나는, 그래도 웃었다.

"── 웃을 수 있어!!"

반격.

완전히 똑같은 공격으로 바체의 배를 강타. 몸을 꺾으며 바체는 피를 토했다.

"아픈 것도 괴로운 것도 전부—— 웃어넘길 수 있어!!"

돌려차기.

바체가 허공을 가르며 날아가 서로의 거리가 벌어졌다.

"누군가의 몫까지 내가 웃을 거야!!"

이야기가 준 선물, 흔들리지 않는 약속, 마음속으로 웃음을 나누는 자매.

내일의 행복을 믿고 티오나는 웃었다.

오가는 두 사람의 시선. 장전된 최후의 일격.

티오나가 주먹을 부르쥔다.

바체의 독수가 온몸의 빛을 모은다.

소녀의 웃음과 여자의 살의는 동시에 상대의 곁으로 약진했다.

"하아아!!"

돌격.

작열하는 숨결, 주먹에서 흩어지는 검푸른 빛의 파편, 사라지는 간격.

찰나도 못 되는 순간 속에 육박한 상대의 웃음을 향해, 한 걸음 먼저, 독권이 날아갔다.

"티오나아아아아아아아아아아아아아아아아아아아아아아아아아아아아아!!"

얼굴을 향해 내질렀던 독수를── 티오나는 무시.

주먹 이외의 몸에서 빛의 막이 사라진 그 팔에, 왼팔을 감아, 눌렀다.

공격을 자신의 웃음으로 유도해 튕겨낸 것이다.

"──────────."

여자의 눈이 크게 뜨였다.

"바체──."

적의 필살공격을 막아낸 티오나는, 웃음을 터뜨리며 포효했다.

"간다아아아아아아아아아아아아아아아아아아아──
──!!"

작열.

"커어어억!!"

티오나의 오른쪽 주먹이 가슴에 꽂혔다.

무시무시한 위력에 바체의 몸이 후방으로 날아가고 암벽에 격돌했다.

그야말로 우르가와도 같은 대파괴.

자신의 죽음 일보 직전까지 끌어들여, 스킬【인텐스피드】의 효력으로 위력을 최대한 끌어올렸다.

티오나의 최대위력 일격이었다.

© Kiyotaka Haimura

"──흐, 아."

등을 떼어내고 한 걸음, 두 걸음 앞으로 비틀거린 바체의 무릎이 꺾였다.

꺼져 들어가는 목소리의 파편과 함께, 힘을 잃은 몸은 털썩 소리를 내며 그 자리에 쓰러졌다.

티오나의 승리였다.

『──제 위가!! 제 위가!! 제 위가!!』

끊어졌던 동포들의 흥분이 승자에 대한 찬미로 되살아 났다.

대공동을 쩌렁쩌렁 흔들 정도의 함성이, 숨을 몰아쉬며 서 있는 것이 고작인 티오나와 바닥에 쓰러진 바체를 에워 쌌다.

"훌륭하다, 훌륭해."

울려 퍼지는 조그만 박수 소리.

가면 안에 충만한 웃음을 머금은 여신은 승리를 얻은 티오나를 축복했다.

"훌륭했다, 티오나. 역시 그대를 포기한 것은 본녀의 유일한 실수이자 어수룩함이었어."

"…………."

"그대가 '의식'의 승자다. ……허나 패자 또한 아직 살아 있구나."

만신창이가 되어 이쪽을 올려다보는 티오나에게서 칼리는 바체에게로 시선을 돌렸다.

눈을 감고 쓰러진 모래색 머리카락의 아마조네스에게는 아직 숨이 붙어 있었다. 여신이 내린 '은혜'는 사라지지 않았다.

"자, 바체를 죽이거라."

그것으로 '의식'은 끝난다고 말하는 칼리에게.

티오나는 대뜸 대답했다.

"싫어."

피투성이에 너덜너덜해진 몸으로, 언니와 싸우고 싶지 않다고 했던 그 날과 마찬가지로, 칼리의 신의는 딱 잘라 거절당했다.

"이제 난 '전사'가 아니니까."

"…………."

"나도 티오네도—— 모험자니까."

입을 다문 여신에게 티오나는 말했다.

"그러니까 이젠 죽이지 않을 거야, 칼리."

전사들의 찬미도, 열광도 사라졌다.

조용해진 바위 투기장 속에서 소녀와 여신은 시선을 나누었다.

"……그대도 변해버렸구먼."

천천히, 칼리는 쓸쓸하다는 듯 중얼거렸다.

그러나 이내 웃음을 머금었다.

"허나 그대들 자매가 몸을 기댈 곳은 그대들 자매뿐. 그 점은 변함이 없으렷다."

칼리가 손을 든 순간, 주위에서 관전하던 전사들이 티오나의 곁으로 뛰어내렸다.

그녀를 포위하고.

"티오네는 아르가나와 함께 바다 위에 있다. 그대를 구하러 오지는 못해."

"…………."

"그대를 텔스큐라로 데리고 돌아가겠다."

싫어.

그렇게 말한들 소용없다는 사실은 명백했다.

마지막 일격을 터뜨리기 위해, 티오나는 비유가 아니라 죽기 일보 직전까지 자신을 몰아붙였다. 이렇게 서 있는 것만도 힘들어 이제는 손가락 하나 움직일 수 없을 것 같았다. 그렇지 않아도 언젠가 바체의 '독'에 잠식당해 쓰러지게 될 것이다. 인형이나 마찬가지인 티오나를 배까지 끌고 가기란 쉽다.

"아르가나일지, 티오네일지…… 살아남은 쪽과 싸우게 할 게야. 그리고 '최강의 전사'를 숭상해야지."

투쟁과 살육을 관장하는 여신은 자신의 신의를 굽히려 하지 않았다. 뿌옇게 흐려진 눈으로 그녀를 올려다보는 티오나는 자력으로 이 자리를 벗어날 방법을 찾을 수 없었다. 자신을 잡으려 하는 아마조네스들의 원이 좁혀들었다.

그때—— 펄럭.

티오나의 머리카락을 공기의 흐름이 살짝 흔들었다.

미미한 '바람'이 그녀의 곁에 내려왔다.

"……틀렸어, 칼리."

티오나는 웃었다.

두 눈을 감고, 이제까지의 것과는 다른, 조용하고 평안한 웃음이었다.

칼리가 의아하다는 표정으로 눈살을 찡그리는 가운데, 눈을 뜬 티오나는 말했다.

"우린 이제 둘뿐이 아니거든."

다음 순간.

한 줄기 바람이 공동 입구로부터 밀어닥쳤다.

"동료가 생겼어."

【칼리 파밀리아】의 경악을 내버려둔 채 무수한 검광이 주위를 내달렸다.

바람이 실린 신속의 검이 티오나를 잡으려던 아마조네스들을 한꺼번에 날려버렸다.

"【검희】……?!"

나타난 것은 금발금안의 여검사.

티오나를 지키고자 곁에 서서, 은색 칼날을 휘둘러 소리를 낸다.

"——티오나, 괜찮아?"

'마법'을 써서 누구보다도 일찍 달려온 아이즈에게.

티오나가 너무나 좋아하는 동료 소녀에게 너덜너덜해

졌지만 만면의 미소를 보냈다.

"응, 아이즈!"

이에 겹쳐지듯 요란한 함성과 함께 【로키 파밀리아】가 공동 안으로 밀려들어왔다.

남자 단원들이 무기를 들고 남은 아마조네스들에게 달려들었다.

그때까지 초연한 자세를 무너뜨리지 않았던 칼리는 눈 아래 펼쳐진 광경에 벌떡 일어났다.

"이슈타르 놈…… 실패했구나."

칼리의 전사들이 【검희】를 중심으로 한 모험자들에게 눈 깜짝할 사이에 밀려나갔다.

【이슈타르 파밀리아】가 모두 퇴각해 '커스'는 이미 해제되었고, 【에어리얼】의 힘이 전장을 유린했다. 여기에 뒤지지 않을 만큼 모험자들의 포효는 끊이질 않았다. 압도적이었다. 그 정도로 위험에 빠진 동료를 본 【로키 파밀리아】는 강했다.

눈을 가늘게 뜬 칼리는 가증스럽다는 듯, 이를 악물었다.

"——니는 싸움 걸 상대를 잘못 잡은기라, 똥꼬마."

그때.

전장을 내려다보는 칼리보다도 더욱 높은 곳에서 재미나다는 감정이 묻어나는 목소리가 떨어졌다.

획 돌아보니 천장 부근에 치솟은 바위에 앉은 주황색 여신이 있었다.

로키였다.

"지금 기분이 어떻노? 계획은 전부 망했고, 자랑하던 얼라들은 픽픽 나가떨어지는 기?"

그녀의 등 뒤에는 동굴로 이어지는 구멍이 있었다. 조금 전에 막 도착한 로키는 칼리의 비참한 모습을 내려다보며 비웃고 있었다.

"본녀를 내려다보다니……."

뿌드득, 뾰족한 덧니를 울리는 칼리에게 로키는 주황색 실눈을 슬쩍 뜨더니 입술을 치켜올렸다.

"내 한 번 더 말할란다―― 니는 싸움 걸 상대를 잘못 잡은기라, 똥꼬마."

칼리의 분노를 만 배로 되갚아주듯, 로키는 사신 뺨칠 만한 표정으로 사악하게 웃었다. 어쩌다 보니 이 자리에 함께하게 된 뇨르드와 로드의 얼굴이 하얗게 질릴 정도의 조소였다.

발밑에서 전사들의 비명이 들려오는 가운데, 가면 속 여신의 얼굴이 굴욕으로 타올랐다.

"……그러나, 티오네는 아직도 본녀의 신의에 따라, 네 놈들의 손이 미치지 않는 곳에서 혼자 싸우고 있다만?"

씁쓸하기 그지없는 표정을 지은 칼리는 앙갚음이라는 양 대담한 미소를 지었다.

"아, 그거 한 개도 걱정할 필요 없데이."

"……무어라고?"

손을 파닥파닥 흔든 로키는 뒤로 이어지는 구멍을 쳐다보았다.

모습을 드러낸 것은 사로잡혀 있었어야 할 레피야, 그리고 가레스.

주신의 시선에 드워프 권속은 고개를 끄덕였다.

"젤루 강한 기사님이 구하러 갔다 안하나."

✦

멜렌 남서쪽 바다.

아마조네스들을 태운 대형선에서는 '의식'이 막바지에 이르려 했다.

헤아릴 수 없는 투쟁을 보았던 텔스큐라의 전사들은 알 수 있었다. 끝이 눈앞까지 다가왔음을. 아직까지 격전을 펼치는 티오네와 아르가나를 향해 승리와 영광, 죽음을 추구하는 말을 높이 터뜨렸다.

티오네도, 아르가나도 피에 붉게 물든 상대를 죽이고자 사력을 다했다. 그녀들의 눈에는 이미 서로의 모습밖에 비치지 않았다.

——해치우겠어! 반드시 죽이겠어!!

티오네의 시야는 새빨갛게 물들었다. 분노를 드러낸 '전사'의 얼굴에 아르가나의 웃음은 깊어지기만 할뿐. 서로가 펼치는 최후의, 결판을 위한 일격은 반드시 상대의 몸을 꿰뚫을 것이다.

분노에 지배당한 티오네의 살의는 절대적이었다. 주신이라 해도, 동료 소녀들이라 해도 지금의 티오네를 막을 수는 없었다.

만약.

만약 그녀를 막을 수 있는 사람이 있다면, 그것은 반신인 여동생 아니면——

"그쯤 해두지."

——그녀에게 승리해 마음을 빼앗았던 수컷밖에 없었다.

"?!"

그야말로 마지막 일격을 날리려 했던 티오네와 아르가나의 사이에 창이 꽂혔다.

굳어버린 두 사람의 눈앞에 나타난 것은 황금색 날을 가진 장창. 이내 머리 위에서 조그만 그림자가—— 한 파룸이 착지해 창을 뽑아냈다.

찰랑이는 황금색 머리카락, 지혜를 머금은 호수 같은 푸른 눈.

핀 디무나는 '의식' 한복판에 끼어들었다.

"단, 장님……?"

그 조그만 등과 옆얼굴을 본 티오네의 눈에서 분노의 빛이 흐려지고, 대신 동요의 감정이 깃들려 했다.

완전히 갈팡질팡하는 그녀를 내버려둔 채 아르가나는 경악하고 있었다.

"파룸……?!"

놀란 것은 다른 아마조네스도 마찬가지였다.

이곳은 바다 한복판에 뜬 배 위. 그 누구도 다가올 수 없는 해상의 투기장이다. 멀리 보이는 등대 불빛 이외에 닿는 것이라고는 하나도 없다.

"그럴 수가, 어떻게 여기에……!"

배가 접근했다면 금세 알아차렸을 것이다. 애초에 지금도 주위에서 파도에 흔들리는 것이라고는 이 대형선뿐이다.

설마 물속을 헤엄쳐 여기까지 온 건가. 아르가나는 한순간 그렇게 생각했지만, 눈앞에 선 파룸의 옷은 전혀 젖지 않았다.

"앗——."

혼란에 빠진 채 배 밖을 살피자—— 눈을 의심하는 광경이 펼쳐져 있었다.

"얼음 다리……?!"

"아, 미안하게 됐다. 나중에 되돌려놓지."

아름다운 비취색 장발이 바닷바람에 흩날렸다.

파도가 밀려드는 해안, 커다란 등대 바로 아래.

은백색 지팡이를 한손에 든 리베리아는 아연실색한 눈빛으로 이쪽을 내려다보는 등대지기들에게 태연히 말했다.

그녀의 정면에서 이어진 것은 바다 위에 구축된 '얼음 다리'였다.

폭은 약 5M, 등대 빛이 비추는 먼 바다의 대형선을 향해 일직선으로 뻗어나갔다.

동결마법【윈 핌불베트르】.

고출력 빙결포격으로 바다를 얼려버렸던 것이다. 막대한 마인드를 쏟아부어 효과범위를 좁히고 한없이 사정거리를 늘린 데다, 도시 최강 마도사라 칭송받는 그녀가 아니고선 불가능한 일이었다.

그 다음은 말할 것도 없이, 배까지 이어진 거대한 얼음의 다리를 핀이 단숨에 달려나가, 도약하고, 적선의 갑판에 뛰어올랐던 것이다.

"티오네를 데리고 얼른 돌아와라, 핀."

하이엘프 마도사는 아무런 우려도 느껴지지 않는 목소리로 파도 너머를 향해 말했다.

"말이 통할지 어떨지 모르겠지만, 한 마디 해둘게. 이쯤에서 손을 떼주지 않겠어, 텔스큐라의 전사들?"

티오네를 등 뒤로 감싸며 핀은 유유히 말했다.

코이네 공통어로 말한 파룸 창잡이를 보고 주위의 아마

조네스들은 격앙했다.

『——죽여라!!』

신성한 '의식'을 방해받아 전사들은 미친 듯이 분노했다.

칼리의 신의를 짓밟은 중죄인을 처형하고자 무기를 휘두르며 사방팔방에서 달려든다.

"그렇게 나온다면 나도 봐줄 수는 없어."

딱 잘라 단언한 순간, 핀의 몸이 번뜩였다.

서 있던 장소를 중심으로 장창 《포르티아 스피어》가 모든 방향으로 황금색 칼날을 번뜩였다. 신속의 창놀림이 간격에 침입했던 아마조네스들을 무기와 함께 튕겨내, 경악 어린 비명과 함께 배 밖으로 날려버렸다.

"소중한 부하들을 한껏 괴롭혀줬던 것 같으니 말이지."

배 주위에서 연속으로 치솟는 무수한 물기둥.

갑판에는 핀과 티오네, 아르가나만이 남았다.

"……!!"

차원이 다른 핀의 강함에 아르가나는 그저 눈을 크게 뜰 뿐이었다.

반면 그의 등 뒤에서 보호를 받은 티오네는 절박한 목소리로 외쳤다.

"이러지 마세요, 단장님!! 방해, 방해하지 마세요!!"

"방해라…….."

고함을 지르기는 하지만 조금 전까지의 태도를 보자면 있을 수 없을 정도로 약한 태도를 보이는 티오네.

여전히 돌아보지 않는 핀의 뒷모습에, 그와의 관계가 당장이라도 끊어질 것만 같아 두려움에 떨며 다시 외쳤다.

"아르가나는, 그놈은 제가 쓰러뜨려야 해요! 제가 싸우지 않으면 티오나가, 아이즈가, 동료들이……. 그놈들은 계속 우리【파밀리아】를 따라다닐 거예요!"

정리되지 않는 지리멸렬한 말로 티오네는 속내를 토해냈다.

그러나 조그만 등은 꿈쩍도 하지 않았다.

"티오네. 언제부터 우리가 네게 보호를 받아야만 할 정도로 나약해졌지?"

"……!"

"너를 그렇게까지 몰아붙이는 집착은 오기야? 아니면 개인사정? 삿된 원한이었다면 감히 우리를 이렇게까지 휘둘러댔구나, 라고밖에는 할 말이 없겠어."

가차 없는 말이 티오네의 가슴을 뚫었다.

핀의 등은 냉정하게 티오네의 지난 행위와 변명을 책망했다.

——경멸을 샀어. 사랑하는 분에게.

티오네가 필사적으로 뒤집어썼던 허세가 떨어져나갔다. 상처 입은 몸에 이제까지의 분노와는 무관한 뜨거운 무언가가 치밀어, 티오네의 눈은 제어를 잃을 뻔했다.

"거기에 덧붙여 한 마디 하겠는데……."

티오네의 고개가 떨어지려던 그 순간.

핀의 옆얼굴이 이쪽을 향했다.

"……나 참. 평소에는 밀어붙이기만 하더니 이럴 때만은 물러나다니."

"네……?"

"언제부터 그런 밀당을 배운 거야?"

티오네가 눈을 들자.

창자루를 어깨에 얹으며 핀은 쓴웃음을 짓고 있었다.

"너무 걱정 끼치지 마, 티오네."

티오네의 두 눈이 크게 뜨였다.

"무사해서 다행이야."

자신에게는 어울리지도 않는, 기사의 도움을 기다리는 헤로인.

사실은 아주 조금이지만, 동경하고 있었다.

티오네가 읽어주었던 공상 이야기에, 정말로, 아주 조금.

정말정말 좋아하는 사람이 생긴 후로는.

"나중에 한껏 설교해줄 테니, 거기서 기다려."

"……네!"

부드러운 웃음을 건네는 핀에게 티오네는 울 것 같은 목소리로 대답했다.

몸이 힘을 잃은 것처럼 주저앉았다. 원래 상처 입어 한계 직전이었던 심신이 마음속을 녹여주어, 팽팽하게 당겨졌던 실을 끊어버렸던 것이다.

마모되었던 분노를 대신해 다른 무언가가 마음을 채워

나가는 소리를 티오네는 들었다.

"——웃기지 마. 이게 뭐야?!"

그때, 이제까지 잠자코 있었던 아르가나가 부르짖었다.

무릎을 꿇은 티오네를 노려보며 분노한 형상을 짓는다.

"일어나, 티오네!! 계속해, '의식'을 하라고! 이런 촌극으로 투쟁이 끝나다니, 난 인정할 수 없어!!"

얼빠진 표정을 지은 지금의 티오네를 보고 아르가나는 참을 수가 없었다.

이미 그 얼굴은 '전사'도 아니거니와, 분노에 불타는 복수자도 아니었다.

저것은 단순한 소녀의, 여자의, 암컷의 얼굴이다.

투쟁의 끝을 바라는 아르가나는 그런 표정을, 그런 티오네를 결코 용납할 수 없었다.

"너는 공통어를 할 수 있나보네."

격노한 아르가나 앞에서 핀이 입을 열었다.

"그러면 이야기가 편하겠어. 티오네를 대신해 내가 '의식'…… 투쟁이랬나? 아무튼 그걸 할게."

놀란 아르가나를 곁눈질하며 핀은 창을 갑판에 꽂았다.

맨몸으로 서서, 맨손으로 자세를 잡는다.

"내가 이기면 티오네와 티오나에게 더 이상 접근하지 말아줘. 약속을 어겼다간 너희 나라를 박살내러 가겠어."

"남자, 파룸, 웃기지 마라……!"

굴욕에 몸을 떨면서도 아르가나는 자세를 잡았다.

긴 혀로 피투성이 뺨을 핥고, 눈에 핏발을 세운다.

왜소한 남자 따위 즉시 때려눕히고 티오네와의 투쟁을 재개하겠노라고, 전의와 살의를 가득 채웠다.

"죽어라!!"

티오네는 승부 전부터 결판을 예감하고 있었다.

"텔스큐라에서는 싸움 도중 정을 베풀어주는 것은 모욕으로 여긴다고 들었지."

아르가나는 자신과의 싸움 속에서 상처를 너무 입었다.

이미 그녀의 몸도 한계에 가깝다.

"그러니까 나도 진심으로 싸우겠어."

무엇보다.

지금의 아르가나는 5년 전, 핀과 처음 만난 티오네와 똑같았다.

그녀는 아무것도 모른다. 모험자가 얼마나 강한지를. 세계가 얼마나 넓은지를.

눈앞의 사내가 파룸의 용사라는 사실을.

"——【마창이여, 피를 바치고 나의 이마를 꿰뚫어라】."

그런 수컷이, 그녀와 어깨를 견줄 정도의 '흉전사'임을.

"【헬 피네가스】."

호수 같은 벽안이 사나운 붉은색으로 물들었다.

"으윽?!"

내리꽂히는 아르가나의 주먹을 휴먼 어린아이 정도밖에 안 되는 조그만 손이 받아냈다.

숨을 멈춘 그녀에게는 아랑곳 않고 전투욕에 지배당한 핀은 치솟은 능력을 해방시켰다.

붙든 주먹을 힘에 맡겨 홱 끌어당기자 단숨에 다가오는 여자의 몸.

속절없이 시간이 멎어버린 아르가나의 눈앞에서 오른손을 거머쥔다.

피에 굶주린 전사의 얼굴로, 핀은 포효했다.

"하아아아아아아아아아아아아아아아아아아아아아아아아아아!!!"

아르가나의 얼굴에 오른쪽 주먹이 꽂혔다.

"커어어억————————."

뼈를 부수는 구타음 속에 여자의 절규가 지워져버렸다.

얻어맞고 날아가는 아르가나의 몸. 갑판 난간을 부수며 아득한 후방의 바다까지도 부숴버렸다.

포격마법이 작렬한 것과도 같은 무시무시한 물보라가 요란하게 치솟았다.

"~~~~~~~~~~~~~~~~~~~~~~~~!"

공격의 반동과 쩌렁쩌렁 울려 퍼지는 소리에 몸이 흔들리는 선상에서, 티오네는 열심히 요동이 사라지기를 기다렸다.

겨우 멈추었을 때 고개를 들자, 눈을 여전히 붉게 물들인 핀이 눈앞에 서 있었다.

"아……."

주저앉은 자신을 바라보는 붉은 눈에 티오네는 반사적으로 눈을 감고 말았다.

시간이 몇 초 흘러.

아무 일도 없다는 데에 조심조심 눈을 뜨려 했을 때, 어깨 위에 무언가가 얹혔다.

흠칫 쳐다보니 핀이 허리감개를 풀러 티오네의 몸에 걸쳐주고 있었다.

"단장님……."

아름다운 푸른색 눈으로 돌아온 핀은 입술을 움직이는 티오네에게 웃음을 지었다.

"돌아가자, 티오네."

옆을 지나가며 툭, 머리에 손을 얹어주었다.

이미 이것저것 한계에 달했던 티오네는 감정이 북받쳐 눈에 한껏 눈물을 머금었다.

조금 전까지의 얌전하던 태도도 내팽개치고, 홱 돌아서서, 사랑하는 이의 등에 태클을 감행했다.

"단장니임~~~~~~~~~~~~~~~~~~~~~~~~~~~!!"

힘을 쥐어짜내 그의 허리를 한껏 끌어안았다.

감격한 티오네에게 안긴 핀은 그대로 떠밀려, 만세를 부르는 자세로, 철퍼덕!! 코를 갑판에 강타당했다.

"단장니임, 단장니임~~! 고맙슈미다……. 잘모태써요

오오……."

"……나 이거야 원."

자신의 허리에 매달려 몇 번이고 이름을 불러대는 티오
네에게 쓴웃음을 지었다.

갑판에 턱을 괸 파룸 두령은 소녀가 울음을 그칠 때까지
웃음과 함께 아름다운 별이 빛나는 하늘을 올려다보았다.

해식굴과 선상. 두 곳의 '의식'에 막이 내렸다.

소녀들의 악연은 다른 이들도 아닌 동료들의 손에 끊어
졌다.

🔥

리베리아가 다시 만들어준 얼음 다리를 지나 바닷가로
돌아온 티오네와 핀이 멜렌으로 귀환한 것은 하늘이 희뿌
옇게 터오기 시작할 무렵이었다. 대부분 티오네의 오열 탓
이었지만 그 후로도 치료와 체력회복에 시간이 걸렸던 것
이다.

핀의 허리감개를 어깨에 걸친 채로 핀과 리베리아 사이
에 끼인 티오네가 항구에 도착하자, 어항 앞에는 【로키 파
밀리아】가 모두 모여 와글와글 떠들어대고 있었다.

"제가 가져왔던 티오나 씨랑 티오네 씨의 무기는 결국
아무 데도 쓰이지 않았지 말임다……. 우르가 때문에 허리

가……!"

"괜찮아 괜찮아, 엄청 기쁜걸!! 마음만이라도 어쩌고 하는 그거!! 고마워 라울!"

"티오나 씨는 왜 그렇게 기운이 넘치는 거예요……?"

"빈사상태에다 '맹독'까지 당해서…… 치료에도 시간이 엄청나게 걸렸는데."

"리네도 고마워! 레피야는 말려들게 해서 미안해!!"

"바보 같이 소란 떨어놓고 누가 용서해줄 줄 알았냐? 진짜 귀찮은 자식들."

"뭐람~ 잘못했다고 생각하니까 이렇게 사과하잖아! ……그야 뭐, 사과해서 될 문제는 아닐지도 모르지만…… 민폐 끼쳐서 미안."

"우하~! 얌전한 티오나도 이건 이거대로 좋구마?! 신천지가 내 안에 있데이!"

"로키는, 조용."

"기브기브기브, 아이쭈 기브업?! 기술 완벽하게 들어갔── 아으."

"야, 베이트. 어떻게 좀 해봐. 티오나가 저러면 우리까지 어두워진다고."

"내, 내가 알아? 징그러워서 저딴 걸 어떻게 하냐!!"

"아 쫌! 진지하게 사과해도 안 되는 거야, 바보늑대?!"

"시꺼 바보 아마조네스!!"

여동생을 중심으로 꽥꽥 소란을 떨어대는 광경에 티오

네는 긴장도 잊고 뺨에 힘을 풀었다. 핀도 어깨를 으쓱하고, 리베리아도 눈을 감은 채 웃었다.

"아, 티오네!"

제일 먼저 티오나가 이쪽을 알아보았다.

"리베리아 님!" "단장님!"

레피야를 비롯한 단원들의 목소리가 이어지는 가운데, 티오나는 혼자 쏜살같이 달려왔다.

"티오네, 몸 괜찮아?! '의식'은 어떻게 됐어? 아르가나는?!"

"……단장님이 날려버리셨어."

필요한 말만 하자 티오나가 어리둥절한 표정을 지었다. 그러나 이내 배를 잡고 깔깔 웃음을 터뜨렸다.

그 모습에 티오네의 입술에도 웃음이 번졌다.

"난 바체한테 이겼어! 아무도 안 죽었고 죽이지도 않았어! 어때!"

웃는다. 웃는다. 티오나가 웃는다.

이 웃음에 무엇을 생각하고, 무엇을 품고, 무엇이 구원받았을까.

동쪽 하늘에서 아침놀이 시작되었다. 호수가 금색으로 반짝반짝 빛난다.

뺨에 힘을 풀고, 입술에 긴장을 풀고, 티오네는── 웃었다.

"고마워, 티오나. 구해줘서. ──정말, 고마워."

태양처럼 웃는 티오네의 모습에 티오나는 가슴이 확 먹
먹해졌다가.

금세 뺨을 붉히며, 만면의 미소를 머금었다.

"응!"

서로가 나누는 웃음을 핀과 리베리아가 다정하게 지켜
봐주는 것을 알 수 있었다.

"그러면 동료들한테도 사과해야지……. 넌 바보니까 그
걸로 끝나겠지만 난 어떻게 되려나."

"괜찮아 괜찮아. 다들 용서해줄 거야! 뭣하면 아까처럼
웃으면서 사과하면 돼. 자, 자!"

"싫어. 웃으면서 사과하라니 싸움 거는 것 같잖아."

"뭐 어때~ 하자~!!"

"아~ 정말, 시끄러워! 저리 가!! 너 역시 진짜 싫어!"

"뭐어~?!"

자매가 나란히 걸어간다.

소녀들이 웃음을 머금으며 기다리는, 빛이 닿는 곳으로.

둘밖에 없던 세계는 이미 사라졌다.

Disturbing Elements

Гэта казка іншага сям і.

трывожныя элементы

하룻밤 사이에 일어났던 멜렌의 사건은 **대체로** 수습되었다.

【로키 파밀리아】와 항쟁과도 같은 충돌을 시내 한복판에서 벌였던 것은 모두 【칼리 파밀리아】의 소행이라고 길드는 공식적으로 발표했다. 변경 땅에서 찾아온 야만스러운 아마조네스들이 일으킨 불행한 사고였다고. 그리고 갑자기 출현한 식인꽃은 타이밍 나쁘게 우연히 호수에서 육지로 올라왔던 것이 되었다.

로키의 인도로 멜렌을 조사하러 온 길드 상부는 그렇게 발표할 수밖에 없었던 것이다. 호수에 풀려나왔던 식인꽃의 사건도 포함해, 선한 신인 뇨르드가 관여하고, 시장 머독이 가담하고, 무엇보다도 치명적인 것은 길드 간부가 밀수에 관여했다는 오점. 전체가 공공연히 드러났다간 멜렌의 기반이 적잖이 흔들릴 것이며, 길드도 길드 나름대로 엄청난 비난을 받을 게 분명했다. 악마의 속삭임과도 같이, 다른 【파밀리아】가 비집고 들어올 틈을 보일 수도 있다.

사건을 해명해나가면 고구마 줄기를 엮듯 길드의 약점이 판명되는 구조. 그것은 마치 사건의 점과 점을 이어나갔던 '실'이라 부를 만한 존재의 경고와도 같았다. 우리를 처단해도 상관은 없지만 너희도 함께 쓰러지게 되리라고 하는.

실제로 【로키 파밀리아】에게서 암약 조직의 정보를 보고받은 길드는, 앙갚음을 당해 양측이 함께 거꾸러질까 우려

했는지 결국은 추궁하려 들지 않았다.

"그래서 그넘들이 식인꽃을 그 타이밍에 풀어놨던 거였나…… 그렇게 설쳐놓고 지들은 없었던 걸로 할라꼬."

"그렇지. 우리의 발을 묶어놓는 용도 이외에도 의도가 있었던 셈이야. 보험이라고나 할까."

로키와 리베리아의 말이었다.

'실'을 드리웠던 미의 여왕은 혼자 웃음을 머금은 채 아무 일도 없다는 듯 도시로 귀환했다.

멜렌 운영과 이에 미칠 영향을 고려해 뇨르드와 볼그는 문책을 받지 않았지만, 길드에 협력하도록 확약을 받아내는 뒷거래가 이루어졌음은 말할 것도 없다.

이번에 처단당하게 된 것은 길드 지부장 루버트뿐이었다.

"머고? 그럼 그 루버트란 넘만 재수 없게 걸린 꼴 아이가?"

티오네와 티오나가 항구로 돌아왔던 이튿날 밤. 다시 말해 사건 결판으로부터 이틀 후.

길드와의 귀찮은 협의를 마친 직후, 놓치지 않겠다는 양 로키는 일찌감치 뇨르드를 붙잡아 이번 사건에 대한 정보와 수확을 자백하게 했다.

"그래. 일자리도 잃은 것 같고, 그놈에게는 미안하게 됐어."

"우와, 뇨르드 니 저질이데이. '내가 생각한 최강의 계획'에 끌어들여가꼬 얼라를 백수 만들어뿔다니."

"그래. 그래서 억지로 등에다 '은혜'를 새겨서 어부들 사이에 끼워줬어."

"니 악마가?"

빠릿빠릿 진지한 표정으로 말하는 뇨르드에게 로키도 진지하게 태클을 걸었다.

장소는 【뇨르드 파밀리아】의 홈, '노아툰'. 그중에서도 뇨르드의 방이었다.

"이제까정 사무만 보던 얼라를 육체의 전장에 내팽개치나, 니는……."

"하지만 끌어들인 내가 속죄할 방법이라곤 그 정도밖에 없고……."

이제까지의 울분도 겸해 '그래그래 귀여워해주마' 하고 웃는 어부들에게 에워싸여 루버트는 울음을 터뜨렸다고 한다. 뭐, 뇨르드의 의도를 넘어서 사리사욕을 채운 부분도 있었으니 벌이 된다면 그럴지도 모르겠지만…….

"근데 니 얼라하고 관계는 회복될 거 같나?"

"로드 말이군……. 그 녀석도 아직 마음이 정리되지 않은 것 같지만……."

말을 흐린 뇨르드는 얼굴에 만감을 담아 쓴웃음을 지었다.

"앞으로는 뇨르드 님이 궁지에 빠져 이상한 데 손을 못 대도록 자기들도 야무지게 해나가겠다고…… 그러더군."

"니 진짜 얼라 복 있데이."

"그래. 누가 아니래."

절절히 말하는 로키에게 뇨르드도 웃음을 지었다.

"조업이나 바다를 포기할 수는 없지만, 앞으로는 그 식인꽃을 쓰지 않는 방법으로 여러 가지 고민해보겠어. 그런 것에 관여했다간 또 너희가 나타나 혼을 낼 테니."

"하모. 그래야 쓰것제."

"로드나 볼그, 루버트도 함께 꾸준히 애써보겠어."

앞으로의 방침에 대해 이야기를 마친 뇨르드와 로키는 문득 같은 방향을 보았다.

시선 너머에 있던 것은 가죽끈에 꽁꽁 묶어 의자에 앉혀 놓았던 어린 여신이었다.

"그래서 똥꼬마. 이번엔 니 차례데이. 있는 대로 불어삐라."

"……흥."

홱 고개를 돌린 칼리에게 로키가 케케케 조소를 흘렸다.

해식굴에서 결판이 난 후, 바체를 비롯한 부상자에게 정을 베풀어 치료를 해주고 텔스큐라 배에 처넣은 다음 주신만은 포획해 이곳까지 끌고 왔던 것이다. 패자 취급을 받은 칼리는 상당히 속이 상한 눈치여서 로키도 겨우 체증이 가셨다.

"암튼 티오네랑 티오나한테는 관여 안 하겠다꼬 약속하그라. 특히 그 아르가나란 전투중독자는 니가 잘 타일러서……"

"……이미 아르가나는 쓸모가 없어졌느니라."

"아앙?"

"아르가나만이 아니라 다른 녀석들…… 바체 이외에, 너희 남자들에게 당했던 것들은 전부……."

로키가 의아한 표정을 짓자 칼리는 입술을 부루퉁 내밀었다. "그놈들도 아마조네스였단 말이지"라느니 "이래서는 티오네에게도 뭐라고 못하겠구먼"이라느니 "사랑에 빠진 소녀라도 되는 줄 아나……"라느니 "아르가나가 그렇게 되어버린 이상 바체에게도 더는 싸울 이유가 없고……"라느니 "앞날이 캄캄하구먼"이라느니 중얼중얼 죽은 물고기 같은 눈으로 독백을 이어나갔다.

"텔스큐라는 이미 끝난 것인지도……. 아아, 본녀의 낙원이."

"아까부터 뭐라카노, 니는……. 그리고 우리 귀여븐 티오나랑 티오네한테 꼭 찝적거려야 쓰겠다 카면 내도 한 마디 하겠는데, 느이 나라에서 애들 서로 죽이는 것부터 말리라. 최소한 '의식' 싫어하는 애들은 풀어줘야 한데이."

"'죽고 싶지 않은 사람은 싫다고 말하거라~ 나가도 좋다~'라고 하면 당연히 전부 손을 들 게 아닌가. 무슨 소리를 하는 건지. 바보 아닌가?"

"니 죽고싶나? 직이쁜다?"

"그래그래 알았다 알았어. 사랑은 세상을 구한다지. 러브앤드피스러브앤드피스. 아프로디테 님 만세~."

"이 자슥이 마……."

"이봐, 로키. 이야기가 이어지질 않잖아. 주먹은 그만 내려."

은근히 재수 없는 표정을 지으며 되는 대로 떠들어대는 어린 여신에게 부들부들 주먹을 떠는 로키를 뇨르드가 팔꿈치로 쿡 찔렀다. 로키는 간신히 호흡을 가라앉혔다.

"우선, 니는 왜 멜렌에 왔노?"

"말 안 하겠다."

"니 작작 몬하나?"

"이것만큼은 말 못한다. 기껏 여기까지 왔으니."

다시 휙 고개를 돌리는 어린 여신. 로키는 마침내 이마에 핏대를 세웠다. 뇨르드가 진정하라며 중재에 나섰다. 천계 때부터의 관계가 엿보이는 익숙한 모습이었다.

"이슈타르가 이 녀석들의 뒤를 봐주었던 것 같으니 그쪽하고 무언가 관계가 있지 않을까?"

"야, 어땠노? 냉큼 불어삐라."

"~ ♪"

힐문을 받은 칼리는 서툰 휘파람을 불었다. 눈에 힘을 주고 그녀를 노려보던 로키도, 이슈타르가 인도했으리라는 뇨르드의 말을 듣고 대충 목적의 후보를 좁혀보았다.

우선 떠오르는 것이 지긋지긋한 인연을 가진 미신 프레이야의 얼굴이었지만…… 충고해줄 사이도 아니었으므로 이야기는 관두자고 로키는 혼자서 생각했다.

"……다음. 니 식인꽃 몬스터에 대해 머 아는 거 있나?"

"그것은 모른다. 이 말은 참이다."

빤히 붉은 눈을 바라보고, 로키는 거짓말이 아님을 깨달았다.

"그러고 보니 이슈타르는 그 몬스터에 대해 무언가 아는 눈치더군."

"또 이슈타르 말인가……. 뇨르드, 니한테 식인꽃 제공해준 놈들도 이슈타르하고 관계 있드나?"

"그래. 그렇다고는 해도 나와 마찬가지로 거래 상대인 것 같았지만……. 식인꽃을 멜렌에 운반할 거면 마침 좋은 자들이 있다고 소개를 받았지."

그 후로는 공동으로 예의 침식동을 이용했다고 한다. 식인꽃을 운반해주는 대신 멜렌에서의 활동에 융통을 베풀어주는 등의 거래는 있었지만 이슈타르 일파와는 어디까지나 의뢰관계의 영역을 벗어나지 않았다는 것이다.

"까놓고 말해 니들은 이슈타르한테 보기 좋게 이용당하고 마지막엔 희생양 됐던 거 아이가."

로키가 지적하자, 항구에 식인꽃이 출현했던 것 때문에 결정적으로 꼬리를 밟혔던 뇨르드는 그 말은 말라며 진저리를 쳤다.

"흐응. 단서는 이슈타르하고, 그 외에는 지하수로에서 만났다는 수수께끼의 휴먼이란 말이제……."

잠시 후 실내의 테이블 위에는 【이슈타르 파밀리아】의 엠블럼――길드가 공개한 휘장 리스트 중 하나――과 뇨르드가 그린 정밀한 얼굴 그림이 놓였다.

앞머리로 한쪽 눈을 가렸으며 다크서클이 가득한, 건강

하지 못해 보이는 사내의 얼굴이었다.

어째 소마보다 음습할 거 같데이.

로키는 제멋대로 그런 감상을 품었다.

"이 넘들이 요구했던 밀수란 건 어떤 거였노?"

"내용물은 보지 않았지만 돈이 될 만한 것 아니면 술, 그 외에는 상자가 덜컹덜컹 흔들리는 걸로 봐서는 생물일 수도 있을 것 같아. 그 휴먼 말로는 어쨌거나 엄청나게 돈이 필요하다던데."

"돈이라…….."

이블스의 잔당이나 '괴인'이 내건 도시 파괴의 활동자금이란 뜻일까?

완전히 헛수고라고 생각했지만 다음으로 이어질 단서는 얻게 된 로키는 일단 이것으로 만족하기로 했다.

"야, 똥꼬마. 이슈타르가 니한테 다른 이야기 안 했나? 사소한 거든 뭐든 좋데이."

"흐음~ 본녀에게도 사정이 있는지라 말하고 싶지는 않다만…… 이렇다 할 만한 것은 기억이 안 나는구먼."

방에 있던 세 신 중에서 마지못해 로키를 돕게 된 칼리는 생각에 잠긴 표정을 짓는가 싶더니, "다만"이라며 덧붙였다.

"그 여신…… 이슈타르는, 무서운 신이라네."

"……? 먼 소리고? 【파밀리아】의 세력으론 니가…….."

"그놈은 교활한 지혜가 뛰어나고, 그런 데다 '비밀병기'

도 가지고 있지. 로키, 너의 자식들에게 아무 말도 듣지 못했나?"

그 말에 로키도 짚이는 구석이 있었다.

아이즈와 베이트가 말했던, Lv.5였던 프뤼네 자밀이 휘두른 Lv.6 수준의 전투력. 베이트는 '술사가 있었다'고 했지만…… 만약 【랭크 업】에도 필적하는 초강화를 내려주는 '마법'이나 '커스' 같은 것이 있다면 그것은 위협이 된다. 그 '힘'이 아르가나나 바체에게 쓰이기라도 했다면 이번 사건은 정말로 손을 쓸 수 없었을지도 모른다. 핀 일행이 원군으로 와주리라 알고 있었기에 여유를 부렸지만 무언가가 잘못됐다면 위험했을 수도 있다. 로키는 솔직히 식은땀을 흘리지 않을 수 없었다.

동시에 생각했다.

이것이야말로 하계. 신이 내다볼 수 없는 '가능성'을 머금은 최고의 보드게임.

이러니 그만둘 수가 없는 것이라고, 불건전하게도 로키는 마음속에서 입맛을 다시고 말았다.

"그리고 이건 감이다만……. 일부러 불러놓고 거리낌 없이 본녀를 내친 것도 무언가 이유가 있었을 게다. 그야말로── 또 다른 '비밀병기'가."

"또 다른 '비밀병기'……."

뇨르드가 지켜보는 가운데 칼리의 말을 반추한다.

저택 바깥이 어둠에 휩싸인 가운데 로키는 예상할 수 없는 신들의 신의가 뒤얽히는 소리를 들었다.

"나 원, 칼리 녀석…… 예상대로 로키한테 당하다니."

요염한 몸이 석조 통로를 나아간다.

땋아내린 머리카락을 출렁이며 걸어가는 이슈타르는 푸념을 늘어놓고 있었다. 어두운 통로 안에서 미신의 몸종, 충실한 휴먼 종자가 말없이 뒤를 따랐다.

곰방대를 입에 물었다가 언짢은 투로 연기를 뱉은 이슈타르는 갑자기 웃음을 지었다. 미미한 빛이 새나오는 통로의 종점에 도착했다.

"역시 기대할 수가 없겠어……. 여차하면 '이것'을 쓰도록 해야겠지."

그곳은 탁 트인 공간이었다.

석재로 지은 대형 홀에는 로브를 뒤집어쓴 자들이 연신 오가고 있었다. 발코니처럼 튀어나온 위치에서 그 광경을 내려다본 이슈타르는 홀 중심에 묶여있는 그것을 바라보았다.

무수한 사슬에 묶인, 거대한 '괴물'을.

"결국…… '하늘의 황소'밖에는."

그녀의 뒤에서 휴먼 종자가 목소리를 죽이고 몸을 떠는 가운데, 미의 여신은 자수정 같은 눈을 가늘게 떴다.

늠름하게 구부러진, 흉흉하고도 거대한 뿔이 돋아난 머리.
이마의 위치에서는 주어진 '마석'을 탐식하는 여자의 몸이
뒤룩, 추악한 안구를 굴리고 있었다.

Status   Lv.6

힘	G243	내구	G277
기교	C651	민첩	C609
마력	S989	마도	E
치유	G	내성	G
정유	H	마력방어	H

마법	바스 빈드헤임	·공격마법. ·영창연결. ·제1계위(윈 팀불베트르). ·제2계위(레아 레바테인). ·제3계위(바스 빈드헤임).
	비아 실헤임	·방어마법. ·영창연결. ·제1계위(리브 일루시오). ·제2계위(베일 브레스). ·제3계위(비아 실헤임).
	반 알헤임	·회복마법. ·영창연결. ·제1계위(필 엘디스). ·제2계위(루나 알디스). ·제3계위(반 알헤임).
스킬	페어리 앤썸	·마법효과 증폭. ·사정거리 확대. ·영창의 양이 늘어날수록 강화보정 증대.
	알브 레기나	·'마력' 어빌리티 강화. ·자신의 매직 서클 내에 존재하는 엘프의 마법효과를 증폭시킨다. ·자신의 매직 서클 내에서 소비된 엘프의 마소를 마인드로 변환해 흡수한다.

장비	마그나 알브스

·마도사 전용 무장.

·리베리아가 아닌 로키가 어마어마한 가격으로 마법대국 알테니아에 작성을 의뢰했다. 미궁도시까지 포함하게 하계 내에서도 '지고의 5대 지팡이'로 꼽히는 최상급 마장.

·최고위의 '마보석'이 아홉 개 박힌 오버스펙 지팡이. 마법의 위력을 한계까지 높여준다. '마보석' 교환은 '마녀의 아지트'의 주인 레노아가 맡고 있다.

·미스릴과 성황광석이 복합된 지팡이 본체는 강건해 무기로도 애용된다.

·예누리 포함해 340,000,000빌리스. '마보석'의 가격까지 더해지면 더욱 값이 올라간다.

장비	요정왕의 성의(聖衣)

·하이엘프의 향토에 우뚝 솟은 성왕수(聖王樹)의 섬유로 짠 것. 높은 마력내성을 지녔다.

·원재료는 향토를 뛰쳐나온 리베리아가 입고 있던 왕가의 드레스. 종자 피나가 억지로 떠넘겼던 것이 돌고 돌아 모험자용 제1등급 무장이 되었다.

RIVERIA LJOS ALF

리베리아 리요스 알브

소속	로키 파밀리아		
종족	하이엘프	**직업**	모험자
도달계층	59계층	**무기**	지팡이, 활
소지금	147,000,000발리스		

© Kiyotaka Haimura

후기

　최근, 멀리 외출을 나가 내키는 대로 어슬렁어슬렁 해안선을 걷고 왔습니다.

　하늘이 맑게 갠 바다는 정말 아름다웠지만 그 이상으로 바닷소리가 인상적이었습니다. 조용히 밀려드는 파도의 소리를 들으며 남녀 캐릭터가 대화를 나누는 정경이 멀거니 머릿속에 떠오를 정도로요. 러브코미디를 영 어려워하는 성미지만 그때는 엄청나게 러브코미디를 쓰고 싶어졌습니다. 그리고 막상 원고에 착수해, 정신이 들고 보니 아마조네스들이 육박전을 벌이고 있네요. 왜지.

　외전 6권입니다. 시간축으로 보자면 본편 6권 개시 전부터 초반 무렵까지 생겼던 일들입니다.

　이번 권은 플롯(이야기의 줄거리) 단계에서는 아마조네스 자매의 유대관계나 적들의 얼굴이 매우 희미했습니다. 그리고자 하는 것이 있기는 하지만 알맹이가 텅 비었다고나 할까요. 뼈에 살이 붙지 않은 채 대충 시작해버린 그런 감각이었습니다. 언니는 조금 거시기하고, 여동생은 단세포. 이 아마조네스 자매에게 정말 '유대'라 부를 만한 것이 있을까 작가가 의심했던 것이 가장 큰 원인이었는지도 모르겠습니다(그리고 자매애를 그리는 게 굉장히 멋쩍었던 것도……).

하지만 문자로 나열해놓기만 했던 '설정'을 자매의 '과거'로 써나가는 사이에, 묘사를 망설였던 '유대'가 툭 떨어져 자리를 잡았습니다. 적의 조형도 마찬가지고요. 당연한 일일지도 모르지만 캐릭터에게도 인생이 있고 거기서 수많은 이야기가 파생된다는 생각이 들었습니다. 이번 권에서 처음으로 두 아마조네스가 '자매'가 되었다는 기분이었습니다.

이번 권은 그밖에도 작품의 세계관을 부풀리고자 설정을 많이 집어넣었습니다. 언젠가 바깥세상도 그려보면 좋겠다는 몽상을 하고 있습니다. 또한 본편에서 등장한 어떤 캐릭터들이 완전히 개입하고 있으므로 본편 7권도 살펴봐주시면 한층 재미있을지도 모르겠습니다.

그러면 감사의 인사를.
편집부의 코다키 님, 타카하시 님, 일러스트 담당 하이무라 키요타카 선생님, 이번에는 여느 때보다도 훨씬 원고가 늦어지는 바람에 폐를 끼쳤습니다. 동시에 힘을 빌려주셔서 정말 감사드립니다. 이 책을 읽어주신 독자 여러분께도 최대급의 감사를. 앞으로도 부디 잘 부탁드립니다.

스토리의 스케줄대로 간다면 다음은 본편 6권의 이면을 그리게 되겠지만, 제7권은 아마도 본편 한 권 분량의 시간을 건너뛰게 될 것 같습니다. 아마도, 분명……. 아무튼 지금 이상으로 더 노력하겠습니다.

여기까지 읽어주셔서 감사합니다. 그러면 실례하겠습니다.

오모리 후지노

**던전에서 만남을 추구하면 안 되는 걸까 외전
소드 오라토리아 6**

2017년 1월 15일 1판 1쇄 발행
2017년 5월 15일 1판 3쇄 발행

저   자 오모리 후지노
일 러 스 트 하이무라 키요타카
캐릭터 원안 야스다 스즈히토
옮 긴 이 김완
발 행 인 유재옥
본 부 장 조병권
담당편집자 정영길
편   집 권오범 김다솜 김민지 박찬솔 조찬희
라이츠담당 오유진
디 지 털 홍승범
발 행 처 ㈜소미미디어
등   록 제2015-000008호
주   소 서울시 마포구 토정로 222, 403호 (신수동, 한국출판콘텐츠센터)
판   매 ㈜소미미디어
마 케 팅 박지혜
전   화 편집부 (070)4164-3962, 3963 기획실 (02)567-3388
            판매 및 마케팅 (070)4165-6888, Fax (02)322-7665

ISBN 979-11-5710-542-7 04830
ISBN 979-11-5710-021-7 (세트)